미야모토 무사시 3

불패의 검성劍聖

미야모토 무사시 3
불火의 장

초판 1쇄 발행	2015년 1월 20일
초판 5쇄 발행	2019년 4월 30일
지은이	요시카와 에이지
옮긴이	강성욱
펴낸이	한승수
펴낸곳	문예춘추사
편 집	신주식 고은정
마케팅	심지훈
디자인	오성민
등록번호	제300-1994-16
등록일자	1994년 1월 24일
주 소	서울특별시 마포구 연남동 565-15 지남빌딩 309호
전 화	02 338 0084
팩 스	02 338 0087
블로그	moonchusa.blog.me
E-mail	moonchusa@naver.com
ISBN	978-89-7604-212-5 04830
	978-89-7604-209-5 04830(전 10권)

不敗의 劍聖

미야모토 무사시

3水
불의 장

요시카와 에이지吉川英治 지음
강성욱 옮김

문예춘추사

차례

불의 장

식은
죽

들판은 잿빛으로 흐려져 있다. 아침의 쌀쌀함은 입추를 연상케 할 정도로 세상천지에 이슬이 맺혀 있었다.

문짝이 쓰려져 있는 부엌 바닥에 여우 발자국이 드문드문 찍혀 있었다. 날이 밝았는데도 다람쥐가 여전히 주위에서 서성거리고 있었다.

"으, 춥다."

사내는 눈을 부비며 판자가 깔려 있는 넓은 부엌에 정좌를 하고 앉았다. 새벽 무렵에 녹초가 된 몸을 이끌고 와서 피리를 켠 채 여기에 쓰러져 잠들어 버렸다. 흡사 여우에게 홀려 밤새 들판을 헤맨 것처럼 때에 절은 옷과 가사袈裟가 풀잎의 이슬에 젖어 몰골이 말이 아니었다. 전날의 더위를 상상할 수 없을 정도로 추워진 날씨 탓에 감기가 들었는지 눈썹과 콧등을 찡그리며 한바탕 재채기를 했다. 그는 성긴 메기 수염 끝에 콧물이 묻었는데도 그것을 닦을 생각도 않았다.

"그렇지, 어젯밤 먹던 탁주가 아직 남아 있을 거야."

그렇게 중얼거리며 일어서더니 여우와 너구리 발자국이 어수선하게 찍혀 있는 복도를 지나 안쪽에 화로가 있는 방을 찾아갔다. 날이 밝으니 집이 상당히 넓어 보였다.

"아니?"

분명 있어야 할 술병이 보이지 않았다. 당황한 눈길로 여기저기 두리번거렸더니 화로 바로 옆에 쓰러져 있는 빈 술병이 보였다. 옆에 팔베개를 하고 침까지 흘리며 자고 있는 낯선 사내를 발견하고는 엉거주춤한 자세로 눈을 크게 떴다.

'누구지?'

사내는 한 대 쥐어박아도 눈도 깜짝 하지 않을 만큼 코를 크게 골며 깊은 잠에 빠져 있었다.

'저자가 내 술을 마셨구나.'

그렇게 생각하니 코 고는 소리조차 괘씸해졌다. 자세히 보니 오늘 아침에 먹으려고 남겨 놓았던 죽 냄비도 바닥을 드러낸 채 밥풀 하나 보이지 않았다. 생사가 걸린 문제 앞에서 아오키 단자에몬의 안색이 일순 변했다. 그는 자고 있는 마타하치를 걸어차며 소리쳤다.

"이놈!"

"으음……."

마타하치는 팔을 빼며 느릿하게 고개를 쳐들었다.

"네 이놈."

아오키는 마타하치의 눈앞에서 다시 한 번 발길질하는 시늉을 했다.

"뭐하는 짓이냐!"

마타하치는 금방 잠에서 깬 얼굴에 핏대를 세우며 벌떡 일어나 소리 쳤다.

"네놈이 날 발로 걷어찼겠다."

"그 정도로는 직성이 안 풀린다. 대체 네놈은 누구 허락을 받고 여기 에 있는 죽과 술을 먹은 게냐?"

"네 것이냐?"

"내 것이다."

"그 일은 참 미안하게 됐다."

"미안하다는 말로 끝날 일인 줄 아느냐?"

"사과하겠소."

"사과만으로 끝날 일이 아니다."

"그럼 어떻게 하면 되겠소?"

"당장 내놓아라."

"내놓으라니, 이미 뱃속에 들어가서 오늘 하루 내 생명 줄이 된 것을 어떻게 내놓으라는 것이오?"

"나 역시 그거라도 먹고 살아야 한다. 하루 종일 피리를 불며 문전걸 식을 해도 한 끼의 쌀과 탁주 한 사발 얻기가 어렵다. 그렇게 얻은 것 을 생판 얼굴도 모르는 놈에게 빼앗기고 가만히 있으란 말이냐? 당장 내놓아라!"

아귀가 울부짖는 듯한 목소리였다. 메기수염은 굶주린 얼굴에 핏대를 세우며 고래고래 고함을 질렀다. 그의 모습에 마타하치는 어이가 없다는 듯 말했다.

"겨우 냄비 바닥에 몇 숟갈 남은 죽과 한 홉도 안 되는 술을 가지고 핏대를 세우며 그리 난리법석을 떨 게 뭐 있소? 치사하게."

메기수염은 더 화를 내며 고함을 질렀다.

"뭐라? 남은 죽이라도 내게는 하루 끼니다. 하루치의 생명이란 말이다. 내놔라, 내놓지 않으면……."

"어떻게 하겠소?"

"네 이놈!"

그는 마타하치의 팔을 움켜잡으며 소리쳤다.

"그냥 두지 않겠다."

"웃기는 소리."

마타하치가 메기수염의 팔을 뿌리치더니 그의 멱살을 잡아 끌어당겼다. 메기수염은 굶주린 들고양이처럼 깡마른 체격이었다. 마타하치는 그를 한 대 후려쳐서 맥도 못 추게 하려 했지만 의외로 같이 멱살을 잡으면서 달려드는 그의 힘도 만만치 않았다.

"이놈!"

마타하치는 잔뜩 힘을 더 주었지만 어쩐 일인지 상대가 꿈쩍도 하지 않았다. 오히려 마타하치가 입을 벌리고 묘한 소리를 냈다.

"끄응, 어어……."

마타하치는 버둥거리며 옆방까지 밀려 나고 말았다. 메기수염은 밀리지 않으려고 힘을 주는 마타하치의 힘을 역이용해서 솜씨 좋게 그를 벽 쪽으로 내동댕이쳐 버렸다. 벽도 기둥도 낡을 대로 낡은 집이었다. 흙벽이 우르르 무너져 내리더니 마타하치는 온몸에 흙먼지를 뒤집어썼다.

"퉤, 퉤!"

마타하치가 침을 뱉더니 아무 말도 하지 않고 사나운 얼굴로 칼을 빼들고 달려들었다. 메기수염은 이미 예상하고 있었다는 듯 피리를 들고 맞섰다. 그런데 한심하게도 이내 숨이 차는지 뾰족한 어깨를 들썩이며 헉헉 가쁜 숨을 몰아쉬었다. 그와 달리 마타하치는 매우 젊었다.

"각오해라!"

마타하치는 그에게 숨 쉴 틈도 주지 않고 압도적인 힘으로 칼을 내리치며 계속 공격했다. 메기수염의 얼굴이 일그러졌다. 비틀거리며 넘어지기 일보직전까지 가기도 했다. 그러나 그때마다 죽을힘을 다해 고함치며 사방으로 피해 도망을 다니는 통에 좀처럼 마타하치의 칼을 맞지 않았다.

결국 마타하치의 자만이 싸움의 승패를 가르고 말았다. 그가 고양이처럼 마당으로 뛰어나가는 메기수염을 뒤쫓아 복도에 발을 내딛는 순간, 비에 삭은 마루 판자가 무너지더니 한쪽 발이 빠지며 엉덩방아를 찧고 말았다. 그 모습을 본 메기수염이 이때다 하고 재빨리 달려와 마타하치의 멱살을 잡더니 얼굴이며 머리며 할 것 없이 사정없이 후려쳤다.

"이놈, 이놈. 나쁜 놈!"

발을 뺄 수 없었던 마타하치는 어떻게 할 도리가 없었다. 얼굴이 순식간에 얼얼하게 부어올랐다. 마타하치가 발버둥을 치며 저항하자 품 속에서 작은 금과 은이 떨어지더니 한 대씩 맞을 때마다 돈이 떨어지는 소리가 났다.

"아니!"

메기수염이 손을 풀었다. 마타하치도 겨우 그의 주먹세례에서 벗어나 저만치 물러났다. 자신의 주먹이 아플 정도로 분풀이를 한 메기수염은 숨을 헐떡이며 주위에 떨어져 있는 돈을 바라보고 있었다.

"이 짐승만도 못한 놈."

마타하치는 부어오른 얼굴을 감싸고 분노에 차서 고함을 쳤다.

"그깟 먹다 남은 죽과 한 홉도 안 되는 탁주가 뭐 그리 대단하다고! 이 아귀야, 참으로 추잡하구나. 내가 이래 봬도 금 같은 건 썩을 만큼 가지고 있다. 그게 그렇게 갖고 싶으면 줄 테니 가져가거라. 그 대신 방금 네놈이 나를 때린 만큼 이번에는 내가 때릴 테니 각오해라. 자, 식은 죽과 탁주값에 이자를 붙여 줄 테니 머리를 이리 갖다 대거라."

마타하치가 아무리 욕을 해도 메기수염이 아무런 대꾸도 하지 않자 그의 마음도 차츰 진정되었다. 그런데 어찌된 일인지 메기수염이 마룻바닥에 얼굴을 댄 채 울고 있었다.

"네놈이 돈을 보더니 금세 불쌍한 시늉을 하는구나."

마타하치가 독설을 퍼부으며 모욕을 해도 방금 전 분기탱천한 메기수염의 모습을 찾아볼 수가 없었다.

"한심하구나. 아, 참으로 한심하구나. 어째서 나는 이토록 멍청하단 말인가?"

마타하치에게 하는 말이 아니라 저 혼자 몸부림치며 슬퍼하는 것이었다. 자신을 책망하는 모습도 보통 사람과 달랐다.

"이 바보, 너는 대체 몇 살이더냐? 이렇게까지 세상에서 낙오되고 영락※落했으면서도 아직도 깨우치지 못했느냐? 한심한 놈."

메기수염은 옆에 있는 검은 기둥에 자신의 머리를 들이받으면서 울부짖었다.

"왜 너는 피리를 불고 있느냐? 일체의 한탄, 사욕, 미망, 아집, 번뇌를 육공六孔으로 불어 내기 위해서가 아니더냐. 그런데 대체 무슨 짓이더냐? 식은 죽과 남은 술 때문에 목숨을 걸고 싸우다니. 더욱이 자식같이 어린 젊은 놈과."

이상한 사내였다. 그렇게 탄식하며 울먹이더니 이번에는 자기 머리를 기둥에 들이받는데, 머리가 두 쪽으로 쪼개질 때까지 멈추지 않을 듯했다. 스스로 자책하면서 자신에게 벌을 주는 횟수가 마타하치를 때린 횟수보다 훨씬 더 많았다. 어이가 없어서 그냥 지켜보던 마타하치는 시퍼렇게 멍이 든 그의 이마에서 피가 흘러나오자 더는 말리지 않을 수 없었다.

"자, 그런 무모한 짓은 그만하시오."

"상관하지 말게."

"대체 왜 그러시오?"

"상관하지 말라니까."

"병이오?"

"병이 아니네."

"그럼 뭐요?"

"이 몸뚱이가 저주스러울 뿐이네. 이따위 육신은 스스로 때려 죽여 까마귀에게 던져 주는 편이 백번 나을 것인데, 우둔하여 죽는 것도 못할 짓이니 하다못해 평범한 인간의 심성을 얻은 후에 들판에 던져 주려 하네. 헌데 나도 나를 어찌할 수 없어서 안달이 나는 것일세. 병이라고 하면 병일 것이지만."

마타하치는 왠지 측은한 생각이 들어서서 마룻바닥에 떨어진 돈을 주워 얼마쯤 그의 손에 쥐여 주었다.

"나도 잘못했으니, 이걸 주겠소. 이걸로 용서해 주시오."

"필요 없소."

사내는 마타하치의 손을 뿌리쳤다.

"돈 따윈 필요 없소."

냄비에 남아 있는 죽을 가지고 그렇게 화를 냈던 사내가 못 볼 것이라도 본 것처럼 머리를 세차게 흔들며 무릎으로 뒷걸음질 쳤다.

"당신은 참으로 이상한 사람이오."

"그렇지도 않소."

"아니오. 어딘지 조금 이상한 데가 있소."

"상관 말고 내버려 두시오."

"당신 말투에 주고쿠 사투리가 섞여 있구려."

"히메지姬路 사람이네."

"오! 나는 미마사카요."

메기수염이 놀라며 물었다.

"사쿠슈作州 말이오?"

"요시노고吉野鄕."

"나는 히나구라日名倉의 초소에서 경비를 맡은 적이 있어서 그 부근에 대해서는 잘 알고 있소. 요시노고가 그립군."

"그럼, 당신은 전에 히메지 번의 무사였소?"

"그렇소. 이래 봬도 예전에는 무가의 집안이었소. 아오키……."

메기수염은 이름을 대려다가 자신의 처지를 떠올리더니 사람을 대할 면목이 없는 듯 벌떡 일어서며 말했다.

"지금 말한 것은 거짓말이니 그리 아시오. 자, 이제 그만 가야겠소."

메기수염은 그렇게 말하고는 밖으로 나가더니 들판 끝으로 사라졌다.

환술

마타하치는 돈이 마음에 걸렸다. 쓰면 안 되는 돈이라고 생각하니 더욱 그러했다. 하지만 전부 써 버리는 것은 나쁘지만 얼마 정도는 빌려서 쓴다고 해도 죄가 되지 않을 거라는 생각이 들었다.

'죽은 사람의 부탁으로 그의 유물을 고향에 전하는 데에도 노자가 필요하다. 그 비용을 이 돈으로 충당하는 건 당연한 일이 아닌가.'

그렇게 생각하니 마음이 조금은 가벼워졌다. 그리고 그의 마음이 가벼워졌을 때는 이미 돈을 조금씩 쓰기 시작했을 무렵이었다.

그런데 돈 외에 죽은 사람에게 받은 '주조류 인가 목록' 두루마리 속에 있는 사사키 고지로라는 사람은 대체 고향이 어디일까? 마타하치는 죽은 수행자가 사사키 고지로임에 틀림없다고 생각했지만 그가 낭인인지, 절의 주지인지, 또 어떤 경력의 소유자인지는 전혀 몰랐고 알 수 있는 방법도 없었다. 유일한 실마리는 사사키 고지로에게 인가 목록을 건넨 가네마키 지사이라고 하는 검술 스승뿐이었다. 지사이가 누군지 안다면 고지로의 내력도 곧 알 수 있을 터였다.

마타하치는 후시미에서 오사카로 내려오는 길가에 찻집이나 음식점, 여관이 보일 때마다 그곳에 들러 물어 보았다.

"가네마키 지사이라는 검술의 달인을 아십니까?"

"들어 본 적 없는 사람인데요."

"도다 세이겐富田勢源의 전통을 이어받은 주조류의 대가입니다만."

"글쎄요."

그에 대해 아는 사람은 한 명도 없었다. 그런데 길에서 만난 어떤 무사가 병법에 다소 조예가 있는 듯 이렇게 말해 주었다.

"그 가네마키 지사이라는 사람은 살아 있더라도 아마 꽤 노령일 거요. 분명 간토關東로 갔다가 말년에 조슈上州의 어느 산골에 은거한 이후로는 세상에 나오지 않는다는 말을 들었소. 그 사람의 소식을 알고 싶거든 오사카 성에 가서 도다 몬도노쇼富田主水正라는 사람을 찾는 것이 좋을 게요."

도다 몬도노쇼라는 사람이 누구냐고 묻자 그는 히데요리 공의 병법 사범들 중 한 사람인데 아마 에치젠 우사카노쇼越前宇坂之庄의 정교사淨教寺 촌 출신인 도다 누도 세이겐富田入道勢源의 일족이었을 것이라고 말했다. 조금 애매모호한 느낌도 들었지만 아무튼 오사카로 갈 생각이었던 마타하치는 시내로 들어가 제일 번화한 마을에 여관을 잡고 그런

미야모토 무사시 3_불火의 장

무사가 성 안에 있는지 물어보았다.

"네. 도다 누도 세이겐 님의 손자이신데 히데요리 공의 사범은 아니지만 성 안에서 병법을 가르치던 분이 있었습니다. 그런데 몇 년 전에 에치젠으로 돌아가셨습니다."

그 여관 사람은 성을 드나들며 일도 보는 사람이었기 때문에 길에서 만난 무사의 말보다는 상당히 신빙성이 있었다. 그는 다시 이렇게 말했다.

"에치젠까지 찾아가시더라도 몬도노쇼 님이 지금도 거기에 계실지 알 수 없으니 그렇게 먼 곳을 찾아가는 것보다 근래 유명하신 이토 야고로伊藤彌五郎 선생님을 찾는 게 빠를 겁니다. 분명 그분도 주조류의 가네마키 지사이라는 분 밑에서 수행한 후에 잇토류一刀流라는 독자적인 검법을 창시하신 분이니까요."

일리 있는 말이었다. 그러나 야고로라는 사람의 거처를 수소문해 보니 그도 몇 해 전까지 마을 밖의 시라카와白河에 암자 하나를 짓고 살았지만, 근래에는 수행에 나섰는지 교토와 오사카 부근에서는 모습을 본 적이 없다고 했다.

"에이, 귀찮아."

마타하치는 서두른다고 될 일이 아니라고 혼자 중얼거리더니 가네마키 지사이 찾기를 단념하고 말았다. 그는 오사카에 오면서부터 그의 가슴에 잠들어 있던 야심이 꿈틀대고 있음을 느꼈다. 이곳 오사카에서는 새로운 인물을 많이 받아들이고 있었다. 후시미 성에서는 새로운 정책과 무가 제도武家制度를 세우고 있었고, 오사카 성에서는 인재를 규합하여 낭인 부대를 조직하고 있는 듯했다. 물론 그것은 공공연한 일은 아니었다.

"히데요리 공은 고토 마타베後藤又兵衛 님과 사나다 유키무라眞田幸村 님, 아카시 가몬明石掃部 님, 또 조소카베 모리치카長曾我部盛親 님에게도 은밀히 자금을 보내고 있다고 하더군."

마을 사람들 사이에는 그러한 소문이 널리 떠돌고 있었다. 그래서 오사카 성 근처는 어느 지역보다도 낭인들이 존중받았고 살기에도 좋았다. 젊은 조소가베 모리치카 같은 이들은 변두리 뒷골목에 집을 빌려서 머리를 빡빡 깎고 이름을 이치무사이一夢齊로 고치고 '뜬구름 같은 속세의 일이야 내 알 바 아니다' 하는 얼굴로 풍아風雅와 화류花柳를 넘나들고 있었지만, 막상 전쟁이 벌어지면 언제든 분연히 떨치고 일어나 태합의 깃발 아래 모여들 칠팔백 명의 낭인들을 키우고 있었다. 물론 그들의 생활비가 히데요리의 군자금에서 나오는 것이라는 소문도 파다했다.

마타하치는 두 달 정도 오사카를 돌아다니며 보고 듣고 하는 동안 지레 흥분을 하기도 했다.

'여기가 바로 내가 출세의 끈을 잡을 수 있는 곳이다.'

근래에 건강을 되찾은 마타하치는 맨몸에 창 한 자루 거머쥐고 무사시와 함께 세키가하라의 하늘을 바라보며 고향을 뛰쳐나왔을 때의 장대한 포부가 되살아나는 것 같았다. 품속의 돈은 조금씩 줄어들고

미야모토 무사시 3_불火의 장

있었지만 자신에게도 기회가 찾아왔다는 생각에 하루하루가 즐겁고 유쾌했다. 돌부리에 걸려 넘어진 자리에서 뜻하지 않은 행운의 싹을 발견할 것만 같은 기분이 들었다.

'우선 복장부터 갖춰야겠다.'

마타하치는 우선 좋은 칼을 하나 사서 허리에 찼다. 또한 겨울이 지척인 늦가을이라 계절에 잘 어울리는 겉옷과 속에 받쳐 입을 옷도 사 입었다. 그는 주머니 사정을 고려해 묵고 있던 여관에서 나와 준케이보리順慶堀에서 가까운 마구馬具를 다루는 집에 방을 하나 얻었다. 식사도 밖에서 하고 보고 싶은 걸 보러 다니면서 자신이 하고 싶은 대로 마음껏 생활했다. 그러는 사이에 좋은 친구도 만나고 그러다 연줄이라도 발견하면 녹도 받을 수 있으리라 생각했던 것이다. 그렇게 제법 바른 생활을 유지하는 것도 마타하치로서는 상당히 자제하고 몸을 다스리고 있는 셈이었다.

"저기 큰 창을 들게 하고 갈아탈 말을 끌게 하며 스무 명의 무사들을 거느리고 다니는 저 사람이 오사카 성의 교바시구치京橋口 검문소의 책임자라오. 그런데 저 사람도 예전에는 준케이보리의 강 근처에서 흙을 져 나르던 낭인들 중 한 명이었지."

마타하치는 거리에서 이렇듯 부러운 이야기를 자주 들었지만 현실은 그리 녹록치 않았다.

'세상은 마치 돌로 쌓아 올린 담과 같구나. 이미 쓸 만한 돌들이 견고하게 쌓여 있어서 그곳을 비집고 들어갈 틈이 없으니.'

마타하치는 조금씩 지쳐 갔지만 다시 마음을 다잡았다.

'아니다. 아직 연줄을 발견하지 못해서 그렇게 보일 뿐이다. 처음에 비집고 들어가기가 어렵지 일단 들어가기만 한다면…….'

그는 세 들어 있는 집주인에게도 일자리를 부탁했다.

"당신 같은 사람이야 젊고 실력도 있으니 성 안의 사람들한테 부탁하면 일자리는 쉽게 얻을 수 있을 게요."

집주인은 일자리가 있다는 투로 말했으나 시간이 지나도 좀처럼 일자리가 생기지 않았다. 그리고 어느덧 십이월로 접어들자 품속의 돈도 절반으로 줄어 있었다.

번화한 거리와 공터에 자란 잡초에 아침마다 서리가 하얗게 내렸다. 서리가 녹아 길이 질척거릴 시간이 되면 공터에서 징 소리와 북소리가 울리기 시작했다. 음력 십이월, 겨울 햇살 아래로 분주함에 쫓겨 바삐 움직이던 사람들이 태평스런 얼굴로 무리를 지어 가득 모여 있었다. 밖에서 보이지 않도록 임시로 만든 조잡한 울타리를 거적으로 가린 예닐곱 곳에는 종이 깃발과 새털로 장식한 창을 세워 놓고 사람들의 흥미를 자극하는 구경거리가 벌어지고 있었다. 구경 온 사람들을 손님으로 끌어 들이기 위해 서로 목청 높여 호객 행위를 했다.

혼잡한 사람들이 사이에서 싸구려 간장 냄새가 풍겨 왔다. 털이 수북한 정강이를 드러낸 채 꼬치를 입에 물고 수다를 떠는 사내들이 있는가 하면, 밤에는 하얀 분칠을 하고 소매를 잡아당기는 여자들이 우물우물 콩을 씹으면서 울타리에서 풀려난 암염소처럼 무리 지어 돌

아다니고 있었다. 노천에 걸터앉아 술을 팔고 있는 곳에서는 한 무리
가 치고받으며 싸움을 벌이고 있었다. 어느 쪽이 이겼는지 모르지만
싸움이 벌어졌던 자리에는 핏자국만 선연히 남아 있었고, 싸움은 마
을 쪽으로 장소를 옮겨 다시 벌어진 듯했다.

"고맙습니다. 나리가 여기 계셔서 그릇이 깨지지 않았습니다."

술장수는 마타하치에게 몇 번이고 인사를 되풀이하더니 고마운 마
음에 청하지도 않은 안주까지 내놓았다.

"이번 술은 아주 적당하게 데워진 듯합니다."

마타하치는 기분이 나쁘지 않았다. 장사치들 간의 싸움으로 이 가난
한 노점이 손해를 입을까 봐 노려보고 있었을 뿐인데, 아무 일도 없이
싸움이 끝나자 노점 주인을 위해서나 자신을 위해서도 다행이라 생
각했다.

"할아버지, 사람들이 참 많군요."

"섣달이라 사람들이 나와도 발길을 멈추고 물건을 잘 사지 않아요."

"근래에는 날씨가 계속 좋은데요."

사람들 무리 속에서 솔개 한 마리가 무언가 입에 물고 날아올랐다.
얼굴이 빨갛게 달아오른 마타하치가 문득 남의 일처럼 중얼거렸다.

"맞아. 내가 돌을 나를 때, 술은 마시지 않겠다고 맹세했었지. 근데
언제부터 다시 마시기 시작한 걸까?"

그러더니 그럴 듯한 이유를 붙여서 저 혼자 대답했다.

"뭐, 어때? 사람이 술도 안 마시면 뭘 하려고."

그러더니 술장사에게 말했다.

"할아버지, 한 잔 더 주세요."

그런데 아까부터 옆에 놓인 의자에 앉아 있는 사내가 신경이 쓰였
다. 한눈에 봐도 낭인이라는 것을 알 수 있는 모습이었다. 사람들이
피할 만큼 위협적인 긴 칼을 차고 있었지만 겹옷의 옷깃은 때에 절었
고 그 위에 호구護具도 한 겹 걸치고 있었다.

"어이, 주인 양반. 내게도 빨리 뜨겁게 데워서 한 잔 주쇼."

그는 의자에 한쪽 다리를 얹고서 마타하치를 발끝부터 얼굴까지 훑
어보더니 웃으며 말했다.

"여어."

마타하치도 똑같이 대꾸했다.

"여어."

마타하치가 다시 말을 이었다.

"술이 데워질 동안 제가 한 잔 대접해도 실례가 되지 않겠소이까?"

사내가 손을 내밀며 말했다.

"고맙소. 이 술이란 녀석이 참으로 해괴한 녀석이오. 실은 그대가 여
기에서 한잔하고 있는 모습을 보니 갑자기 술 냄새가 내 코를 잡아끌
어서 이렇게 그만."

술을 아주 맛나게 마시는 사내였다. 마타하치는 그가 활달하고 호걸
스러운 데가 있다고 생각하며 낭인이 술을 마시는 모습을 바라보고 있
었다.

그 사내는 술을 잘 마셨다. 마타하치가 술 한 홉을 마시는 동안 그는 다섯 홉을 넘게 마셨는데도 끄떡도 하지 않았다.

"주량이 어느 정도 되시오?"

"보통 한 되인데, 자리 잡고 앉으면 나도 모르겠소."

마타하치가 시국에 대해 이야기하자 사내는 몸을 바짝 끌어당기며 말했다.

"히데요리 공은 제쳐 놓는다 치고, 도쿠가와에게 혼다 마사즈미本多正純와 휘하의 옛 가신들을 빼면 누가 있소? 교활함과 냉혈함, 거기다 무인들이 지니지 못한 약간의 정치적인 재주를 가지고 있는 것에 불과하오. 이시다 미쓰나리가 이겼으면 좋았을 것을, 애석하게도 이시다는 제후들을 조종하기에 너무나 순진했고 또 신분도 너무 낮았소."

이번에는 사내가 마타하치에게 질문을 하였다.

"귀공, 가령 지금이라도 간토가 간사이關西[1]와 손을 끊는다면 어느 편에 서겠소?"

마타하치는 망설이지도 않고 대답했다.

"그야 오사카 쪽이오."

마타하치가 그렇게 대답하자 사내는 잔을 들고 의자에서 벌떡 일어나더니 기쁘다는 듯이 말했다.

"이거, 우리 편 무사구만. 그런 의미에서 새로 한잔합시다. 그런데 귀공은 어느 번藩 무사요? 아 참, 이거 용서하시오. 먼저 나부터 소개해

---

1 교토 부근 및 관서 지방을 가리킨다.

야 하는 것인데. 본인은 가모蒲生 낭인으로 아카가베 야소마赤壁八十馬라고 하오. 반 단에몬塙団右衛門이라는 사람을 아실지 모르겠소만, 그와는 죽마고우로 함께 앞날을 기약한 사이요. 또 지금 오사카 성의 쟁쟁한 장수 중 한 명인 스스키다 하야토 가네스케薄田隼人兼相와는 그가 떠돌이 시절에 만나 여러 나라를 함께 돌아다닌 적이 있소. 오노 슈리노스케大野修理亮와도 서너 번 만난 적이 있는데 그는 좀 음침한 면이 있어서 별로였소. 가네스케보다 세력은 더 강하지만……."

혼자 너무 떠들어 댄 것이 다소 멋쩍었는지 마타하치를 보며 물었다.

"그런데 귀공은?"

마타하치는 사내의 말이 모두 사실이라고는 믿지 않았지만 그래도 왠지 압도당한 듯한 느낌이 들자 자신도 허풍을 치고 싶은 기분이 들었다.

"에치젠 우사카노쇼 정교사 촌의 도다류를 창시한 도다 누도 세이겐 선생을 아시오?"

"이름은 들어 봤소."

"그 전통을 이어받아 주조류의 일파를 여신 무욕무사無欲無私의 대가, 가네마키 지사이라고 불리시는 분이 나의 스승이시오."

사내는 그 말을 듣고도 딱히 놀라지 않았다. 그는 잔을 기울이면서 다시 물었다.

"그러면 귀공은 검술을?"

"그렇소."

마타하치는 거짓말이 술술 나오는 게 유쾌했다. 대담한 거짓말에 오히려 얼굴에 더 취기가 오르고 주흥이 돋는 것 같았다.

"어쩐지, 실은 나도 아까부터 그런 것 같아 보였소. 역시 수련을 쌓은 몸은 어딘가 다른 듯하다고 느끼고 있었소. 그런데 가네마키 지사이의 문하에서는 뭐라고 부르고 있소? 괜찮으면 성함을……."

"사사키 고지로라 하오. 이토 야고로 잇토사이는 나의 동문 선배이시오."

"옛?"

사내가 깜짝 놀라며 소리를 지르는 바람에 마타하치도 깜짝 놀랐다. 마타하치가 당황해서 농담이었다고 말하려는 순간, 아카가베 야소마는 땅에 무릎을 꿇고 머리를 조아렸다. 그 모습을 본 마타하치는 이제 와서 농담이라고 말할 수는 없는 상황이 되어 버렸다.

"제가 몰라 뵈었습니다."

야소마는 몇 번이고 사죄했다.

"사사키 고지로 님이라고 하면 예전부터 익히 들어온 검술의 달인이신데 아까는 분별없이 한 말이니 실례를 용서해 주십시오."

마타하치는 한숨을 돌렸다. 사사키 고지로를 잘 알고 있는 자이든지, 면식이 있는 사이라면 거짓말이 이내 들통 나서 난처한 상황에 처할 뻔했기 때문이다.

"자, 그만 일어서시오. 그렇게 있으면 내가 인사를 할 수 없지 않소."

"아닙니다. 아까부터 제가 허풍만 늘어놓아서 얼마나 듣기 민망하셨는지요."

"나야말로 아직 벼슬도 하지 못하고 세상물정도 모르는 젊은이에 불과합니다."

"그러나 검에 있어서는 여기저기서 존함을 들었습니다."

야소마는 취한 탓에 눈곱이 낀 듯한 흐리멍덩한 눈을 굴리며 중얼거렸다.

"그런데도 아직 관직을 얻지 못하셨다니 애석한 일이군요."

"오로지 검술에만 전념해 온 터라 세상에는 아무 지기知己가 없습니다."

"그러셨군요. 그러면 벼슬을 하실 마음이 전혀 없는 건 아니시지요?"

"언젠가 주군을 모시고 싶다는 생각은 있습니다만."

"그렇다면 어려울 게 없습니다. 실력만 있으면 분명 원하시는 바를 이루실 수 있을 것입니다. 하지만 실력이 있다고 해서 잠자코만 있으면 쉽게 얻을 수 있는 것도 아닙니다. 이렇게 뵙게 된 저도 존명을 듣고서야 알아보았으니까 말입니다."

그는 마타하치를 열심히 치켜세우더니 불쑥 말을 꺼냈다.

"제가 주선을 해 보겠습니다. 실은 저도 친구인 스스키다 가네스케에게 몸을 맡길 만한 곳을 부탁한 참이었습니다. 오사카 성에서는 지금 녹의 많고 적음을 불문하고 인재를 맞아들이고 있으니 귀공 같은 인물을 천거하면 스스키다도 바로 수락할 겁니다. 제게 한번 맡겨 보지 않으시겠는지요?"

어쩐지 아카가베 야소마는 급히 서두르는 기색이었다. 마타하치는 그에게 부탁한다고 말하고 싶은 마음이 태산 같았지만 사사키 고지로라는 남의 이름을 도용한 것이 아무래도 마음에 걸렸다. 그렇다고 자신이 미마사카의 시골 무사인 혼이덴 마타하치라고 곧이곧대로 이야기하면 사내는 마음을 접고 콧방귀를 뀌며 자신을 경멸할 것이 불을 보듯 뻔했다. 이 역시 사사키 고지로라는 이름이 가진 힘이었다. 하지만 마타하치는 마음속으로 그리 걱정만 할 일이 아니라고 생각했다.

'사사키 고지로라는 사람은 이미 죽은 사람이다. 후시미 성 공사장에서 맞아죽은 사람이 아닌가. 게다가 그가 사사키 고지로라는 사실은 분명 나 외에 아무도 모른다. 죽은 사람이 소지하고 있던 유일한 호적 증명이랄 수 있는 인가 목록은 내가 맡아 가지고 있으니 그가 누구인지 나중에 조사를 해도 알 수 없을 것이다. 또 소란을 피워서 피살된 일개 무사에 대해 귀찮게 조사 같은 것을 할 리도 없다. 사람들이 알 리가 없다!'

마타하치의 뇌리에 대담하고 교활한 생각이 스쳐갔다. 자신이 죽은 사사키 고지로가 되자고 작심했다.

"여기, 얼마요?"

마타하치가 돈지갑에서 돈을 꺼내며 자리에서 일어서자 야소마가 당황해하면서 같이 일어섰다.

"저기, 방금 전 이야기는 어떻게?"

"아무쪼록 부탁을 하고 싶지만, 어디 이런 길바닥에서 제대로 이야기나 할 수 있겠소이까? 어디 조용한 곳으로 가서."

"아, 그렇습니까?"

야소마는 만족스러운 듯 고개를 끄덕이면서 자기가 마신 술값까지 계산하는 마타하치를 당연하다는 표정으로 바라보고 있었다.

야소마가 안내한 곳은 마을 뒷골목의 이상야릇한 색주가였다. 마타하치는 좀 더 고급스러운 술집으로 안내할 생각이었지만 야소마가 만류하며 말했다.

"그런 곳에 가서 쓸데없이 돈을 쓰는 것보다 더 재미있는 곳이 있습니다."

야소마는 뒷골목 화류계를 훤히 꿰뚫고 있는 듯했다. 마타하치도 그에게 이끌려 따라왔지만 막상 와 보니 자신의 성향에도 맞는 곳이었다.

비구니 요코조比丘尼橫丁라고 하는 곳이었다. 줄지어 늘어선 천 개의 처마가 모두 매춘을 하는 집으로, 조금 과장을 보태면 하룻밤 불을 밝히는 데 드는 기름이 백 섬[2]이 필요할 정도로 장사가 잘 되는 곳이었다. 바로 근처에는 바닷물이 드나드는 검은 해자가 있었다. 격자창과 홍등 아래를 자세히 보니 바다 벌레와 민물 게 같은 것들이 슬슬 기어다니고 있어 어쩐지 기분이 께름칙했다. 하지만 하얗게 분칠한 수많은 여자들 중에는 이따금씩 얼굴이 예쁜 여자도 있어 사내들의 마음

---

2 한 섬(석)은 열 말과 같은 양으로 약 180리터에 해당한다. 따라서 기름 백 섬이면 약 1만 8천 리터에 달한다.

미야모토 무사시 3_불火의 장

을 달뜨게 했다. 또한 개중에는 이미 마흔에 가까운 얼굴에 이를 검게 물들이고 비구니 두건을 쓰고 있는 여인들도 있었다.

"대단하군."

마타하치가 한숨을 내쉬며 말하자 야소마가 얼른 말을 받았다.

"대단하죠? 허튼 술집 여자나 기생보다 훨씬 낫지요. '매녀賣女'라고 하면 왠지 께름칙한 기분이 들지만 겨울 하룻밤을 이곳에서 지새우며 그 여인들의 이력이나 살아온 얘기를 잠자리에서 듣다 보면 모두 태어날 때부터 매녀는 아니었다는 걸 알게 됩니다."

사람들이 서로 어깨를 부딪치며 지나다니는 길을 야소마는 득의양양 이야기하며 지나갔다.

"이들 중에는 무로마치室町 장군을 모셨다는 비구니도 있고, 아버지가 다케다武田의 가신이었던 여자는 물론이고 마쓰나가 히사히데松永久秀의 친척이라고 말하는 여자도 많이 있습니다. 타이라平 가문이 몰락한 후에도 그랬지만, 이곳은 텐몬天文, 에이로쿠永綠 시대와 비교해 그때보다 더한 흥망성쇠가 되풀이되었지요. 이렇듯 난세의 밑바닥에는 낙화落花가 쌓이는 게 아니겠습니까."

두 사람은 한 집으로 들어갔다. 마타하치는 야소마가 알아서 하도록 맡겨 놓았다. 이런 방면에는 도가 텄는지 야소마는 술을 주문하는 방법이나 여자들을 다루는 솜씨가 보통이 아니었다. 그들은 여기서 하룻밤을 보냈다.

다음 날 대낮이 되었는데도 야소마는 나가자는 말을 하지 않았다.

오코의 술집에서 항상 그늘 속에서만 지내던 마타하치는 다년간 쌓인 울분을 이곳에서 씻어 냈다.

"이제 술은 그만."

마타하치는 마침내 두 손을 들고 말았다.

"그만 갑시다."

마타하치가 재촉해도 야소마는 꿈쩍도 하지 않았다.

"밤까지 함께 계시지요."

"밤까지 있으면 어찌할 생각이시오?"

"오늘 밤, 스스키다의 저택에 가서 그와 만날 약속을 잡아 놓았습니다. 그러니 지금 나가 봤자 시간만 어중간합니다. 아 참, 그렇군. 귀공의 생각을 더 자세히 들어 놓아야 그곳에 가서 얘기도 할 게 아니겠습니까."

"처음부터 녹 같은 걸 바라는 건 무리가 아니겠소?"

"자신을 그렇게 싸게 팔아서는 안 됩니다. 주조류의 인가를 지닌 사사키 고지로라고 하는 무사가 녹은 얼마라도 좋으니 그저 주군을 모시고 싶다고 말하면 오히려 무시를 당할 게 뻔합니다. 오백 석쯤 달라고 하든지, 자신감이 있는 무사일수록 녹봉이나 큰 대우를 바라는 것이 통례입니다. 그러니 오기 따위는 부리지 않는 게 좋습니다."

계곡의 절벽을 올려다보는 것처럼 어느새 부근 일대에 커다란 그림자가 드리워지고 있었다. 오사카 성의 거대한 그림자가 저녁 하늘을 뒤덮고 있기 때문이었다.

"저기가 스스키다의 저택입니다."

물이 고여 있는 해자를 뒤로 하고 두 사람은 추운 듯이 서 있었다. 대낮부터 마신 술도 해자 옆에 서니 말끔히 날아가 버렸고 코끝의 콧물마저 얼어붙었다.

"저기 가로대 문이오?"

"아니, 그 옆의 모퉁이 집입니다."

"음, 굉장한 저택이군."

"출세했지요. 서른 살 무렵만 해도 무명 낭인에 지나지 않았는데 어느새……."

마타하치는 야소마의 이야기를 귀담아 듣고 있지 않았다. 의심스러워서가 아니라 그의 말을 주의 깊게 들은 필요가 없을 만큼 이미 완전히 믿고 있었기 때문이었다. 마타하치는 이 거대한 성을 둘러싸고 있는 크고 작은 문들을 바라보면서 자신도 그렇게 되고 싶다는 야심을 억제하지 못했다.

"그럼, 오늘 밤 스스키다를 만나서 귀공에 대해 잘 말해 드릴 테니."

야소마는 그렇게 말하고는 재촉했다.

"그런데, 아까 말씀하신 돈은……."

"아, 그렇군."

마타하치는 품속에서 가죽 주머니를 꺼냈다. 조금만 쓰자고 생각했던 것이 어느새 가죽 주머니 속의 돈이 삼분의 일 정도밖에 남지 않았다. 남아 있는 돈을 탈탈 털어서 야소마에게 건네며 말했다.

"이것밖에 없는데, 이 정도면 보답이 되겠소?"

"되고도 남습니다."

"무엇으로 싸서 가지고 가야 되지 않겠소?"

"뭐, 벼슬자리 주선을 부탁할 때 천거료나 헌금 명목으로 돈을 받는 것은 스스키다뿐만 아니라 누구나 공공연하게 이뤄지고 있습니다. 그러니 은밀하게 내놓을 필요도 없습니다. 그럼 다녀오겠습니다."

마타하치는 가진 돈을 다 털어서 야소마의 손에 건네주고 나자 불안해졌는지 걸어가는 야소마를 뒤쫓아 가서 다시 한 번 말했다.

"잘 부탁하오!"

"걱정 마십시오. 만일 그쪽에서 곤란한 얼굴을 하면 돈을 건네지 않고 다시 가지고 돌아오면 됩니다. 오사카의 세력가가 스스키다만 있는 것도 아니고 오노大野나 고토後藤 등, 부탁할 곳은 얼마든지 있습니다."

"답은 언제면 알 수 있겠소?"

"그렇군요. 여기서 기다리는 것도 좋지만 해자 옆이라 바람이 심하니 계속 서 있을 수도 없고, 또 남들이 이상하게 생각할 테니 내일 만납시다."

"내일, 어디서?"

"어제 사람들이 모여들었던 공터에 가 계십시오."

"알았소."

"귀공과 처음 만난 그 술 파는 노점에서 기다리고 계십시오."

야소마는 만날 시간을 정하고 저택의 문 안으로 두 손을 휘저으며 들어갔다. 마타하치는 어깨를 흔들며 당당하게 문으로 들어가는 그의 모습을 끝까지 지켜본 뒤 돌아서며 생각했다.

'저렇게까지 당당한 모습으로 들어가는 걸 보니 스스키다 가네스케와는 정말 가난했던 시절부터 함께한 오랜 친군가 보군.'

안심한 마타하치는 그날 밤에 갖가지 꿈을 꾸며 이튿날을 학수고대했다.

다음 날, 마타하치는 서리가 녹는 것을 보며 정해진 시간에 사람들이 모여드는 공터로 갔다. 오늘도 섣달그믐의 바람이 차가웠지만 겨울 햇살 아래 많은 사람들이 모여 있었다. 그런데 어찌된 일인지 야소마는 하루가 다 가도록 모습을 보이지 않았다. 하지만 마타하치는 좋게 생각하며 그다음 날도 술 파는 노점 의자에 앉아서 기다렸다.

'무슨 사정이 있는가 보군.'

그는 고지식하게 공터의 혼잡한 인파를 둘러보면서 기다렸다.

'오늘은 오겠지.'

그러나 그날도 해가 다 지도록 기다렸지만 야소마는 끝내 모습을 드러내지 않았다.

"영감님, 또 왔습니다."

사흘째였다. 마타하치는 오늘도 술상 앞에 걸터앉았다. 그의 거동을 속으로 이상하게 여기고 있던 술집 영감이 대체 누구를 기다리느냐고 묻자, 실은 언젠가 이곳에서 사귄 아카가베 야소마라는 낭인과 이곳에서 만나기로 약속했다고 말했다.

"그 사내에게?"

영감은 어이가 없다는 듯 되물었다.

"그럼 그 자가 벼슬자리를 주선해 주겠다는 말을 믿고 돈을 빼앗겼단 말입니까?"

"빼앗긴 것이 아니고 제가 부탁해서 스스키다 님에게 드릴 돈을 맡겼는데, 그 결과를 빨리 알고 싶어서 매일 이렇게 기다리는 것입니다."

"저런, 대체 어쩌자고."

영감은 딱하다는 듯이 마타하치의 얼굴을 바라보며 말했다.

"백 년을 기다려도 그자는 오지 않을 겁니다."

"옛? 어, 어째서?"

"그놈은 유명한 사기꾼입니다. 이곳 공터에는 그런 사기꾼 같은 놈들이 많아서 조금만 어수룩해 보이면 사기를 치려고 금방 달라붙습니다. 조심해야 된다고 귀띔해 드리고 싶었지만 나중에 보복을 당하는 것이 무섭고, 또 손님도 그의 거동을 보면 짐작할 수 있을 것이라 생각했는데 돈을 빼앗기시다니……. 이거 큰일 났군요."

영감은 오히려 마타하치의 무지함이 딱하다는 듯한 말투였다. 마타하치는 부끄러움보다는 손해를 입고 희망까지 빼앗긴 것에 대한 뼈아픔 때문에 분노가 차올랐다. 그는 망연히 공터의 인파를 뚫어지게 쳐다보고 있었다.

"소용없을 듯하지만 혹시 모르니 환술幻術을 하는 곳에 가서 한번 찾아보면 어떻겠습니까? 그곳은 야소마 같은 사기꾼들이 모여서 노름하는 곳입니다. 그자도 돈이 생겼으니 어쩌면 그곳에 있을지도 모릅니다."

"그렇습니까?"

마타하치는 허둥지둥 술상에서 일어났다.

"그 환술을 한다는 곳이 어디쯤입니까?"

영감이 손가락으로 가리키는 쪽을 바라보니, 공터에서 가장 큰 울타리가 있었다. 환술사들이 공연을 하고 있는 곳이라고 했다. 그곳으로 다가가 보니 '헨표동자變兵童子'나 '가신거사의 수제자果心居士之一第子'라고 하는 유명한 환술사들의 이름을 써 붙인 깃발이 출입구 쪽에 세워져 있었다. 휘장과 거적을 둘러친 넓은 울타리 안에서 이상야릇한 음악과 함께 환술사의 기합 소리와 구경꾼들의 박수 소리가 요란하게 들려왔다. 뒤편으로 돌아가니 구경꾼들이 드나들지 않는 다른 입구가 있었다. 마타하치가 그곳을 들여다보자 입구를 지키는 사내가 물었다.

"도박장에 가는 거요?"

마타하치가 고개를 끄덕이자 사내는 알았다는 눈짓을 보냈다. 안으로 들어가자 천장이 뚫린 장막 안의 한가운데에서 스무 명 정도의 부랑자가 빙 둘러앉아서 노름을 하고 있었다. 마타하치가 다가서자 차가운 눈초리가 그를 올려다보았다. 한 사람이 아무 말 없이 그에게 자리를 내주려고 하자 마타하치는 당황해하며 그들에게 물었다.

"여기, 아카가베 야소마라는 사람이 있소?"

"아카가베? 그러고 보니 그 녀석, 요즘 통 오질 않으니 어쩐 일이지?"

"이곳에 다시 오겠소?"

"알 게 뭐요. 자 들어오슈."

"아니, 난 노름하러 온 게 아니고 그자를 찾으러 온 거요."

"저자가 누굴 놀리나. 노름도 안 할 거면서 도박장엔 뭐하러 온 거야!"

"미안하오."

"다리몽둥이를 분질러 놓을까 보다."

"미안합니다."

우물쭈물하며 걸어 나오는데 사내 한 명이 뒤따라 나오며 소리쳤다.

"잠깐. 여기는 뻔뻔하게 '미안합니다' 한 마디로 끝나는 데가 아니다. 노름을 안 하려거든 자릿값이라도 내놓고 가."

"돈 같은 건 없소."

"돈도 없는 주제에 도박장을 기웃거리다니. 그러고 보니 기회를 엿보다 돈을 훔쳐 갈 셈이었구나. 이 도둑놈."

"뭐라고?"

마타하치가 칼자루를 앞으로 기울이자 사내는 재미있다는 듯이 어디 한번 붙어 보자는 태도를 취했다.

"멍청한 놈. 그따위 협박에 벌벌 떨다가는 이 오사카 바닥에서 살아남지 못할 거다. 어디 벨 테면 베어 봐라."

"정말 벨 테다."

"주둥이만 나불거리지 말고 어디 해 보거라."

"내가 누군지 모르느냐?"

"알게 뭐냐."

"나는 에치젠 우사카노쇼의 정교사 촌, 도다 고로자에몬의 제자 사사키 고지로다."

마타하치는 그렇게 말하면 도망칠 줄 알았지만 오히려 사내는 웃음을 터뜨리더니 등을 돌려 안에 있는 사람들에게 소리쳤다.

"어이, 모두 나와 봐. 이 녀석이 지금 뭐라고 이름을 댔는데, 우리와 붙어 볼 심사인가 봐. 어디 네놈 솜씨 한번 구경해 보자."

사내는 말이 채 끝나기도 전에 '꽥' 소리와 펄쩍 뛰어올랐다. 마타하치가 사내의 엉덩이를 벤 것이다.

"이 자식이?"

어느새 도박꾼들이 몰려 나왔는지 뒤에서 와하는 소리가 들렸다. 마타하치는 피 묻은 칼을 거두고 인파 속으로 들어가서 되도록 사람이 많은 곳으로 몸을 숨기며 걸어갔다. 지나가는 사람들의 얼굴이 모두 도박꾼들처럼 보여 위험해 보였다.

문득, 마타하치가 바라보니 앞쪽의 울타리에 커다란 호랑이 그림이 그려진 막이 쳐 있고, 입구에는 겸창鎌槍과 뱀눈 문양의 깃발이 세워져 있었다. 그리고 장사꾼 한 명이 빈 상자 위에 올라서서 쉰 목소리를 쥐어짜며 외치고 있었다.

"호랑이요, 호랑이. 천리를 오가는 조선에서 건너온 호랑이. 가토 기요마사加藤淸正 공이 맨손으로 잡은 호랑이."

그는 사람들을 끌어 모으기 위해 소리를 지르고 있었다. 마타하치는 돈을 던져 주고 안으로 숨어들었다. 그리고 한숨을 돌리며 호랑이가 어디에 있는지 둘러보았다. 정면에 세워 놓은 두세 개의 덧문짝에는 마치 빨랫감을 널어놓은 것처럼 호피 한 장이 걸려 있었다. 구경꾼들은 죽은 호랑이를 신기하게 바라보았다. 살아 있는 호랑이가 아니라고 화내는 사람은 없었다.

"아, 저게 호랑이구나!"

"굉장히 크구나."

입구에서 들어온 사람들이 감탄하며 출구로 빠져나갔다. 마타하치는 되도록 이곳에서 시간을 보내려고 한동안 호피 앞에 서 있었다. 그때 여장 행색을 한 늙은 부부가 불쑥 그의 앞에 멈춰 서더니 말했다.

"곤 숙부, 이 호랑이는 죽은 게 아니오?"

그 늙은 무사가 대나무 칸막이 너머로 손을 뻗어서 호랑이 털을 만져 보더니 말했다.

"죽은 호랑이 가죽입니다."

"입구에서 고함을 치던 사내는 살아 있는 것처럼 말했잖소."

"이것도 환술의 하나겠지요."

늙은 무사는 쓴웃음을 지었으나 노파는 화가 난 듯 뒤를 돌아보며 쭈글쭈글한 입술로 쏘아 댔다.

"나쁜 놈들. 환술이면 환술이라고 간판에 써 붙여야지. 죽은 호랑이를 볼 양이면 차라리 그림을 보는 게 낫겠다. 입구에 가서 돈을 도로 내놓으라고 해요."

"형수님, 돈을 돌려 달라고 소란을 피우다간 사람들이 비웃어요."

"숙부가 싫다면 내가 말하겠소."

노파가 구경꾼들을 헤치며 돌아서는데 인파 속으로 얼굴을 숨기는 사람이 있었다. 곧 숙부가 소리쳤다.

"앗! 마타하치다."

눈이 나쁜 오스기가 놀라며 물었다.

"숙부, 지금 뭐라 했소?"

"형수님 바로 뒤에 마타하치 녀석이 서 있었는데 못 보셨어요?"

"정말이오?"

"도망친다."

"어디?"

두 사람은 입구 밖으로 뛰쳐나왔다. 사람들로 붐비는 공터는 이미 어스름에 감싸여 있었다. 마타하치는 몇 번이나 사람들과 부딪쳤다. 그때마다 빙글빙글 돌면서 뒤도 돌아보지 않고 마을 쪽으로 도망갔다.

"이놈아, 거기 서거라!"

마타하치가 뒤돌아보자 어머니 오스기가 미친 듯이 쫓아오고 있었다. 곧 숙부도 손을 치켜들고 고함을 치며 쫓아왔다.

"이놈아, 왜 도망치는 게냐? 마타하치!"

그래도 마타하치가 걸음을 멈추지 않자 오스기는 쭈글쭈글한 목을 앞으로 길게 빼고는 정신없이 소리를 질렀다.

"도둑이야, 도둑!"

사람들이 가게 앞에 세워 둔 대나무 깃대로 앞에서 도망치는 마타하치를 두들겨 패서 찍어 눌렀다. 길을 가던 사람들이 웅성거리며 둘러싸더니 이내 소리쳤다.

"잡았다."

"나쁜 놈."

"때려죽여라."

발길질과 주먹이 날아오고 침을 뱉는 사람도 있었다. 뒤에서 숨을 헐떡이며 곤 숙부와 함께 뒤쫓아 온 오스기가 그 모습을 보고는 사람들을 냅다 들이받더니 허리에 차고 있던 칼자루에 손을 대면서 소리쳤다.

"어찌 이리 가혹하게, 대체 뭐하는 짓이냐!"

사람들은 영문도 모르고 소리쳤다.

"할머니, 이놈은 도둑놈이에요."

"도둑이 아니다. 내 아들이다."

"뭐, 할머니 아들이라고요?"

"잘도 발로 걷어찼겠다. 장사치 주제에 무사의 아들을 발로 차다니. 어디 다시 한 번 발길질을 해 보아라. 내가 가만두지 않을 테다."

"그럼 아까 도둑이라고 소리친 사람은 누구요?"

"내가 소리쳤지만 당신들보고 이렇게 발로 차라고 하지는 않았다. 도둑이라고 소리치면 아들놈이 멈출 거라 생각한 게다. 그것도 모르고 때리고 발로 차다니, 이 무지막지한 자들 같으니라고."

원적

마을 안에 있는 숲에서 희미하게 상야등^常
夜燈이 깜박이고 있었다.

"이리 오너라."

오스기는 마타하치의 목덜미를 잡고 거리에서 이곳 경내까지 끌고 왔다. 노파의 서슬에 놀랐는지 사람들은 따라오지 않았다. 마지막까지 신사 입구의 기둥에 남아서 망을 보던 곤 숙부도 돌아왔다.

"형수님, 너무 그러지 마세요. 마타하치도 이젠 어린애가 아니잖아요."

그는 오스기의 손을 마타하치의 멱살에서 떼 놓으려고 했다.

"무슨 소리요?"

오스기는 팔꿈치로 곤 숙부를 뿌리치며 말했다.

"내 자식을 내가 혼내겠다는데 숙부는 잠자코 참견하지 마시오. 네 이놈, 마타하치!"

눈물을 흘리며 기뻐할 일인데 노파는 화를 내며 아들의 멱살을 잡고는 아래로 흔들어 댔다. 누구나 노인이 되면 단순하고 성급해진다고 했다. 그러나 지금의 오스기는 너무나 복잡한 심경이었다. 그녀는 자신이 지금 울고 있는지, 화를 내고 있는지, 아니면 미칠 듯이 기쁜지 가늠할 수 없었다.

"어미를 보고 도망가는 건 무슨 경우냐? 대체 네놈이 어디에서 태어난 줄 아느냐? 내 자식이 아니란 말이야? 이, 이 얼빠진 놈아!"

오스기는 어린아이를 때리듯 마타하치의 엉덩이를 철썩철썩 때리며 소리쳤다.

"설마 네가 이 세상에 살아 있으리라고는 생각하지 않았는데 뻔뻔하게 이 오사카에 살아 있다니 참으로 한스럽구나. 에라, 이 몹쓸 놈아! 어째서 고향으로 돌아와 조상님의 제사를 지내지 않았는지, 이 어미에게 잠깐이나마 얼굴도 비치지 않았는지, 온 집안사람들이 별의별 생각을 다 하며 걱정한 것을 네놈은 아느냐?"

"어, 어머니, 용서해 주세요. 용서해 주십시오."

마타하치는 어린애처럼 어머니의 손 아래에 머리를 숙이며 외쳤다.

"잘못인 줄은 알고 있었습니다. 알고 있기 때문에 돌아갈 수 없었습니다. 오늘도 도망칠 생각은 아니었는데, 너무나 뜻밖이어서 깜짝 놀라 저도 모르게 그렇게 된 겁니다. 정말 면목이 없습니다. 어머님께도 숙부님께도 그저 면목이 없습니다."

마타하치는 두 손으로 얼굴을 감쌌다. 그 모습을 본 오스기도 콧잔

등을 실룩거리며 흐느껴 울었다. 그러나 오스기는 이내 약해지려는 자신의 마음을 다잡았다.

"조상님을 욕보이고도 면목이 없다고 말하는 걸 보니 그동안 제대로 살지도 못한 게로구나."

곧 숙부가 보다 못해 끼어들었다.

"형수님, 이제 됐습니다. 그렇게 때리고 야단치면 오히려 마타하치를 비뚤어지게 할 뿐입니다."

"또 참견하시는 게요? 숙부처럼 남자가 너무 물러 터져서는 안 돼요. 마타하치에겐 아버지가 없기 때문에 내가 어미 노릇과 엄한 아비 역할을 함께하는 게요. 그래서 혼을 내고 있소이다. 아직 이 정도로는 부족해요. 마타하치, 거기 꿇어앉아라."

오스기는 땅바닥에 꿇어앉더니 아들에게도 땅바닥을 가리키며 말했다.

"네."

마타하치는 기운 없이 몸을 일으키더니 다시 그 자리에 꿇어앉았다. 그에게 오스기는 무서운 어머니였다. 세상의 다른 어머니들 이상으로 다정하기도 했지만 조상님 얘기를 할 때면 머리를 들 수조차 없었다.

"하나도 숨김없이 말해 보거라. 너는 세키가하라 전투에 나간 후에 대체 무엇을 하며 지냈느냐? 내가 납득이 갈 때까지 상세히 말해 보거라."

"말씀 드리겠습니다."

마타하치도 숨길 생각은 없었다. 그는 친구인 무사시와 전장에서 낙오된 일, 그리고 이부키 산 근처에서 숨어 살던 일, 오코라는 연상의 여자에게 걸려들어 몇 년 동안 동거하면서 겪은 아픈 경험 등과 지금은 후회하고 있다는 사실을 숨김없이 모두 말했다. 그러고 나니 뱃속의 썩은 것들을 토해 낸 것처럼 마음이 가벼워졌다.

"흐흠……."

곤 숙부는 한숨을 쉬며 말했다.

"어처구니없는 녀석이군."

노파도 혀를 차며 말했다.

"그래서 지금은 무얼 하고 있느냐? 옷차림을 보니 제대로 차려 입은 듯한데, 벼슬해서 녹이라도 좀 받고 있느냐?"

"네."

마타하치는 얼떨결에 이렇게 대답했지만 들통 날 것이 두려워 이내 다시 말했다.

"아니, 벼슬은 하고 있지는 않습니다."

"그럼, 무얼 하고 있느냐?"

"검, 검술 같은 걸 가르치면서."

"호오."

노파는 그제야 마음이 다소 누그러진 것처럼 기분 좋게 물었다.

"검술을? 그렇군. 그런 생활을 하면서도 검술에 정진했다니 과연 내 자식이다. 곤 숙부, 역시 내 자식답지 않습니까?"

이쯤에서 일을 마무리하고 싶었던 곤 숙부가 크게 고개를 끄덕이며 말했다.

"그럼요. 어디 피를 속일 수 있겠습니까. 한때 길을 잘못 들었다고는 하나 그 핏줄이 어디 가겠습니까?"

"그런데 마타하치야."

"네."

"어느 분을 스승으로 모시고 검술을 연마하였느냐?"

"가네마키 지사이 선생님입니다."

"흠, 그 가네마키 선생께?"

오스기와 곤 숙부가 어린애처럼 매우 기뻐하자 마타하치는 더 기쁘게 해 드리고 싶어졌다. 그는 상야등의 불빛 아래에서 품속에서 인가 목록을 꺼내 맨 밑에 한 줄로 적혀 있는 사사키 고지로라는 부분만 감추고 펼쳐 보였다.

"이걸 보세요."

"어디, 어디?"

마타하치는 손을 내밀어 보여 주었지만 목록을 건네주지는 않았다.

"어머님, 안심하십시오."

"과연."

오스기는 고개를 끄덕였다.

"숙부, 보셨소? 대단하지 않소? 어릴 때부터 다케조 따위보다 훨씬 똑똑하고 실력도 좋더니 결국 이렇게……."

오스기는 침만 흘리지 않았을 뿐 어린애처럼 흡족해했다. 그런데 그 때, 두루마리를 접던 마타하치의 손이 미끄러지면서 마지막 한 줄이 그녀의 눈에 띄고 말았다.

"잠깐, 여기 사사키 고지로라고 쓰여 있는 건 무엇이냐?"

"아, 이건 가명이에요."

"가명? 혼이덴 마타하치라는 훌륭한 이름이 있는데 무엇 때문에 가 명 같은 걸 쓰느냐?"

"돌이켜보면, 제가 부끄럽게 살아 왔기에 조상님의 이름을 더럽히 지 않으려고……."

"오, 그랬구나. 대견하구나. 참, 너는 아무것도 모를 테니 이제부터 그동안 고향에서 있었던 일들을 들려주마. 잘 듣거라."

오스기는 그렇게 운을 떼우고 하나밖에 없는 자식을 더욱 고무시키 고 격려하기 위해 그 후의 일들을 이야기했다. 미야모토 촌에서 일어 난 사건부터 시작해서 혼이덴가의 처지까지, 또 자신과 곤 숙부가 어 찌하여 고향을 떠나게 됐는지, 오츠와 다케조에게 복수하기 위해 다 년간 둘의 행방을 찾아다닌 일 등을 자세히, 과장을 보태며 이야기했 다. 오스기는 말을 하다 몇 번이나 코를 풀면서 눈물까지 흘렸다.

마타하치는 가만히 고개를 숙인 채 노모가 열렬히 토로하는 이야기 를 듣고 있었다. 그러는 동안에는 그도 착하고 얌전한 아들이었다. 오 스기가 중시하는 대목은 오로지 혼이덴가의 체면이나 무사의 기개에 있었지만 그의 감정을 자극한 것은 그런 것이 아니었다.

'오츠의 마음이 변했다.'

처음 듣는 그 말이 믿어지지 않았다.

"어머니, 그게 정말입니까?"

오스기는 아들의 안색을 보더니 자신의 독려가 그를 분개시켰다고 생각했다.

"거짓말 같으면 네 숙부에게 물어보려무나. 오츠, 그년이 너를 배신하고 다케조의 뒤를 쫓아갔단 말이다. 아니지, 더 나쁜 건 네가 당분간 마을로 돌아오지 않을 것을 알고 다케조가 오츠를 꾀어서 달아났다는 것이다. 그렇죠, 숙부?"

"맞습니다. 칠보사의 삼나무에 다쿠안, 그 중놈이 다케조를 붙들어 매 놓았는데 오츠를 꾀어 함께 도망쳤으니, 둘은 분명 보통 사이가 아닐 것이다."

그 말을 들은 마타하치는 분노로 끓어올랐다. 그렇지 않아도 다케조에게는 웬지 반감이 생길 때가 있었던 것이다. 오스기는 한층 아들을 독려하며 말했다.

"마타하치, 알았느냐? 이 어미와 곧 숙부가 고향을 떠나 이렇게 여러 나라를 돌아다니고 있는 심정을. 아들의 계집을 빼앗아 달아난 다케조와 혼이덴가를 모독하고 도망친 오츠. 이 에미는 그 두 연놈을 잡아 목을 칠 때까지 조상님의 위패와 고향 사람들을 볼 면목이 없다."

"잘, 알겠습니다."

"너도 이대로 비굴하게 고향 땅을 밟을 수는 없을 게다."

"이대로 돌아갈 수는 없습니다."

"원수를 갚아야 한다."

"네……."

"대답이 시원치 않구나. 너는 다케조를 칠 힘이 없다고 생각하는 게냐?"

"그렇지 않습니다."

곤 숙부가 옆에서 거들었다.

"마타하치, 나도 있으니 너무 걱정하지 말거라."

"이 어미도 있다."

"오츠와 다케조, 둘의 목을 들고 떳떳하게 고향으로 돌아가는 거다. 마타하치, 그렇지 않느냐? 그런 연후에 너는 참한 색시를 맞이해서 혼이덴가의 후사를 이어야 한다. 그래야만 무사의 면목도 서고 고향에서의 평판도 좋아질 것이다. 우선 요시노고에서 집안의 수모를 씻는 길은 그 길밖에 없다. 자, 그럴 결심이 섰느냐?"

"네."

"훌륭하다. 숙부, 기필코 다케조와 오츠를 처치하겠다고 맹세했으니 칭찬이라도 해 주시지요."

노파는 그제야 직성이 풀렸는지 참고 앉아 있던 얼음 같은 땅바닥에서 몸을 일으키려고 했다.

"아, 어이쿠."

"형수님, 왜 그러세요?"

　　　　　　　　　　　　미야모토 무사시 3_불火의 장

"차가운 데 앉아 있었더니 허리가 결리고 갑자기 아랫배를 뭔가로 찔러 대는 듯하오."

"안되겠습니다. 또 지병이 도졌나 봅니다."

마타하치가 등을 돌리면서 오스기에게 말했다.

"어머니, 업히세요."

"뭐, 업히라고? 업을 수 있겠느냐?"

그녀는 아들의 어깨에 기대어 기쁨의 눈물을 흘렸다.

"이게 몇 년 만이냐? 숙부, 마타하치가 나를 업어 주겠다는구려."

어머니의 따뜻한 눈물이 피부에 닿자 마타하치도 뭐라 말할 수 없이 기뻤다.

"숙부님, 숙소는 어딘지요?"

"이제부터 찾아야 한다. 아무 데라도 좋으니 우선 가 보자."

마타하치는 노모를 업고 힘차게 걸으며 말했다.

"아, 가볍구나. 어머니, 너무 가벼워요. 돌보다 가벼워요."

미소년

쌓여 있는 짐의 대부분이 남색 물감과 종이였다. 그 밖에 금지된 담배를 배 밑바닥에 감추고 있는지 냄새로도 알 수 있었다. 한 달에 몇 번쯤 아와阿波에서 오사카를 오가는 배편으로, 화물과 함께 동승한 손님들 대부분은 세밑에 오사카로 장사 차 나오거나 돌아가는 상인들이었다.

"어떻소? 돈 좀 벌었습니까?"

"벌지도 못했습니다. 국경 근처는 경기가 아주 좋다던데."

"총포를 만드는 대장장이들은 직공이 모자라서 쩔쩔매고 있다던데."

다른 상인이 끼어들며 말했다.

"나는 군수품인 깃대라든가 갑옷, 투구 같은 것을 납품하고 있는데 예전처럼 벌진 못합니다."

"그래요?"

"무사들이 셈이 밝아져서."

"허, 그렇군."

"옛날에는 패잔병들의 무기 따위를 훔치거나 빼앗아 가져온 것을 다시 칠하거나 염색해서 진영에 납품을 했지요. 그러면 또 전투가 벌어지고 사람들이 다시 그것을 모아 오면 그것을 다시 새것으로 만드는 식으로 써먹었었지만. 대금도 금과 은으로 지불하고 대개가 눈대중이었고 말이죠."

그들의 대화란 대체로 이런 것들이었다. 그중에는 이런 이야기도 있었다.

"루손 스케자에몬呂宋助左衛門이나 차야 스케지로茶屋助次郎 같은 사람처럼 이제는 흥하든 망하든 해외로 나가지 않는 한, 내지에서 큰돈을 벌 일은 없는 듯하오."

바다를 바라보며 그 저편에 있는 나라의 부를 상상하는 자가 있는가 하면, 또 다른 이는 이렇게 말하기도 했다.

"하지만 누가 뭐라고 해도 무사들 입장에서 보면 우리 같은 장사꾼이 훨씬 편하게 사는 겁니다. 대체로 무사들이란 다이묘와 같은 사치는커녕 음식 맛 하나 제대로 즐기지 못하고 전쟁 나면 쇠와 가죽으로 된 갑옷을 입고 사지로 달려가야 하죠. 또 평소에는 체면이나 무사도에 얽매여 하고 싶은 일도 못 하니 참으로 불쌍할 따름이지요."

"경기가 나쁘니 뭐니 해도 역시 장사꾼이 제일 좋구먼."

"제일이고말고요. 마음도 편하고."

"머리만 푹 숙이고 있으면 아무 문제도 없으니 말이오. 그 울분이야 돈으로 얼마든지 메울 수 있고."

"마음껏 이 세상을 즐기는 게 최고지."

"'뭐 때문에 태어났소?' 하고 한번 물어보고 싶을 때도 있습니다."

상인 중에서도 중류층 이상으로 보이는 그들은 배에다 양탄자를 넓게 펴 놓고 자신들의 계급을 은연중에 드러내고 있었다. 이들을 보고 있으면, 과연 모모야마桃山[3]의 호사는 태합 도요토미 히데요시가 죽은 후에 무가에서 상인으로 옮겨 가고 있음을 잘 알 수 있었다. 화려한 술잔이며 현란한 여행 도구와 옷가지, 지니고 있는 물건들을 보면 상인이 아무리 구두쇠라고는 하지만 천석지기 무사라 할지라도 그들에게는 미치지 못할 듯했다.

"조금 따분하지 않습니까?"

"재미 삼아 한번 해 볼까요?"

"하십시다. 거기 장막 한 장 둘러치고서."

상인들은 장막을 치고 첩이나 일꾼 들에게 술을 가져오게 하고는 남방南方의 배를 통해 일본으로 전해진 '가루타'[4]라는 카드놀이를 시작

---

3 오다 노부나가와 도요토미 히데요시에 의해 천하 통일이 진행되던 시대를 말한다. 이 시대는 전란의 종결과 천하 통일의 기운, 신흥 다이묘와 부상富商의 출현, 활발한 해외 무역과 교섭 등을 배경으로 호방하고 화려한 문화가 꽃을 피웠다.

4 일본 전통 카드놀이인 가루타는 트럼프를 뜻하는 포르투갈어 'Carta(카르타)'에서 유래했다. 트럼프와 달리 숫자 대신 그림이나 문자, 일본 전통시인 '와카' 등이 담겨 있다. 귀족이나 무사 등 상류층을 중심으로 유행하다가 일반인들에 널리 확산된 놀이로, 후에 도박으로 변질되기도 했다.

했다. 가루타에 건 한 줌의 황금만 있으면 한 마을을 굶주림에서 구해 낼 수 있었지만 그들은 마치 장난처럼 그것을 주고받았다. 물론 이들은 상인 계층 중에서도 상위 십 퍼센트에 속하는 사람들로, 같은 배에 탄 산속 난민이나 낭인, 선비, 승려, 무사 등은 그들이 보기에는 대체 무엇을 위해 살아가는지 모를 한심한 족속들일 뿐이었다. 그들의 말처럼 배 안의 다른 사람들은 쌓여 있는 짐 그늘에 앉아 아무 의욕도 없는 얼굴로 멍하니 겨울 바다를 바라보고 있었다. 그리고 그 무리들 중에 한 소년이 섞여 있었다.

"이놈, 가만히 있어."

짐짝에 기대어 바다를 향해 앉아 있는 그는 무릎 위에 털이 수북한 짐승을 끌어안고 있었다.

"오, 아주 귀여운 새끼 원숭이로구나."

옆에 있는 사람이 들여다보며 말했다.

"길은 들인 게냐?"

"네."

"오랫동안 길러 온 듯하구나."

"아니요. 얼마 전에 도사土佐에서 아와로 넘어오다가 산속에서."

"잡았다는 말이냐?"

"어미 원숭이 무리에게 쫓기다 봉변을 당할 뻔했어요."

소년은 이야기를 하면서도 얼굴을 들지 않았다. 그는 새끼 원숭이를 무릎 사이에 끼고 벼룩을 찾고 있었다. 앞머리에 자주색 끈을 늘어뜨리고 화려한 통소매에 하오리羽織⁵를 걸치고 있어서 소년처럼 보였지만 정확한 나이를 가늠할 수 없었다. 도요토미 히데요리가 피우는 담뱃대를 모방한 다이코바리太閤張라는 것이 생겨서 한때 유행했는데, 이러한 사치스러운 풍속은 모모야마 전성기의 유풍이었다. 또한 스무 살이 넘어도 관례冠禮를 하지 않고 스물대여섯이 지나도 동자머리를 하고 금실을 늘어뜨려 마치 어린 소년인 것처럼 겉치레를 하는 풍습이 여전히 남아 있었다.

그래서 겉모습만 보고 이 소년을 미성년자라고 판단할 수는 없었다. 몸집이 떡 벌어졌고 기골이 장대했으며 흰 피부에 붉은 입술과 맑은 눈동자를 가지고 있었다. 게다가 눈썹이 진하고 눈썹 끝이 눈꼬리에서 위로 치켜 올라가 있어서 꽤 강해 보이는 얼굴이었다.

"이놈아, 움직이지 마."

새끼 원숭이의 머리를 쥐어박으며 벼룩 잡기에 여념이 없는 그의 모습은 천진난만하게 보이기도 했다. 나이는 대략 열아홉이나 스무 살쯤으로 보였는데 그의 신분 역시 얼른 짐작할 수가 없었다. 그는 여행자 행색을 하고 있었는데 가죽 버선에 짚신을 신고 있었다. 뭐라고 꼬집어 말할 수는 없지만 어느 번의 가신도 아닌 듯했다. 이런 배로 여행하면서 무사 수행자나 사당패, 거지 등과 같이 남루한 행색의 무사나 냄새나는 서민들 속에 섞여서 소탈하게 있는 모습을 보니 낭인 비슷한 자일 거라고 짐작만 할 수 있을 뿐이었다.

---

5 밖으로 외출할 때 입는 짧은 겉옷.

하지만 그 소년은 낭인이라고 하기엔 아주 멋진 물건 하나를 지니고 있었다. 그것은 등에 가죽 끈으로 비스듬히 메고 있는 커다란 칼이었다. 군도軍刀로 만들어진 그 칼은 곡선으로 휘어져 있지 않고 직선으로 길게 뻗어 있었다. 크고 잘 만들어진 칼이라서 소년의 곁으로 다가왔던 사람은 이내 그의 어깨 위로 칼자루부터 솟아 있는 그 칼에 시선이 갈 수밖에 없었다.

"아주 좋은 칼을 갖고 있구나."

소년으로부터 조금 떨어져 있던 기엔 도지도 다른 사람들처럼 전부터 칼에 시선을 빼앗기고 있었다. 그는 좋은 칼을 볼 때마다 주인에서부터 칼의 과거 이력까지 상상하곤 했다. 교토에서도 보기 드문 칼이라고 생각한 그는 소년에게 말을 걸기 위해 기회를 엿보았다.

배는 한겨울 오후 안개를 헤치며 나아가고 있었고 햇살을 가득 안고 있는 아와지淡路 섬은 배 뒤편으로 점점 멀어져 가고 있었다. 바람을 맞아 펄럭이는 커다란 흰 돛이 마치 살아 있는 것처럼 사람들의 머리 위에서 물살을 가르듯 아우성을 치고 있었다. 도지는 선하품이 나올 만큼 여행에 싫증 나 있었다. 따분한 여행만큼 타인에게 관심을 갖게 되는 일은 없었다. 그는 이 무료한 여행을 벌써 열사흘 동안 계속해 오다가 마침내 이 배 안에 있게 되었다.

'기별이 제때 들어갔을까? 그렇다면 틀림없이 오사카 선착장까지 마중 나올 거야.'

그는 오코의 얼굴을 떠올리며 무료함을 달랬다. 무로마치 장군 가문의 병법소로 출사해서 명예와 재산을 쌓아 온 요시오카 가문도 세이주로 대에 이르러 방종한 생활로 인해 가세가 완전히 기울었다. 이미 저당이 잡혀 있는 시즈오카 도장은 연말이 되면 상인 손으로 넘어갈지도 모르는 상황이었다. 연말이 가까워지자 여기저기서 어서 갚으라고 재촉하는 빚은 부채를 모두 합해 실로 엄청난 금액으로 부풀어 있었다. 아버지 겐포의 유산을 모조리 넘겨주어도 빚을 갚기에는 부족한 상황이었다.

"어떻게 하면 좋겠는가?"

세이주로는 도지에게 의논을 했다. 그를 부추겨서 가산을 탕진하게 만든 책임의 절반은 도지에게 있었다.

"제가 잘 처리할 테니 맡겨 주십시오."

도지가 머리를 짜내 생각해 낸 것은 서동원西洞院 서쪽 공터에 요시오카류 병법소인 진무각振武閣을 세우자는 안이었다. 세상 돌아가는 상황을 살펴보니 무술 연마가 점점 성행하고 제후들은 더 많은 무사를 필요로 했다. 이런 때일수록 더 많은 후진을 양성하기 위하여 기존에 있는 도장을 확장해서 만천하에 선대의 유업을 널리 알릴 필요가 있었다. 그것은 남아 있는 제자들의 의무이기도 했다. 도지는 세이주로에게 그러한 내용의 회람을 쓰게 한 후에 자신이 직접 그것을 가지고 주고쿠, 규슈, 시코쿠 등지의 요시오카 겐포 문하 출신자들을 찾아다니며 진무각 건축을 위한 기부금을 모으고 있었던 것이다. 선대인 겐포가 키워 낸 제자들은 각지의 번에서 상당한 지위에 올라 봉공하고 있었다. 하지만 요시오카의 회람을 가지고 가도 그가 예상했던 만큼 쉽게 기부금을 내주는 자는 별로 없었다.

"후일 기별을 넣겠습니다."

"얼마 후, 상경할 때 찾아뵙겠습니다."

그렇게 말하는 자가 대부분이었다. 도지가 모은 돈은 예상했던 금액의 몇 분의 일도 채 되지 않았다. 그러나 그것은 도지 자신의 문제가 아니었다. 그는 '어떻게든 되겠지' 하고 느긋하게 생각했다. 게다가 그는 세이주로의 얼굴보다는 오랫동안 보지 못한 오코의 얼굴을 떠올리고 있었다. 그러나 상상하는 것도 한계가 있었는지 다시 늘어지게 하품을 하며 배 위에서의 무료함을 주체하지 못하고 있었다.

도지는 아까부터 새끼 원숭이의 벼룩을 잡아 주고 있는 미소년이 부러웠다. 무료함을 달랠 수 있는 좋은 장난감을 가지고 있었던 것이다. 도지는 미소년의 곁으로 다가가서 말을 걸었다.

"젊은이, 오사카까지 가는가?"

소년은 새끼 원숭이의 머리를 누르며 커다란 눈으로 힐끔 도지의 얼굴을 올려다보았다.

"네, 오사카까지 갑니다."

"가족들이 오사카에 살고 있는가?"

"아니요. 다른 곳에."

"그러면 아와에 사는가?"

"그렇지 않습니다."

무뚝뚝한 젊은이였다. 그는 그렇게 말하곤 더 이상 말하기 싫다는 듯 새끼 원숭이의 털을 손가락으로 헤집고 있었다. 도지는 다음 이야깃거리가 떠오르지 않았다. 그는 잠자코 있다가 이번에는 소년이 등에 멘 커다란 칼을 칭찬했다.

"좋은 칼이구나."

그러자 소년이 갑자기 도지 쪽으로 무릎을 돌리며 칭찬받은 것이 기쁜 듯 말했다.

"네, 집안 대대로 내려온 칼입니다. 이것은 군도용 칼로 만들어진 것인데, 오사카의 솜씨 좋은 장인에게 맡겨 제게 맞는 대검으로 다시 만들려고 합니다."

"대검이라도 좀 긴 듯하구나."

"삼 척이에요."

"장검이군."

"이 정도 검도 차지 못한다면……."

소년은 자신 있다는 듯이 보조개를 지으며 웃었다.

"삼 척이든 사 척이든 못 찰 거야 없지. 허나 자유롭게 다룰 수 있으면 대단하겠지만……."

도지는 소년의 우쭐한 마음을 꾸짖듯 다시 말했다.

"장검을 옆구리에 차고 으스대며 다니면 보기에는 좋을지 모르지만 그런 사람일수록 칼을 어깨에 메고 도망치기 바쁜 법이란다. 실례가 안 된다면 어떤 검술을 배웠는지 말해 줄 수 있겠니?"

도지는 젖비린내가 나는 듯한 소년이라 깔보며 검술에 대해 물어보았다. 소년은 도지의 자만에 찬 얼굴 표정을 슬쩍 훑어보더니 말했다.

"도다富田류를……."

"도다류라면 단검일 것인데."

"맞습니다. 하지만 도다류를 배웠다고 해서 단검을 써야만 한다는 법은 없습니다. 저는 남을 흉내 내는 것이 싫어서 스승님의 뜻을 거스르고 장검을 공부하다가 스승님께 노여움을 사서 파문당했습니다."

"젊었을 때는 자칫 그렇게 장골임을 자랑하고 싶어 하는 법이지. 그래서?"

"그래서 에치젠의 정교사 촌을 뛰쳐나와 똑같이 도다류에서 벗어나 주조류를 세운 가네마키 지사이 선생님을 찾아갔지요. 저를 불쌍히 여긴 스승님께서 입문을 허락하셨고 사 년 정도 수행하자 이제 그만 됐다고 말씀하셨습니다."

"시골 선생들은 목록이나 인가를 쉽게 내주곤 하지."

"지사이 스승님은 인가를 쉽게 내주지 않습니다. 스승님이 인가를 내려 주신 건 동문 선배인 이토 야고로 잇토사이 한 명뿐이라고 말씀하셨습니다. 그래서 나도 어떻게든 인가를 받고 싶어서 와신상담하며 고행을 하고 있었는데, 고향의 어머님이 돌아가셨다고 하여 중간에 귀국했습니다."

"고향은?"

"스오 이와쿠니周防岩國 출생입니다. 그리고 귀국한 후에도 매일 수련을 게을리 하지 않고 긴타이 교錦帶橋 근처에 나가서 제비나 버드나무를 베면서 혼자 검술을 연마했습니다. 어머님이 돌아가시기 전, 집안에 대대로 내려온 칼이니 잘 간직하라고 말씀하신 이 나가미쓰長光[6]의 검을 가지고 말입니다.”

“호오, 나가미쓰가 만든 검이라고?”

“이름은 새겨져 있지 않지만 그렇게 전해져 왔습니다. 우리나라에서는 널리 알려진 칼인데 모노호시자오物干竿라는 이름이 붙을 정도입니다.”

말이 없는 편이라고 생각했던 그 소년은 의외로 자신이 좋아하는 화제에 이르자 묻지 않은 것까지 이야기하기 시작했다. 그리고 일단 입을 열기 시작한 그는 상대방의 눈치 따위는 안중에도 없는 듯했다. 소년이 말한 이력 등 여러모로 미루어 볼 때 겉모습과는 달리 고집이 센 성격인 것처럼 보였다.

잠시 말을 멈추고 하늘에 떠 있는 구름을 눈에 담던 소년은 어떤 감회에 잠겨 있는 듯했다.

“그런데 작년에 가네마키 선생님도 천수를 다하시고 병으로 돌아가시고 말았습니다.”

그는 중얼거리듯 말했다.

“그때 저는 스오에 있었는데 동문인 구사나기 덴키草薙天鬼로부터 그

---

6 가마쿠라 시대 후기의 도공으로 일본의 국보인 ‘다이한냐 나가미쓰大般若長光’를 비롯해 많은 명검을 만든 도공 중 한 명이다.

미야모토 무사시 3_불火의 장

소식을 전해 듣고는 스승님께 감읍했습니다. 스승님의 병상을 지키던 구사나기는 나보다도 훨씬 선배였습니다. 스승님은 그와 숙질간이었음에도 그에게는 인가를 주지 않으셨지만, 멀리 떨어져 있는 나를 생각하셔서 생전에 인가 목록을 써 두고는 한번 만나서 손수 제게 전하고 싶다고 하셨답니다."

소년은 당장이라고 눈물이 떨어질 듯 눈가가 젖어 들었다. 도지는 소년의 술회를 듣고는 있었지만 처음부터 그와 아픔을 함께할 마음은 없었다. 다만 무료한 것보다는 낫다고 생각하며 고개를 끄덕였다.

"흠, 그렇군."

도지가 열심히 듣고 있는 듯한 표정을 짓자 소년은 울적한 심사를 달래려는 듯, 말을 계속했다.

"그때 바로 갔으면 좋았을 테지만 나는 스오에, 스승님은 가미슈^{上州}의 산골에 계셨으니 수백 리 길이었습니다. 공교롭게도 내 어머니도 그때를 전후로 돌아가셨기 때문에 스승님의 임종을 지키지 못했습니다."

그때, 배가 조금 흔들리기 시작했다. 구름이 해를 가리자 바다는 빠르게 잿빛으로 변했고 때때로 이물에 차가운 포말이 일었다. 소년은 다정스런 말투로 이야기를 계속해 나갔다. 소년의 그 후 이야기를 요약하자면 이러했다. 그는 지금 고향인 스오의 집을 정리하고 스승의 조카이자 동문인 구사나기와 어딘가에서 만나기 위해 여행을 하고 있다는 것이었다.

"스승님께 친척이라고는 아무도 없습니다. 그래서 조카인 구사나기에게는 비록 적지만 유산으로 돈을 남기셨고, 멀리 떨어져 있는 저에게는 주조류의 인가 목록을 남기셨습니다. 지금 구사나기는 제 인가 목록을 가지고 여러 나라를 돌며 수행을 하고 있는데, 내년 춘분과 추분의 중간 날에 조슈와 스오의 중간인 미카와三河의 봉래사風來寺 산을 양쪽에서 올라가 만나기로 약속하는 편지를 주고받았습니다. 거기서 저는 스승님의 유품을 받기로 되어 있어서 그때까지는 긴키 부근을 수행을 겸해서 구경하려고 생각하고 있습니다."

소년은 그제야 할 말을 다했다는 듯 도지를 보며 물었다.

"당신은 오사카입니까?"

"아니, 교토."

도지는 그렇게 말하고는 한동안 파도 소리에 귀를 기울이고 있었다. 그의 얼굴은 다소 경멸하는 표정을 짓고 있었는데, 이미 그 소년의 이야기에 질린 듯한 말투였다.

"그러면 자네는 역시 병법으로 입신할 생각인가?"

도지는 요즘 그 소년처럼 시건방진 청년들이 병법을 한답시고 몰려다니며 인가 목록을 받은 것을 자랑하는 꼴이 아니꼽게만 보였다. 세상에 자칭 고수나 달인이라고 하는 자들이 모기떼처럼 득시글거리는 걸 두고 볼 수만은 없었다. 무엇보다 도지 자신도 요시오카 문하에서 이십 년 가까이 있었지만 겨우 이 정도인데, 하며 자신의 처지와 비교해 보았다.

'저런 자들은 앞으로 대체 어떻게 밥을 먹고 살아갈 생각일까?'

무릎을 감싸고 잿빛 바다를 물끄러미 바라보던 소년이 중얼거리듯 뇌까렸다.

"교토?"

그러더니 도지 쪽으로 눈을 돌리며 물었다.

"교토에는 요시오카 겐포의 아들인 요시오카 세이주로라는 사람이 있다던데, 지금도 도장을 하고 있습니까?"

도지는 그 소년이 마음에 들지 않았다.

'듣고 있자니 점점 못하는 말이 없군.'

하지만 도지가 다시 생각해 보니 그 소년은 아직 자신이 요시오카 문하의 수제자라는 것을 모르고 있었다. 그 사실을 알면 먼저 한 말이 부끄러워져서 깜짝 놀랄 것임에 틀림없다. 도지는 무료하던 차에 그 소년을 한번 골려 주려고 했다.

"글쎄, 시조의 요시오카 도장도 여전히 번성하고 있는 듯한데. 자네는 그 도장을 가 본 적이 있나?"

"교토에 가면 실력이 어느 정도인지 꼭 한 번 요시오카 세이주로와 겨루어 보고 싶습니다만, 아직 가 본 적은 없습니다."

"후후."

도지는 얼굴을 찌푸리고는 경멸조로 말했다.

"그곳에 가서 다리 한쪽을 잃지 않고 문을 다시 나올 자신이 있는가?"

"무슨 말씀을!"

소년이 발끈했지만 이내 도지의 말이 오히려 이상하다는 듯 웃으면서 말했다.

"초대 겐포는 달인이었는지 모르지만, 지금은 단지 큰 도장을 하고 있어서 세간에 과대평가되는 것에 불과합니다. 세이주로나 그의 동생 덴시치로도 그리 대단한 사람은 아닌 모양입니다."

"하지만 직접 겨루어 보지 않으면 모르는 일 아닌가?"

"여러 나라 무예가들의 한결같은 말이라고 합니다. 물론 소문이기 때문에 모두가 사실은 아닐 터지만 교하치류京八流 요시오카도 그걸로 끝이라는 말은 많이 들었습니다."

도지는 이쯤해서 자신의 이름을 대며 적당히 하라고 말할까 싶었으나 이대로 끝을 내면 자신이 놀린 것이 아니라 오히려 놀림을 당한 것과 마찬가지였다. 배가 오사카에 닿으려면 아직 시간이 꽤 남아 있었다.

"그렇군. 헌데 근래 세상에는 자기 자랑을 하는 자들이 많다고 하니 그런 평판도 있을 법하군. 참, 자네는 아까 스승과 떨어져 고향에 있는 동안 매일같이 긴타이 교 근처에서 날아가는 제비를 베면서 장검 쓰는 법을 연구했다고 하지 않았나?"

"그렇습니다."

"그럼, 가끔 저렇게 배로 날아드는 물새를 그 장검으로 베어 떨어뜨리는 일은 식은 죽 먹기이겠군."

"……."

소년은 사내의 말에 악감정이 담겨 있다는 것을 그제야 알아차린 듯

미야모토 무사시 3_불火의 장

했다. 그는 눈을 깜빡이며 도지의 거무스레한 입술을 빤히 바라보더니 이윽고 말을 꺼냈다.

"할 수 있어도 그런 바보 같은 짓을 할 마음은 없습니다. 당신은 나에게 그런 짓을 하게 만들 심사군요."

"그래도 교하치류 요시오카를 한 수 아래로 볼 정도로 실력에 자신이 있다면……."

"요시오카를 나쁘게 말한 것이 당신의 심기를 거스른 듯하군요. 당신은 요시오카 문하입니까, 아니면 친척입니까?"

"아무것도 아니지만 교토 사람으로서 교토의 요시오카를 나쁘게 말한다면 기분이 좋지 않은 것은 당연한 일 아닌가?"

"하하하. 그건 소문이 그렇다는 거지, 내가 한 말은 아닙니다."

"젊은이."

"왜 그러십니까?"

"선무당이 사람을 잡는다는 속담을 알고 있는가? 자네의 장래를 위해서 충고하는 것이네만 세상을 그렇게 만만하게 보다가는 출세하지 못하네. 주조류의 인가 목록을 가지고 있네, 나는 제비를 베면서 장검 연구를 했네, 하며 사람들이 모두 장님인 양 허풍을 떨지 말게. 알았나? 허풍을 치는 것도 상대를 봐 가며 하란 말일세."

"나를 허풍쟁이라고 했습니까?"

소년이 발끈하며 되물었다.

"그랬다면 어쩔 텐가?"

도지는 가슴을 내밀며 상대에게 다가섰다.

"네 장래를 위해서 한마디 한 것이다. 젊은 사람이 조금 잘난 척하는 것은 애교로 봐줄 수 있지만 정도가 지나치면 두고 볼 수가 없는 법이다."

"……."

"처음에는 무슨 소릴 해도 순순히 들어 주었다마는 사람을 놀리는 것도 유분수지. 이 몸은 요시오카 세이주로의 수제자인 기엔 도지라는 사람이다. 앞으로 교하치류 요시오카에 대해 악평을 하고 다니면 그냥 두지 않겠다."

도지는 주위 사람들이 힐끗힐끗 쳐다보고 있었기 때문에 더욱 권위와 입장을 분명히 한 후에 혼자 배의 뒤편으로 걸어가며 중얼거렸다.

"요즘 젊은 놈들은 너무 건방져서 못 쓰겠군."

소년도 아무 말 없이 그의 뒤를 따라갔다.

'무슨 일이 벌어지겠군.'

사람들은 그렇게 생각하며 멀찌감치 떨어져서 두 사람 쪽으로 고개를 돌려 지켜보고 있었다. 도지는 말썽에 휘말리고 싶지 않았다. 오사카에 도착하면 오코가 선착장에서 기다리고 있을지도 모를 일이었다. 여자와 만나기 전에 나이 어린 녀석과 싸움이라도 하면 사람들의 눈도 있고 뒷일이 성가셔질 것도 분명했다.

도지는 모르는 척, 뱃전의 난간에 팔을 걸치고 배 밑에서 소용돌이 치고 있는 검푸른 물결을 내려다보고 있었다.

"저기요."

소년이 도지의 등을 가볍게 두드렸다. 꽤 끈질긴 성격이었다. 하지만 감정은 격해져 있지 않았고 대단히 침착한 말투였다.

"저기, 도지 선생."

도지는 모른 체하기도 뭐해서 얼굴을 돌리며 말했다.

"뭔가?"

"당신이 사람들이 다 보고 있는 데에서 저를 허풍쟁이라고 말씀하시는 바람에 제 체면이 서지 않게 되었습니다. 그래서 아까 저더러 해 보라고 한 일을 어쩔 수 없이 여기서 보여 드리려고 합니다. 지켜봐 주십시오."

"내가 무엇을 요구했던가?"

"잊지 않으셨을 겁니다. 당신은 제가 스오의 긴타이 교 근처에서 날아가는 제비를 베며 장검 수련했다고 했더니 비웃으면서 이 배로 날아드는 물새를 베어 보라고 말하지 않았습니까?"

"그런 말을 했지."

"물새를 베면 그것 하나만으로도 제가 거짓말만 하고 다니는 사람이 아니라는 걸 알 수 있겠습니까?"

"물론이네."

"그럼 베겠습니다."

"흐흠."

도지는 비아냥거리는 투로 말했다.

"억지로 고집을 부리다 사람들의 웃음거리가 되지 말게."

"아니오. 하겠습니다."

"말리지는 않겠네만."

"그럼 입회하시겠습니까?"

"알겠네. 지켜보겠네."

도지가 힘주어 말하자 소년은 다다미 스무 개는 너끈히 깔 수 있는 뱃고물 한가운데로 가서 멈춰 섰다. 그러고는 등에 차고 있던 '모노호시자오'라고 하는 장검의 칼자루를 손으로 잡으면서 도지에게 말했다.

"도지 선생, 도지 선생."

도지는 소년의 자세를 아니꼽게 바라보며 왜 그러는지 물었다. 그러자 소년이 진지하게 말했다.

"죄송하지만 물새를 불러 제 앞으로 내려오게 해 주십시오. 몇 마리라도 베어 보이겠습니다."

소년은 잇큐 화상一休和尙의 기지 넘치는 이야기를 그대로 응용해서 도지에게 응수한 것이었다. 도지는 분명 우롱당한 것이다. 그가 열화처럼 화를 낸 것도 당연했다.

"닥쳐라! 저렇게 하늘을 날고 있는 물새를 마음대로 불러들일 수 있다면 누구라도 벨 수가 있다."

그러자 소년이 말했다.

"바다는 천만 리, 검은 삼 척. 곁에 오지 않는 것은 저도 벨 수가 없습니다."

그럴 줄 알았다는 듯 도지는 두세 걸음 앞으로 나서며 말했다.

"잘도 둘러대는구나. 할 수 없으면 못한다고 솔직하게 사과하거라."

"사과할 생각이었다면 이런 자세는 취하지도 않았습니다. 물새 대신에 다른 것을 베어 보이겠습니다."

"무엇을?"

"도지 선생, 이쪽으로 다섯 걸음 나와 주시지 않겠습니까?"

"뭣이?"

"당신의 목을 빌리고 싶습니다. 제가 허풍쟁이인지 아닌지 시험해 보라고 말한 그 목 말입니다. 죄도 없는 물새를 베는 것보다 그 목이 훨씬 나을 테니 말입니다."

"바보 같은 소리!"

도지는 자신도 모르게 목을 움츠렸다. 그 순간, 소년의 팔이 튕기듯 등에 멘 장검을 뽑았다. 바람을 가르는 소리가 들렸다. 삼 척 장검이 가느다란 빛을 그릴 만큼 빠른 속도였다.

"무, 무슨 짓이냐?"

도지는 비틀거리며 목덜미에 손을 댔다. 목은 분명 붙어 있었고 별다른 이상도 느껴지지 않았다.

"아시겠습니까?"

소년은 그렇게 말하고 짐들이 쌓여 있는 사이로 들어가 버렸다. 도지는 흙빛으로 변한 자신의 얼굴 표정을 어떻게 할 수가 없었다. 하지만 그때는 자기 몸에서 가장 중요한 부분이 잘려 나간 것을 미처 깨닫지 못하고 있었다.

 소년이 사라진 후, 겨울 햇살이 엷게 비치는 갑판 위를 보니 이상한
것이 떨어져 있었다. 그것은 상투처럼 생긴 작은 머리카락 다발이었다.
도지는 그제야 깨닫고 자신의 머리에 손을 대어 보니 상투가 없었다.
"아니, 이런?"
 깜짝 놀란 표정으로 머리를 어루만지는 동안 머리카락을 묶었던 끈
이 풀어져 머리카락이 얼굴을 뒤덮었다.
"그놈에게 당했구나."
 가슴에서 분노가 복받쳐 올라왔다. 소년이 했던 말들이 거짓말도 허
풍도 아니라는 것을 그 순간 깨달았다. 나이에 어울리지 않는 무서운
실력이었다. 젊은 사람들 중에도 저런 실력을 가진 자가 있다는 걸 새
삼 깨달았다. 그러나 머릿속에서의 경탄과 가슴에서 끓어오르는 분노
는 별개였다.
 소년은 자신이 있었던 자리로 돌아가 뭔가를 잃어버린 것처럼 자신
의 발밑을 살피고 있었다. 소년의 자세를 본 도지가 절호의 빈틈을 발
견하고는 손바닥에 침을 묻혀 칼자루를 단단히 쥐었다. 몸을 구부리
고 뒤로 다가가서 소년의 상투를 베어 버리려고 했다.
 그러나 도지는 소년의 상투만 솜씨 좋게 자를 확신이 없었다. 얼굴
을 벨 수도 있고 머리를 가를 수도 있었다. 그래도 문제될 것은 없다
고 생각했다. 온몸에 힘을 잔뜩 주고 일순간에 입술과 콧구멍으로 참

왔던 숨을 토해 내려는 순간이었다. 아까부터 저편에서 장막을 두르고 황금을 걸고 가루타라고 하는 도박에 열중하고 있던 아와, 사카이堺, 오사카 부근의 상인들이 웅성거렸다.

"패가 부족하다."

"어디로 갔지?"

"그쪽을 찾아봐."

"여기에도 없어."

그들은 깔고 앉았던 방석을 털며 요란을 떨었다. 그중 한 명이 위를 쳐다보며 외쳤다.

"앗, 새끼 원숭이가 저런 곳에!"

그는 높은 돛대 위를 손가락으로 가리키며 느닷없이 고함을 쳤다.

"원숭이다. 원숭이가 있다."

삼십 척 정도 되는 돛대의 꼭대기에 원숭이가 있었다. 물길 여행이 지루하고 따분하던 배 안의 사람들은 마침 잘됐다는 듯 모두 위쪽을 바라보았다.

"어, 뭔가 입에 물고 있는데?"

"골패다."

"하하하, 저쪽에서 상인들이 하던 골패를 훔쳐 도망갔구나."

"저기 봐. 원숭이가 돛대 위해서 골패를 까는 흉내를 내고 있다."

사람들 얼굴 위로 골패 한 장이 나풀거리며 떨어지고 있었다.

"저놈이!"

미소년　　　　　　　　　　　　　　　　　　　　　　　　　73

사카이 상인 한 명이 허둥지둥 그것을 집어 들었다.

"아직 모자라다. 분명 서너 개 더 가지고 있을 것이다."

도박을 하던 다른 자들도 입을 모아 말했다.

"누가 저놈에게서 골패를 빼앗아 오지 않으면 패를 돌릴 수 없을 거야."

"저렇게 높은 데를 어떻게 올라가지?"

"선장이라면 가능하지 않을까?"

"가능할 거야."

"선장에게 돈을 주고 잡아 오라고 하자."

선장은 돈을 받고 승낙은 했지만 배의 책임자로서 일단 이 사건의 책임을 묻지 않을 수 없다는 표정으로 사람들에게 말했다.

"여러분."

그는 짐짝 위에 올라가 사람들을 둘러보며 물었다.

"저 새끼 원숭이의 주인은 대체 누구요? 주인은 이리 나오시오."

자신이 주인이라며 앞으로 나서는 사람이 없었다. 그러나 근처에 있던 사람들은 모두 원숭이의 주인을 알고 있었다. 사람들의 눈이 모두 젊은이를 향했다. 선장도 이미 짐작을 하고 있는 듯했다. 선장이 한층 큰 목소리로 외쳤다.

"주인이 없소이까? 주인이 없다면 내가 마음대로 처분할 테니 나중에 불평하지 마시오."

소년은 잠자코 짐짝에 기대서 무슨 생각을 하고 있는 듯했다.

"뻔뻔하지 않아요?"

누군가 옆 사람에게 속삭였다. 선장도 눈을 부라리며 소년을 보고 있었다. 상인들도 갑자기 철면피라는 둥 벙어리에 장님이라는 둥 욕을 해 댔다. 그러나 소년은 잠깐 무릎만 바꿔서 다시 앉더니 자신과는 무관한 일이라는 태도를 보였다.

"바다에도 원숭이가 사는지 주인 없는 원숭이가 배로 뛰어들었습니다. 주인이 없는 짐승이라면 어떻게 처리해도 괜찮을 듯합니다. 여러분, 선장인 제가 이렇게까지 말하는 데도 주인이 나타나지 않습니다. 나중에 귀가 잘 안 들린다, 듣지 못했다는 불평이 생기지 않도록 증인이 되어 주십시오."

"좋소, 우리가 증인이 되어 주겠소!"

도박을 하던 상인들이 화를 내며 큰 소리로 외쳤다. 선장은 선실로 향하는 계단을 통해 아래로 내려갔다. 그가 다시 올라왔을 때에는 손에 불이 붙은 노끈과 화승총이 들려 있었다.

'선장이 화가 났군.'

사람들은 새끼 원숭이의 주인인 소년이 어떻게 할까 궁금해하며 소년을 돌아다보았다. 새끼 원숭이는 바닷바람이 부는 꼭대기 위에서 한가로이 가루타 패를 보고 있었는데, 그 모습이 흡사 인간들을 조롱하고 있는 것처럼 보였다. 그런데 갑자기 원숭이가 흰 이빨을 드러내며 끽끽 하고 소리를 지르더니 돛대 위의 횡목을 뛰어다니거나 돛대 끄트머리에 매달리는 등 미쳐 날뛰기 시작했다. 밑에 있는 선장의 화승총이 새끼 원숭이를 겨누고 있었던 것이다.

"꼴좋다. 당황한 듯하구만."

상인들의 패거리 중 술을 꽤 많이 마신 듯한 한 명이 말했다. 그런데 갑자기 사카이 상인이 그자의 소매를 잡아끌었다.

"선장."

그때까지 꿀 먹은 벙어리처럼 모른 체하고 있던 소년이 급히 몸을 일으켜 선장을 불렀기 때문이다. 하지만 이번에는 선장이 짐짓 못 들은 체했다. 선장은 방아쇠의 도화선에 불을 붙였다.

"앗!"

'탕' 하는 총소리가 원숭이의 반대쪽 허공에서 울려 퍼졌다. 이미 총은 소년의 손에 들려 있었다. 사람들은 귀를 틀어막고 그 자리에 엎드렸다. 화승총은 사람들의 머리 위를 날아가 바닷물 속으로 떨어졌다.

"무, 무슨 짓이냐?"

선장이 고함을 치며 젊은이에게 달려들어 그의 멱살을 부여잡았다. 다부진 체구의 선원들도 소년을 에워쌌다. 하지만 그들 모두가 볼품이 없어 보일 정도로 소년의 키나 체구는 늠름하고 당당해 보였다.

"당신이야말로 총 따위로 미물인 원숭이를 쏘아 떨어뜨리려 하다니 무슨 짓이오?"

"그래서?"

"비겁하지 않소."

"그래서 내가 미리 말을 하지 않았느냐."

"뭐라고 했소이까?"

"너는 눈과 귀가 없단 말이냐?"

"닥치시오. 이래 봬도 나는 손님이고 무사요. 선장 따위의 신분으로 손님보다 높은 곳에 서서 머리 위에서 그렇게 떠들어 대는데, 어느 무사가 답을 할 수 있단 말이오?"

"발뺌하지 말거라! 그래서 나는 몇 번이나 미리 말했다. 설사 그것이 마음에 들지 않았다고 해도 어째서 내가 나서기 전에, 저쪽의 손님들에게 폐를 끼친 것을 모르는 척하였느냐?"

"저쪽 손님이라니? 아, 저 장막 뒤에서 아까부터 도박을 하고 있던 장사꾼들 말인가?"

"잘난 체하지 마라. 저 손님들은 보통 승객보다 세 배나 비싼 뱃삯을 내셨다."

"괘씸한 장사치들. 사람들이 많은 곳에서 큰돈을 걸고 도박을 하질 않나, 마음대로 자리를 차지하고 앉아 술을 마시며 마치 이 배가 제 것인 양 행동하는 모습이 마음에 들지 않던 참이었다. 새끼 원숭이가 가루타 패를 들고 도망쳤다고 하지만 내가 시켜서 그런 것도 아니고, 원숭이는 저자들의 나쁜 행실을 흉내 낸 것에 지나지 않는데 내가 사과할 일이 뭐가 있단 말이오."

말을 하는 중간부터 혈기왕성한 소년의 얼굴은 한쪽에 다 같이 모여 있는 상인들 쪽을 바라보면서 빈정거리는 듯한 웃음을 짓고 있었다.

와스레카이

밀물 소리가 들려오는 어둠 속에서 기즈가
와木書川 나루터의 등불이 빨갛게 흔들리고 있었다. 어디라고 할 것 없이
비린내가 풍겨 왔다. 육지에 가까워지고 있었다. 배에서 불러 대는 소
리와 육지의 왁자지껄한 소리가 서서히 거리를 좁혀 가고 있었다. 텀벙
하고 하얀 물보라를 일으키며 닻이 내려졌고 밧줄이 던져지고 발판이
걸쳐졌다.

"가시와 여관에서 나왔습니다."

"스미요시住吉 신관댁 자제분은 배에 안 계십니까?"

"파발을 가져온 사람은 없소?"

"주인어른."

나루터에 마중 나와 있던 사람들의 제등提燈이 물결을 이루며 배 옆
으로 몰려들었다. 사람들에 휩쓸려 소년도 배에서 내렸다. 어깨에 새

미야모토 무사시 3_불火의 장

끼 원숭이를 태우고 있는 그의 모습을 보고 여관 호객꾼 두세 명이 말을 건넸다.

"여보시오. 원숭이는 무료로 해 드릴 테니 저희 여관으로 오시지 않겠습니까?"

"저희 여관은 스미요시 문전이라 참배하기도 좋고 전망도 아주 좋습니다."

마중 나온 사람도 없는 듯했지만 소년은 그들에게 눈길 한 번 주지 않고 새끼 원숭이를 어깨에 태운 채 곧바로 나루터에서 모습을 감추었다. 그의 모습을 뒤에서 바라보며 사람들이 중얼거렸다.

"아무리 무사라지만 참으로 건방진 놈이군."

"저 젊은 놈 때문에 배에서 한나절 동안 아무 재미도 없이 보내지 않았나."

"우리가 장사꾼만 아니었더라면 저대로 온전히 배에서 내리게 하지 않았을 텐데."

"자, 무사는 그저 저대로 으스대도록 내버려 두는 게 좋아. 세상물정 모르고 저리 활개를 치고 다녀야 봤자 쓸데없는 짓이지. 우리 장사꾼들이야 꽃은 다른 사람에게 주고 열매나 먹는 사람들이니 오늘 정도의 일은 분하지만 어쩔 수 없네."

많은 짐을 부리고 서로 그렇게 말하면서 느릿느릿 내려오고 있는 사람들은 사카이와 오사카의 상인들이었다. 그들 앞에는 많은 사람들이 제등이며 타고 갈 것들을 가지고 마중을 나와 있었다. 각각의 상인들을 기다리는 무리들 속에는 여자들의 모습도 섞여 있었다.

기엔 도지는 맨 뒤에서 몰래 육지로 내렸다. 뭐라 형용할 수 없는 얼굴 표정이었다. 오늘만큼 불쾌한 날은 없었던 듯했다. 상투가 싹둑 잘린 머리에 두건을 두르고 있었는데 눈가와 입술에 암담함이 감돌고 있었다. 그때, 그의 모습을 발견하고 그를 부르는 사람이 있었다.

"도지 님, 여기예요."

그 여자도 두건을 두르고 있었다. 나루터에 서서 바람을 맞고 있던 얼굴이 추위에 굳어져서 나이를 감추고 있던 하얀 분칠 위로 주름이 드러나 있었다.

"아, 오코. 와 있었군."

"와 있다니요? 이곳으로 마중 나오라고 저한테 편지를 보냈으면서."

"편지가 제때 도착했는지 몰라 혹시나 했네."

"기운이 없어 보이는데, 무슨 일이라도 있었나요?"

"뱃멀미를 좀 한 듯하네. 우선 스미요시에 가서 괜찮은 여관을 찾아야겠네."

"그래요. 저기 가마도 불러왔어요."

"그거 고맙군. 그럼 숙소도 미리 잡아 놓았나?"

"다른 분들도 모두 기다리고 계실 거예요."

"뭐?"

도지는 뜻밖이라는 표정으로 말했다.

"오코, 잠깐 기다리게. 자네와 여기서 만나자고 한 건 우리 둘이서 어디 조용한 집에서 이삼 일 느긋하게 쉬기 위해서였네. 그런데 모두라니, 대체 누구를 말하는 겐가?"

도지는 화를 펄펄 내며 소리쳤다.

"나는 타지 않겠네."

도지는 마중 나온 가마를 거절하더니 오코를 앞서 걸어갔다. 그녀가 무슨 말인가를 하자 고함을 치며 더 이상 말도 못 하게 했다. 그가 이토록 화를 내는 것은 이미 배 안에서부터 쌓여 있던 울분에 예상하지 못했던 오코의 말이 더해져 결국 폭발해 버렸기 때문이었다.

"난 혼자 묵을 테니, 가마는 돌려보내게! 사람 마음도 모르고 바보 같으니라고."

도지는 소매를 세차게 떨쳐 냈다. 강 앞의 어물전은 모두 문을 닫았고 여기저기 떨어져 있는 생선 비늘이 길게 늘어선 어두운 상점들 앞에서 빛을 발하고 있었다. 그곳까지 쫓아온 오코가 사람들이 적어지자 도지를 끌어안았다.

"꼴사납게 그만하세요."

"놓게!"

"혼자 숙소를 잡으면 기다리는 사람들이 난처해지잖아요."

"상관없네."

"자, 그러지 말고."

흰 분과 머리의 향기, 차가운 볼이 도지의 뺨에 달라붙었다. 도지는 여행의 외로움에서 조금 벗어나는 듯했다.

"네? 부탁이에요."

"실망했네."

"잘 알아요. 그렇지만 또 좋은 기회가 있을 거예요."

"나는 오사카에서 이삼 일 정도 둘이서 보내려고 고대하며 온 것이네."

"알고 있어요."

"알고 있는데, 왜 다른 사람들을 끌고 온 겐가? 그건 내가 자네를 생각하는 만큼 자넨 나를 생각하지 않기 때문일 걸세."

도지가 힐책하듯 말하자 오코는 원망스러운 눈길을 보내며 금방이라도 울 것 같은 표정을 지어 보였다.

"또, 그런 말을……."

그녀가 변명하듯 들려준 자초지종은 이러했다. 도지에게서 기별을 받은 그녀는 물론 혼자서 오사카에 올 예정이었다. 그런데 마침 공교롭게도 그날 세이주로가 어김없이 문하생 예닐곱을 데리고 요모기로 술을 마시러 왔고 그만 아케미가 말을 해 버렸던 것이다.

"도지가 오사카로 온다니 우리가 마중을 가야 하지 않겠나?"

세이주로가 말을 꺼내자 모두 찬성했다고 한다. 그러자 아케미도 가겠다고 나서서 일이 이렇게 되고 말았다는 것이다. 자신은 싫다고 할 수도 없었고, 일행 십여 명이 스미요시 여관에 도착해서 놀고 있는 사이에 자기 혼자서 가마를 데리고 이곳으로 마중 나온 것이라고 했다.

도지는 오코의 말을 듣고 나서 사정이 어쩔 수 없었다는 것을 알게 됐지만 속이 상했다. 오늘은 무슨 살이 꼈는지 온통 불쾌한 일만 생긴다고 생각했다. 무엇보다 배에서 내리자마자 세이주로와 문하생들에게 여행의 전말을 들려줘야 한다는 것이 괴로웠다. 그리고 더욱 싫은 것은 두건을 벗는 일이었다.

'뭐라고 해야 하나.'

그는 상투가 없는 머리가 신경 쓰여 견딜 수가 없었다. 그에게도 무사로서의 체면이 있었다. 사람들이 모른다면 괜찮겠지만 그들이 알게 된다면 그보다 큰 수치는 없을 것이었다.

"할 수 없군. 스미요시로 갈 테니 가마를 불러 오게."

"타시겠어요?"

오코는 다시 나루터 쪽으로 뛰어갔다.

그날 저녁, 배로 도착하는 도지를 마중하러 간다며 나간 오코는 아직 돌아오지 않고 있었다. 그사이에 일행은 목욕을 하고 여관에서 내준 옷으로 갈아입었다.

"얼마 안 있으면 도지와 오코가 올 텐데, 그동안 이렇게 따분하게 기다리고 있을 수만은 없잖은가?"

그들은 술을 마시며 기다리기로 했다. 도지가 올 때까지 시간을 달래며 마시는 것까지는 좋았지만 일단 술이 들어가자 어느새 '아무래도 좋다'는 식으로 취해 버렸다.

"이 스미요시에는 노래하는 계집은 없나?"

"제군들, 예쁘장한 계집 서너 명 부르는 게 어떤가?"

또 병이 도지기 시작했다. 그만두라고 말하는 자는 한 명도 없었고 그저 스승인 요시오카 세이주로의 안색을 살피기에 급급했다.

"요시오카 님 곁에는 아케미가 있으니까 다른 방으로 옮기시는 게 어떻겠습니까?"

세이주로는 무례하다며 쓴웃음을 지었다. 그러나 세이주로도 내심 그렇게 하고 싶었다. 따뜻한 화로 탁자가 있는 방에서 아케미와 단 둘이 마주 앉아 있는 편이 이들과 함께 술을 마시는 것보다 훨씬 더 좋았다.

"자, 지금부터 시작이다."

제자들은 자기들끼리 있게 되자 소리를 질렀다. 이윽고 도사마가와 十三間川의 명물이라는 노래를 부르는 야릇한 여인이 피리와 샤미센 같은 악기를 가지고 정원에 모습을 드러내더니 따지듯 물었다.

"도대체 당신들은 싸움을 하는 거예요, 술을 드시는 거예요?"

이미 어지간히 술에 취한 자가 대꾸했다.

"돈 써 가며 싸움을 하는 놈이 어디 있단 말이냐. 기왕에 너희들을 불렀으니 실컷 마시고 놀아야겠다."

"그럼 기다리면서 조용히 술이나 마시는 게 어때요?"

여인은 손님을 능수능란하게 다루었다.

"그러면 어디 한번 노래를 불러 보거라."

사내들은 팔자 좋게 쭉 뻗고 있던 다리를 접거나 드러누워 있던 몸

을 일으켰다. 노랫소리가 이윽고 절정으로 이를 무렵에 여자아이가
와서 말했다.

"저, 마중을 가셨던 분과 배에서 내리신 손님이 지금 이리로 오시고
계십니다."

"뭐? 누가 왔다고?"

"도지라는데."

"동지冬至? 오늘이 동지인가?"

오코와 도지는 어이없는 얼굴로 방문 앞에 서 있었다. 그를 기다리
고 있는 사람은 한 명도 없었던 듯했다. 도지는 이 연말에 대체 그들
이 무엇 하러 스미요시 같은 곳에 와 있는지 의심스러웠다. 오코의 말
에 의하면 자신을 마중 나왔다고 했지만 정말 자기를 마중 나온 자가
대체 어디에 있는가 싶었다.

도지는 퉁명스럽게 여자아이를 불렀다.

"얘야."

"네."

"요시오카 선생님은 어디 계시느냐? 그곳으로 안내하거라."

등을 돌려 복도로 나가려는 찰나, 크게 취한 자가 다가오더니 도지
의 목에 매달렸다.

"이거 선배님, 지금 돌아오셨습니까? 모두 기다리고 있었는데 도중
에 오코랑 실컷 놀다 오다니. 선배지만 괘씸합니다."

그에게서 역겨운 냄새가 났다. 도지가 도망치려고 하자 강제로 방

안으로 잡아끌고 들어오려던 그가 술상을 밟은 듯, 그만 도지와 함께 넘어지고 말았다.

"앗, 두건!"

도지는 당황해하며 두건에 손을 가져갔지만 이미 너무 늦었다. 술 취한 자가 미끄러져 넘어지면서 도지의 두건을 잡고서 뒤로 자빠지고 말았던 것이다.

"엉!"

모든 시선이 상투 없는 도지의 머리로 쏠렸다.

"그 머리는 어떻게 된 겁니까?"

"오, 머리가 기묘하군요."

"대체 어찌 된 일입니까?"

뚫어지게 쳐다보는 사람들의 시선에 얼굴이 새빨갛게 달아오른 도지가 황급히 두건을 다시 쓰며 거짓말을 했다.

"그게 머리에 종기가 좀 나서."

"와하하하."

모두 한바탕 자지러지게 웃었다.

"여행 선물이 종기입니까?"

"종기 두건이군."

"종기가 엉덩이에 나지 않고 머리에 나는 경우도 있답니까?"

"백문이 불여일견이군."

그들은 익살을 부리며 아무도 도지의 말을 온전히 믿지 않았다. 그날 밤은 그렇게 주흥으로 끝이 났다. 하지만 이튿날이 되자 세이주로 일행은 어젯밤과는 딴판으로 여관 바로 뒤편에 있는 강가로 모여들었다. 그들은 천하 대사라도 논의하듯 심각한 얼굴이었다.

"괘씸한 일이다."

그들은 작은 소나무들이 심어져 있는 모래밭에 둥그렇게 둘러앉아 있었다. 다들 어깨를 들썩이거나 침을 튀기거나 팔을 흔들어 댔다.

"그런데 그 얘기는 확실한 건가?"

"이 귀로 직접 들었다니까. 내가 거짓말하는 줄 아나?"

"그리 흥분하지들 말게. 화를 낸들 어쩔 수 없네."

"어쩔 수 없다니? 이대로 잠자코 넘어갈 수는 없네. 천하제일의 병법소라고 할 수 있는 요시오카 도장의 명예가 걸려 있네. 절대로 그대로 넘어갈 수 없네."

"그러면 어떻게 할 셈인가?"

"지금이라도 늦지 않았네. 그 새끼 원숭이를 데리고 다니는 무사 수행자를 찾아내세. 무슨 방법을 써서라도 찾아내야 하네! 그리고 그놈의 상투를 싹둑 자르고 도지 선배의 치욕이 아닌 요시오카 도장의 위엄을 보여 주세. 이의 있는가?"

어젯밤의 술고래들이 오늘은 용이라도 된 듯, 어제와는 사뭇 다르게 격앙된 모습으로 호언장담을 늘어놓고 있었다.

그들이 이렇게 흥분한 이유는 이렇다. 이날 아침, 그들은 목욕을 하면서 어젯밤의 숙취를 달래고 있었다. 그런데 뒤이어 목욕하러 들어

온 사카이의 장사꾼이라는 손님이 어제 아와에서 오사카로 오는 배 안에서 정말 재미있는 일이 있었다며 새끼 원숭이를 데리고 다니는 미소년의 이야기를 했다. 기엔 도지의 상투가 잘린 대목에 이르러서는 손짓에서 표정까지 흉내를 냈다.

"그런데 그 상투가 잘린 무사가 교토의 요시오카 도장의 수제자라고 말하더군. 그런 자가 수제자라니, 요시오카 도장도 별것 아닌 듯해."

목욕을 하던 자들은 한바탕 웃고 떠들다 밖으로 나갔다. 세이주로 일행의 분노는 그렇게 시작된 것이었다. 한심한 도지를 붙잡고 따져 물으려고 했지만 그는 아침 일찍 요시오카 세이주로와 무슨 이야기를 하더니 아침밥을 먹자마자 곧바로 오코와 둘이서 먼저 교토로 떠났다고 했다.

상인들의 말은 틀림없는 사실이었다. 그렇게 겁쟁이 선배를 쫓아가는 것은 바보짓이나 다름없었다. 그럴 바에야 어떤 놈인지는 모르지만 새끼 원숭이를 데리고 다니는 앞머리를 늘어뜨린 애송이를 붙잡아서 요시오카 도장의 오명을 깨끗이 씻어 내는 편이 더 좋은 방법이었다.

"다들 이의는 없겠지?"

"물론."

"그렇다면."

그들은 계획을 짠 후에 옷에 묻은 모래를 털어 내며 자리에서 일어섰다.

미야모토 무사시 3_불*의 장

스미요시 포구는 눈길이 닿는 곳 모두 백장미를 깔아 놓은 것처럼 하얀 파도가 넘실거렸다. 겨울이라고 여겨지지 않을 만큼 갯내음이 햇살에 타오르고 있었다. 아케미는 새하얀 종아리를 드러낸 채 파도와 장난을 치며 무엇인가 주워서 유심히 살펴보다 다시 내버리곤 하였다. 무슨 일이 생긴 듯, 요시오카의 제자들이 칼을 차고 제각기 다른 방향으로 흩어져 가는 모습을 본 아케미가 눈을 동그랗게 뜨고 파도가 치는 물가에 서서 의아하게 생각했다.

　'무슨 일이 생긴 걸까?'

　마지막 제자가 바로 그녀 곁을 스쳐 뛰어가고 있었다.

　"어디로 가시는 거예요?"

　"아케미구나."

　그는 발길을 멈추며 말했다.

　"너도 함께 찾지 않겠니? 다른 사람들 모두 갈라져서 찾으러 갔는데."

　"뭘 찾으러 가는데요?"

　"새끼 원숭이를 데리고 있는 젊은 무사."

　"그 사람이 뭘 어쨌는데요?"

　"세이주로 선생님의 명예와 관계된 일이다."

　도지의 사건에 대해 이야기를 들은 아케미는 힐난하는 표정으로 말했다.

　"아저씨들은 만날 싸움거리만 찾아다니는군요."

　"우리도 싸우는 게 좋아서 그러는 게 아니다. 그런 애송이를 그냥 놔

두면 요시오카 도장의 명예가 깎이기 때문이란다."

"좀 깎이면 어때요?"

"바보 같은 소리!"

"남자들이란 꽤나 하찮은 일만 찾아다니며 하루를 보내는군요."

"그럼 너는 아까부터 그런 곳에서 무얼 찾고 있는 거냐?"

"나는……."

아케미는 발밑의 고운 모래로 눈길을 떨구며 말했다.

"난 조개껍데기를 찾고 있어요."

"조개껍데기? 거 봐라, 여자들이 하루를 보내는 방법이 훨씬 하찮지 않느냐. 조개껍데기 따위는 애써 찾지 않아도 하늘의 별만큼 여기저기 흩어져 있지 않으냐."

"내가 찾고 있는 것은 그런 시시한 조개껍데기가 아니에요. 와스레카이忘貝[7]예요."

"와스레카이? 그런 조개도 있나?"

"다른 곳에는 없지만 여기 스미요시의 포구에만 있다고 해요."

"없을 거야."

"있단 말예요."

말다툼을 하던 아케미가 일어서며 말했다.

"거짓말 같으면 증거를 보여 드릴 테니 저를 따라와 보세요."

---

7 두 개의 조개껍질에서 떨어져 나간 한 조각을 말한다. 이것을 주우면 사랑하는 사람을 잊을 수 있다고 한다.

아케미는 그를 조금 떨어져 있는 소나무 가로수 아래로 억지로 끌고 가서는 비석을 가리켰다.

시간이 나면
찾아가렵니다.
스미요시 강가에 있다는
사랑의 와스레카이.

《신초쿠 선집新勅撰集》에 실려 있는 옛 노래 한 수가 비석에 새겨져 있었다. 아케미는 의기양양하게 말했다.

"어때요? 이래도 없다고 하실 거예요?"

"전설이야. 노래 가사를 그대로 믿다니, 저건 거짓말이야."

"스미요시에는 아직 와스레미즈忘水, 와스레쿠사忘草라고 하는 것들도 있어요."

"그래, 있다고 해 두자. 하지만 그것이 도대체 무슨 효험이 있다는 말이냐?"

"와스레카이를 허리끈 한쪽에 숨겨 두면 무슨 일이라도 잊어버리게 된대요."

"너는 뭔가를 잊어버리고 싶다는 말이냐?"

"네. 전부 잊어버리고 싶어요. 나는 요즘 잊을 수 없어서 밤에 잠도 못 자고, 낮에도 괴로워하고 있어요. 그래서 찾고 있는 거예요. 아저씨도 저와 함께 찾아 주세요."

"지금은 그럴 때가 아니다."

제자는 갑자기 생각난 듯 돌아서더니 어딘가로 달려갔다.

아케미는 괴로워지면 잊고 싶다는 생각이 들다가도 다시 잊고 싶지 않다고 가슴을 부여잡았다. 그녀는 두 갈래 마음의 경계에 서 있었다. 만약 정말로 와스레카이라는 것이 있다면 세이주로의 소매에 살짝 넣고 싶었다. 그래서 그로 하여금 자기를 잊어버리게 하고 싶었다. 그녀는 한숨을 내쉬었다.

"끈질긴 사람……."

아케미는 그를 생각만 해도 마음이 답답해졌다. 그녀는 세이주로가 자신의 청춘을 저주하기 위해 살아 있다는 느낌조차 들고는 했다. 그의 끈질긴 구애로 마음이 무거워질 때마다 그녀는 한편으로 무사시를 생각했다. 그가 그녀의 마음속에 있다는 것은 구원이기도 했지만 또 한편으로는 괴로움이기도 했다. 왜냐하면 무사시는 그녀가 지금의 상황에서 벗어나서 오로지 꿈속으로 빠져들게 만들기 때문이었다.

'하지만?'

아케미는 몇 번이나 망설였다. 그녀는 무사시를 깊이 생각하고 있었지만 정작 그의 마음을 전혀 알 수가 없었기 때문이었다.

'아, 차라리 잊어버리고 싶다.'

푸른 바다가 아케미를 유혹하는 듯했다. 그녀는 바다를 바라보고 있으면 자신이 무서워졌다. 아무런 망설임도 없이 곧장 바다를 향해 달려들 것 같았다. 더욱이 그러한 간절한 마음을 어머니인 오코는 물론이고 세이주로도 알 리가 없었다.

아케미와 함께 지낸 사람들은 모두 그녀가 아주 쾌활하고 말괄량이이며 또 아직 남자의 감정을 받아들일 만큼 성숙하지 않다고 생각했다. 그녀는 마음속으로 그런 남자들과 어머니를 완전히 타인처럼 생각했다. 겉으로는 농담도 곧잘 하고 항상 방울이 달린 소매를 흔들며 응석이나 부리는 아이처럼 행동했던 그녀는, 그러나 혼자가 되면 봄철 풀숲에 피어오르는 아지랑이처럼 뜨거운 한숨을 내쉬고는 했다.

"아가씨, 아까부터 선생님이 찾고 계십니다. 어디로 갔느냐며 몹시 걱정하시면서요."

비석 옆에 있는 아케미를 발견한 여관집 사내가 뛰어왔다. 그녀가 여관으로 돌아가 보니 세이주로는 차 끓는 소리가 고즈넉한 객실에서 비단 요를 씌운 화로 탁자에 손을 넣고 멍하니 혼자 앉아 있었다. 세이주로는 그녀의 모습을 보자 반색하며 말했다.

"이 추운 날에 어디를 갔었느냐?"

"어머, 조금도 춥지 않아요. 해변에는 햇살이 가득한걸요."

"뭘 하고 있었니?"

"조개를 줍고 있었어요."

"어린애 같구나."

"어린애인데요."

"새해가 되면 몇 살이 되는지 아느냐?"

"몇 살이 되더라도 어린애로 있고 싶어요. 괜찮죠?"

"괜찮지 않다. 걱정하는 어머니의 마음을 조금은 헤아려 보거라."

"어머니가 저를 조금이라도 생각하는 줄 아세요? 자기가 아직도 젊다고 생각하는걸요."

"그래, 따뜻한 요 속으로 들어오너라."

"거긴 너무 더워서 정말 싫어요. 나는 아직 늙은이가 아니거든요."

"아케미."

세이주로는 아케미의 손목을 잡아 자신의 무릎 쪽으로 끌어당겼다.

"오늘은 아무도 없는 모양이다. 네 어머니도 일부러 먼저 교토로 돌아갔고……."

아케미는 세이주로의 불타는 눈을 보자 온몸이 굳어 버렸다. 그녀는 무의식적으로 몸을 뒤로 뺐지만 세이주로의 손은 그녀의 손목을 놓지 않았다. 그는 아플 정도로 아케미의 손목을 꽉 쥐더니 이마에 힘줄을 파랗게 세우며 말했다.

"왜 도망가느냐?"

"도망가지 않았어요."

"오늘은 아무도 없다. 이런 기회는 두 번 다시 없을 거다. 그렇지, 아케미?"

"뭐가 말예요?"

"그렇게 쌀쌀맞게 말하지 마라. 너와 알고 지낸 지도 벌써 일 년이니 내 마음을 알 것이다. 오코는 이미 승낙했다. 네가 내 말을 듣지 않는

것은 내가 남자답지 못해서라고 네 어머니가 말하더군. 그래서 오늘
은……."

"안 돼요!"

아케미는 갑자기 몸을 앞으로 엎드리더니 소리쳤다.

"이 손 놓으세요."

"그렇게 못 하겠다면?"

"싫어, 싫어요!"

비틀린 손목이 끊어질 듯 빨개졌지만 세이주로는 그래도 놓지 않았
다. 이럴 때 교하치류의 병법을 사용했다면 아케미가 아무리 저항해
도 소용이 없었을 것이다. 게다가 지금의 세이주로는 여느 때와는 조
금 달랐다. 언제나 자포자기해서 술을 퍼마시고 끈질기게 엉겨들었지
만 오늘은 술에 취하지도 않은 채 상기된 얼굴을 하고 있었다.

"아케미, 너는 나를 이렇게 만들어 놓고 지금 또 날 모욕하는 것이
냐?"

"몰라요!"

아케미도 큰 소리로 말했다.

"이 손을 놓지 않으면 모두가 듣도록 소리를 지를 거예요."

"질러 보아라! 여기는 안채에서 떨어져 있는데다가 아무도 오지 말
라고 미리 일러두었으니까."

"전 갈래요."

"보낼 수 없다."

"제 몸을 가지고 제가 가겠다는데 왜 그러세요?"

"네 어머니에게 물어보아라! 나는 네 몸값으로 오코에게 돈을 건네주었다."

"어머니가 나를 팔았다고 해도 차라리 죽으면 죽었지, 싫어하는 남자에게는 가지 않을 거예요."

"뭐라고?"

탁자를 덮었던 비단 요가 아케미의 얼굴에 씌워졌다. 그녀는 심장이 터질 듯 소리를 질렀다. 그러나 아무리 소리쳐 불러도 누구 하나 오지 않았다. 햇살이 희미하게 비치는 창호지에 소나무 그림자가 멀리서 들려오는 파도 소리처럼 흔들리고 있었다. 밖은 고즈넉한 겨울이었지만 인간사의 무정함과는 달리 어디선가 작은 새가 지저귀는 소리가 들려왔다.

얼마나 지났을까, 창호 안에서 아케미의 울음소리가 흘러나왔다. 한동안 아무런 기척도 나지 않는 듯하더니 누가 손톱으로 할퀴었는지 세이주로가 피가 나는 왼쪽 손등을 누르면서 창백한 얼굴을 들고 문 밖에 모습을 드러냈다. 그와 동시에 아케미가 문을 박차고 밖으로 달려 나갔다.

"앗!"

세이주로는 수건으로 감싼 손을 누르면서 아케미의 뒷모습을 바라보기만 했다. 그가 붙잡을 틈도 없었다. 그녀는 흐트러진 모습으로 쏜살같이 뛰쳐나간 것이다.

"⋯⋯."

세이주로는 잠깐 동안 불안한 표정을 지었지만 따라가지 않고 그녀가 어디로 가는지 지켜보았다. 그녀의 그림자가 마당 쪽에서 객사에 있는 어느 방으로 들어가는 듯했다. 세이주로의 얼굴에는 안도감과 함께 만족스러운 듯한 엷은 웃음이 떠올랐다.

무상

"곤 숙부."

"왜 그러십니까?"

"피곤하지 않으신가?"

"조금 노곤한데요."

"그럴 걸세. 나도 오늘은 더 이상 걷기가 지겹소. 그래도 스미요시 신사는 과연 훌륭합니다. 오, 저것이 와카미야 하치만若宮八幡의 비목秘木이라는 귤나무로군."

"그런가 봅니다."

"진구神功 황후가 삼한三韓에 건너가실 때, 팔십 척의 공물 중에서 가장 으뜸으로 쳤다는 전설이 있지 않는가?"

"저기 신마神馬 마구간에 있는 말들은 정말 명마들이군요. 가모加茂에서 열리는 경주에 나가면 그야말로 첫째가 될 겁니다."

"흐음, 적갈색이로군."

"팻말에 뭐라고 쓰여 있는데요?"

"이 사료용 콩을 달여 마시면 갓난아기가 밤에 우는 것이나 이를 가는 것이 멎는다는군. 숙부가 마시면 되겠소."

"놀리지 마세요."

곤로쿠는 웃으며 주위를 둘러보았다.

"마타하치는?"

"엉? 얘가 어디 갔지?"

"저기, 가구라神樂[8] 전각 아래에서 쉬고 있네요."

노파가 손을 흔들며 그를 불렀다.

"마타야, 그쪽으로 가면 다시 입구의 기둥 문 쪽으로 나가는 게다. 다카토로高燈籠 쪽으로 가야 되잖느냐."

마타하치는 어슬렁어슬렁 걸어왔다. 두 명의 노인과 함께 매일 걷는 일은 그에게 무척이나 인내를 요구하는 일인 듯했다. 닷새나 열흘 정도 구경을 다니는 것이면 몰라도, 그것이 미야모토 무사시에게 복수를 하기 위해 찾아다니는 오랜 여행이라고 생각하면 아무래도 우울해지지 않을 수 없었다. 한번은 세 사람씩이나 몰려다니면 시간이 더 들 테니 자기는 따로 무사시의 소재를 찾겠다고 마타하치가 제의했다.

"이제 곧 설이니 오래간만에 모자가 함께 도소屠蘇[9]를 마시자꾸나. 언

8 신에게 제사를 지낼 때 연주하는 일본 고유의 무악.
9 한약재를 넣어 만든 정초에 마시는 약주.

제 어떻게 될지 모르는 게 우리의 처지가 아니더냐? 이번이 마지막일지도 모르니 이번 설만이라도 함께 지내도록 하자꾸나."

오스기가 그렇게까지 말하자 마타하치는 더 이상 아무 말도 할 수 없었지만 정월 초하루나 그다음 날이 되면 바로 떠나겠다고 생각했다. 그런데 오스기나 곤 숙부는 앞날이 얼마 남지 않아서인지 아니면 불심이 돈독해서인지, 신사와 불각을 보면 일일이 시주하고 오래도록 기도를 올렸다. 그런 탓에 오늘도 이 스미요시에서만 하루를 거의 다 보내고 있었다.

"빨리 오너라."

입이 댓 발로 나와서 터벅터벅 걸어오고 있는 마타하치를 바라보며 오스기는 젊은 사람처럼 안달을 하며 말했다.

"그렇게 네 멋대로 행동하면 어쩌느냐?"

마타하치는 여전히 터벅터벅 걸어오면서 이렇게 말대꾸를 했다.

"하루 종일 사람을 기다리게 할 때는 언제고요?"

"이 녀석아, 신령님의 영지에 오면 신령님께 절하고 비는 건 인간의 당연지사니라. 너는 신령님이나 부처님께 절도 하지 않으니 앞날이 걱정이구나."

마타하치는 고개를 돌리며 투덜거렸다.

"잔소리 좀 그만하시지."

그 말을 들은 오스기가 소리쳤다.

"그게 어째서 잔소리더냐?"

처음 이삼일 동안은 모자의 애정이 꿀보다 달달했지만 시간이 지남에 따라 마타하치는 매사에 반항적이었고 노모를 바보로 취급했다. 오스기 또한 여관에 돌아와 그런 아들을 앞에 앉혀 두고 매일 밤 훈계를 늘어놓았다.

"자자, 그만들 하고 어서 갑시다."

곤로쿠는 두 모자의 다툼이 시작될 기색이 보이자 그들을 달래고는 다시 걷기 시작했다. 그는 마타하치와 오스기를 보면서 속으로 못 말리는 모자라고 생각했다. 그리고 어떻게 해야 둘의 기분을 풀어 줄 수 있을까를 생각하며 걷고 있었다.

"이거 어디서 좋은 냄새가 난다 했더니 저 강가 주막에서 대합을 굽는 냄새였군. 형수님, 한잔 어떠세요?"

다카토로 근처에 있는 강가의 갈대로 만든 주막이었다. 곤로쿠는 내키지 않는 표정을 짓는 두 사람을 데리고 안으로 들어가 술을 주문했다.

"자, 마타하치도 기분 풀거라. 형수님도 좀 심하셨어요."

곤로쿠가 잔을 내밀며 권하자 오스기는 얼굴을 외로 돌리며 말했다.

"마시고 싶지 않네."

곤로쿠는 잔을 도로 내려놓을 수도 없고 해서 마타하치에게 건네고 술을 따랐다.

"마타하치야, 받거라"

마타하치는 무뚝뚝하게 연거푸 두세 잔을 비웠다. 노모는 그런 마타하치의 행동이 또 마음에 들지 않았다.

"여기 한 잔 더 주시오."

마타하치가 넉 잔째 주문을 하자 오스기가 꾸짖으며 말했다.

"작작 좀 마시거라. 어디 술 마시러 나온 여행인 줄 아느냐? 숙부도 정도껏 하시게. 나잇살이나 들어서 마타하치와 똑같이 행동하다니. 나잇값도 못 하는 사람 같으니라고."

한 소리를 들은 곤로쿠는 술을 혼자서 다 마신 것처럼 얼굴이 새빨개졌다.

"그렇군요. 맞습니다."

곤로쿠는 쑥스러운 듯 손으로 얼굴을 훑더니 먼저 일어나서 느릿느릿 밖으로 나갔다. 오스기는 마타하치와 둘만 남게 되자 다시 훈계를 늘어놓기 시작했다. 부모로서 그녀의 지나친 근심과 사랑은 여관으로 돌아갈 때까지 기다릴 수 없는 듯했다. 사람들이 있거나 말거나 조금도 신경을 쓰지 않았다. 그런 오스기의 모습에 더 화가 난 마타하치는 반항하는 표정으로 그녀를 흘겨보고 있었다. 오스기가 할 말을 다 쏟아부을 때까지 기다리던 그가 마침내 입을 열었다.

"그럼, 어머니 말씀대로라면 결국 저는 기개도 없는 겁쟁이에다가 불효막심한 놈이라는 거 아닙니까?"

"그게 아니라면 오늘까지의 네 행실에 기개라고 하는 것이 어디에 있느냐?"

"어머니가 생각하시는 만큼 전 그렇게 못난 놈이 아닙니다. 잘 알지도 못하시면서."

"내가 모른다고? 어미가 자식을 몰라? 너 같은 자식을 둔 게 혼이덴가의 잘못이다."

"어디 한번 두고 보세요. 전 아직 젊어요. 지금 하신 말, 나중에는 반드시 후회하실 거예요."

"어디 그런 후회라면 나도 하고 싶구나. 하지만 백 년을 기다려도 그럴 가망성이 있겠느냐? 참으로 한스럽구나."

"그렇게 한스러운 자식이라면 기다릴 필요도 없겠네요. 제가 사라져 드리죠."

마타하치는 분연히 일어나서 획 돌아서더니 밖으로 성큼성큼 나가 버렸다. 오스기는 떨리는 목소리로 황망히 그를 불렀지만 그는 뒤도 돌아보지 않았다.

"이, 이놈아!"

마타하치를 붙잡아야 할 곤로쿠는 태평한 얼굴로 쳐다보다가 다시 고개를 돌려 바다만 바라볼 뿐 미동도 하지 않았다. 오스기는 다시 자리에 주저앉으며 뇌까렸다.

"숙부, 잡지 마시게. 붙잡으면 안 되네."

오스기의 말을 들었는지 곤로쿠가 대답을 하며 돌아보았다.

"형수님!"

그러나 곤로쿠는 오스기의 기대와 달리 다른 말을 했다.

"저 여자아이 어딘지 이상한데. 애야, 잠깐만!"

곤로쿠는 그렇게 외치고는 주막집 처마 아래에 삿갓을 내던지고 쏜살처럼 바다를 향해 내달렸다. 노파는 깜짝 놀랐다.

"저런, 대체 어디로 가는 게요? 지금 그럴 때가 아니란 말입니다. 마타하치가……."

오스기는 그를 쫓아 몇 걸음 달려가다가 해초에 다리가 걸려 기세 좋게 앞으로 나뒹굴었다.

"저런, 바보 같은 위인."

오스기는 온몸이 모래투성이가 되어 일어섰다. 화가 잔뜩 나서 곤로쿠를 찾던 오스기의 눈이 갑자기 커지더니 소리쳤다.

"아니, 저 인간이 실성을 했나. 대체 어디를 가는 게야?"

그러고는 오스기마저 실성한 것이 아닌가 싶은 몰골로 곤로쿠가 달려간 바다를 향해 뛰어갔다. 오스기가 뒤를 쫓아가 살펴보니 그는 이미 바다에 뛰어든 뒤였다. 이 부근은 바다가 얕아서 물이 아직 종아리까지밖에 차지 않았지만, 곤로쿠는 하얀 포말을 일으키며 정신없이 먼 바다 쪽으로 뛰어가고 있었다. 그런데 그의 앞에 한 젊은 여자가 무서운 기세로 바다를 향해 달려가고 있었다. 곤로쿠가 처음 그녀를 발견했을 때, 그녀는 솔밭 그늘에 서서 물끄러미 파란 바다를 바라보고 있었다. 그런데 어느 순간, 검은 머리를 풀어헤친 그녀가 포말을 일으키며 바다를 향해 달려 들어가고 있었다. 다행히도 이곳 포구는 오륙 정町 거리의 연안까지 바닷물이 얕았기 때문에 앞서 달려가는 여자는 아직 다리 반 정도밖에 잠겨 있지 않았다. 그녀의 빨간 소매 안쪽과 금실의 허리끈이 하얀 포말에 반사되어 빛나고 있었다.

미야모토 무사시 3_불火의 장

"어이, 처자. 이봐요!"

곤로쿠가 간신히 바로 뒤까지 따라가서 그녀를 부르는 순간, 여자는 외마디 비명을 남기고 큰 파문과 함께 아래로 사라져 버렸다. 그곳부터 수심이 급격히 깊어지는 탓이었다.

"죽으려고 작정한 모양이군!"

그와 동시에 곤로쿠의 몸도 물속으로 가라앉았다.

해안에 남아 있던 오스기는 물가를 따라 이리저리 뛰어다니고 있었다. 하얀 포말이 일더니 여자와 곤 숙부의 모습이 자취를 감추었다.

"저기, 누가 빨리 가서 구하지 않으면 두 사람 다 죽겠소."

오스기는 펄쩍펄쩍 뛰다가 자빠지면서도 손을 흔들면서 마치 자신이 물에 빠지기라도 한 것처럼 고함을 치며 소란을 피웠다.

"동반자살일까?"

"설마……."

곤로쿠와 여자를 구해 온 어부들이 모래 위에 누여 놓은 두 사람을 쳐다보며 웃었다. 곤로쿠는 젊은 여자의 허리띠를 꼭 붙잡고 있었는데, 두 사람 모두 숨을 쉬지 않았다. 머리카락이 어지럽게 흐트러진 채 누워 있는 젊은 여자는 아직 살아 있는 것처럼 하얗게 바른 분과 연지가 들떠 있었고 자줏빛으로 변한 입술을 꼭 깨물고 있어서 마치 웃고 있는 듯 보였다.

"가만, 이 여자는 본 적이 있는데."

"아까 해변에서 조개껍데기 줍던 여자 아냐?"

"맞다, 저 여관에 묵고 있는 여자다."

어부들이 알리러 갈 필요도 없었다. 저편에서 뛰어오는 네댓 명이 일행인 듯했는데 그중에는 요시오카 세이주로도 있었다. 사람들이 모여 있는 곳으로 숨을 헐떡이며 달려온 그는 깜짝 놀라 얼굴이 새파래졌다.

"앗, 아케미!"

세이주로는 그 자리에 우뚝 서고 말았다.

"일행이오?"

"그, 그렇소."

"빨리, 물을 토해 내도록 해야 하오"

"살, 살 수 있겠소?"

"그렇게 말할 시간이 있으면……."

어부들이 두 패로 나뉘어서 곤로쿠와 아케미의 명치를 누르고 등을 두드렸다. 아케미는 곧 숨을 돌렸고 세이주로는 여관집 사람에게 그녀를 업게 한 다음, 사람들의 눈을 피하듯 여관으로 돌아갔다.

"여보게, 곤 숙부……."

오스기는 아까부터 곤로쿠의 귀에 얼굴을 가져다 댄 채 울고 있었다. 젊은 아케미는 소생했지만 그는 노령이기도 하고 다소 술기운도 있던 탓에 숨이 아주 끊어진 것처럼 보였다. 오스기가 아무리 불러도 다시 눈을 뜨지 않았다. 온갖 방법을 다 써 본 어부들이 단념하듯 말했다.

"이 노인은 안 되겠는데."

그 말을 들은 오스기가 눈물을 거두고 여태까지 애써 준 사람들을 향해 당장이라도 달려들 기세로 노려보았다.

"뭐가 안 된다는 게냐? 여자는 숨을 돌렸는데 이 사람만 살아나지 못한다는 법이 어디 있느냐! 내가 살려 내겠다."

사람들을 밀쳐 낸 오스기는 곤로쿠의 몸을 이리저리 주무르며 살려 내려고 안간힘을 썼다. 그런 그녀의 모습은 보는 사람들로 하여금 눈물을 자아내게 할 정도였다. 하지만 그녀가 그곳에 모인 사람들을 마치 고용인이나 하인처럼 대하며 누르는 방법이 나쁘다거나, 그렇게 해서는 효과가 없다거나, 불을 피우라고 하거나, 약을 가져오라며 사람들을 부려 댔다.

"저 늙은 할망구가 대체 우릴 뭐로 보고."

"죽은 사람과 기절한 사람은 다르단 말이오. 살릴 수 있으면 살려 보시우."

오스기의 행동에 화가 난 사람들이 한마디씩 하더니 어느 사이엔가 모두 뿔뿔이 흩어져 그곳을 떠나 버렸다.

해변에는 이미 저녁 어스름이 내리고 있었다. 옅은 해무가 깔린 먼 바다 저편에서 분홍빛 구름만이 아스라한 빛을 흩뿌리고 있었다. 여전히 포기할 생각이 없는지 오스기가 모닥불을 피우고 그 옆으로 곤로쿠를 끌고 왔다.

"숙부, 곤 숙부!"

바다도 이미 어두워졌다. 오스기가 불을 피워도 곤로쿠의 몸은 따뜻해지지 않았다. 그러나 그녀는 곤로쿠가 당장이라도 눈을 뜨고 자신에게 말을 걸 것이라고 믿어 의심치 않는 듯, 인롱에서 꺼낸 약을 씹어서 그의 입에 넣어 주거나 몸을 감싸 안고 흔들어 댔다.

"자, 눈을 뜨고 말해 보시게. 대체 이게 무슨 일이란 말인가. 이 늙은이만 남겨 두고 먼저 죽는 법이 어디 있는가. 아직 다케조에게 원수도 갚지 못했고, 오츠 년을 벌하지도 못했는데 말일세."

오랜
약속

　　　　　파도 소리와 솔바람이 저물어 가는 창호
안에서 아케미는 혼수상태에 빠져 있었다. 머리에 베개를 대 주고 자리
에 눕히자 갑자기 몸에서 열이 나더니 계속해서 헛소리를 했다.

"……."

세이주로는 아케미의 얼굴보다 더 창백한 얼굴로 그 옆에 숙연히 앉
아 있었다. 자신이 유린한 여자의 끝 모를 고통에 대해 고개를 숙인
채 양심의 가책을 느끼고 있는 듯했다. 순진하고 밝았던 처녀를 야수
처럼 무참히 짓밟아 얻은 육체적 만족감에 희열을 느낀 것도 그였고,
또 지금 베갯머리 옆에서 한때 숨이 끊어졌던 그녀를 걱정하면서 숙
연하게 앉아 있는 양심적인 인간 역시 그였다.

세이주로는 하루라는 짧은 시간 속에서 그처럼 모순된 두 개의 자아
를 마주하고 있었다. 그러나 지금의 그는 그것이 그다지 이상한 일은

아니라는 듯이 침통한 눈썹과 참회의 입술로 아케미를 바라보았다.

"아케미, 살아다오. 남자란 본래 그런 존재인 것을, 나만 그런 것이 아니다. 언젠가 너도 이해할 날이 올 거야. 내 사랑이 너무 강해서 네가 놀랐구나."

세이주로는 베갯머리에 앉아서 아케미에게 하는 말인지 자신을 위로하기 위해서 하는 말인지 모를 푸념을 뇌까리고 있었다. 먹물을 칠한 듯 방 안은 음침하기 그지없었다. 그녀의 하얀 손이 때때로 이불 밖으로 삐져나왔다. 이불을 덮어 주자 귀찮다는 듯 다시 이불을 뿌리쳤다.

"오늘이 며칠이지?"

"응?"

"앞으로 며칠 후면 정월이지?"

"이레 정도 남았다. 정월까지는 나을 거야. 설 전에는 교토로 돌아가자꾸나."

세이주로가 얼굴을 가까이 가져가자 아케미가 소스라치게 놀랐다.

"악! 싫어!"

아케미는 자신의 얼굴 위에 있는 세이주로의 얼굴을 손바닥으로 후려치며 소리쳤다.

"저리 가."

그녀는 새된 목소리로 쉴 새 없이 욕을 해 댔다.

"나쁜 놈, 짐승."

“…….”

“너는 짐승만도 못한 놈이야.”

“…….”

“보기기만 해도 구역질이 나.”

“아케미, 용서해다오.”

“닥쳐, 닥치란 말이야!”

아케미의 하얀 손이 필사적으로 어둠 속을 휘저었다. 세이주로는 괴로운 듯이 숨을 삼키며 그녀의 광기 어린 모습을 바라보고 있었다. 그녀는 조금 진정이 된 듯싶더니 다시 물었다.

“오늘이 며칠이지?”

“…….”

“정월은 아직인가?”

“…….”

“설날 아침부터 칠일까지, 매일 아침 고조五条 다리에 있겠다는 무사시 님의 전언이 있었어. 학수고대하던 정월인데. 아, 빨리 교토에 돌아가고 싶어. 그곳에 가면 무사시 님이 서 있을 거야.”

“뭐, 무사시?”

“…….”

“무사시라면 그 미야모토 무사시 말이냐?”

세이주로가 깜짝 놀라 아케미의 얼굴을 들여다보았지만 더 이상 아무런 말도 하지 않았다. 다시 잠에 빠져든 듯했다. 마른 솔잎이 바람에 날려 바스락거리며 창문가의 창호지를 스쳐 갔다. 어디선가 말 울음소리가 들리는가 싶더니 문밖에서 등불이 비쳤다. 여관집 여자가 손님 한 명을 안내하며 들어왔다.

"젊은 선생님, 여기 계시오?"

"누구지? 나는 여기 있다."

세이주로는 황망히 장지문을 닫고 태연한 모습으로 앉아 있었다.

"우에다 료헤이植田良平입니다."

먼 길을 온 듯한 행장 차림의 사내는 먼지를 뒤집어쓴 채 미닫이문을 열고 툇마루 끝에 걸터앉았다.

"우에다로군."

세이주로는 잠시 그가 무엇 때문에 이곳에 왔는지 의구심이 들었다. 우에다 료헤이는 기엔 도지, 난포요 이치베南保余一兵衛, 미이케 주로자에몬御池十郎左衛門, 고바야시 구란도小林蔵人, 오타구로 효스케太田黒兵助 등의 고참들과 함께 '요시오카 십검十劍'이라고 자칭하는 수제자들 중 한 명이었다. 세이주로는 이번 여행에 그들을 데리고 오지 않았는데, 물론 료헤이도 시조 도장에 남아 있었다.

그런데 무슨 급한 일이라도 생겼는지 료헤이는 말을 타고 한달음에 달려온 것처럼 굉장히 흥분한 얼굴이었다. 도장을 비우기에는 마음에 걸리는 일이 많긴 했지만, 료헤이가 이곳까지 말을 타고 달려올 정도의 급한 용무라면 연말로 닥쳐온 부채에 관한 일보다 더 중대한 것일 거였다.

미야모토 무사시 3_불火의 장

"내가 없는 동안 무슨 일이 일어났는가?"

"급히 돌아가야 하니 이대로 말씀드리겠습니다."

"흠."

"다름이 아니라……."

료헤이는 양손을 품속에 집어넣고 황망히 무엇인가를 찾았다. 장지문 너머에서 악몽에 시달리는지 아케미의 저주에 찬 목소리가 들려왔다.

"싫어! 이 짐승, 저리 가!"

료헤이는 놀라면서 물었다.

"저 소리는 무엇입니까?"

"아케미가 여기 와서 몸이 안 좋아졌는지 열도 나고 가끔 헛소리를 하네."

"아케미입니까?"

"그보다 급한 용무가 무엇인지 빨리 말하게."

"이것입니다."

료헤이는 복대 안에서 겨우 끄집어낸 서신 한 통을 세이주로에게 내밀었다. 그는 여관집 여자가 놓고 간 촛대를 재빨리 세이주로의 곁으로 내밀었다. 세이주로는 무심코 서신을 내려다보다 외쳤다.

"무사시가 보낸 것인가?"

우에다는 목소리에 힘을 주어 대답했다.

"그렇습니다."

"뜯어보았는가?"

"급한 일인 듯해서 도장에 남아 있던 사람들이 의논하여 읽어 보았습니다."

"뭐라고 쓰여 있던가?"

세이주로는 서신을 얼른 집을 수 없었다. 그는 늘 가슴속에 미야모토 무사시를 생각하고 있었지만, 그가 또다시 서신을 보내오는 일은 없을 것이라고 단정하고 있었다. 그러나 그 예상이 빗나가자 등골이 서늘해지고 소름이 돋은 그는 서신을 펼쳐 볼 엄두도 내지 못하고 가만히 바라보고만 있었다. 반면 료헤이는 분노를 억누르기 위해 입술을 깨물며 말했다.

"마침내 왔습니다. 놈이 올봄에 그렇게 호언장담을 하긴 했지만 설마 또다시 교토에 발을 들여놓을 거라고 생각하지 않았습니다. 그런데 보십시오, 괘씸하게도 신멘 미야모토 무사시라는 이름으로 요시오카 세이주로 님과 일문에게 보낸 도전장입니다."

무사시가 보낸 서신에는 그가 지금 어느 곳에 있는지는 적혀 있지 않았다. 하지만 그가 어디에 있든 잊지 않고 요시오카 일문의 제자들에게 약속을 지킬 것이라는 전갈을 보내온 이상, 이미 그와 요시오카 일문 간에는 죽든지 죽이든지 하는 교전 상태에 돌입한 것이라고밖에 생각할 수 없었다.

시합은 결투다. 결투란 무사의 검과 체면을 걸고 벌이는 대사이지 말싸움이나 잔재주를 겨루는 일이 아니었다. 생명을 걸고 임하는 싸움인 것이다. 그런 결투에 당면한 요시오카 세이주로가 그것을 깨닫지 못하고 한가로이 여행이나 다니고 있다는 것은 대단히 위험한 일이었다. 교토에 있는 제자들 중에는 세이주로의 행실에 정나미가 떨어져서 어불성설이라며 화를 내는 자들이 있는가 하면, '겐포 선생님이 살아 계셨다면……' 하고 일개 무사 수행자에게 받은 모욕에 이를 갈며 비탄의 눈물을 흘리는 자도 있었다. 그래서 제자들은 일단 세이주로에게 소식을 전해 당장 교토로 데려와야 한다고 결정을 내렸고, 료헤이가 그를 데리러 오게 된 것이었다.

"……"

하지만 어찌된 일인지 세이주로는 무사시가 보낸 서신을 무릎 앞에 놓고 바라만 볼 뿐 좀처럼 펼쳐 보려 하지 않았다.

"어서 읽어 보시지요."

약간 초조해진 료헤이가 재촉했다.

"음, 이것인가?"

세이주로는 겨우 편지를 손에 쥐고 읽기 시작했다. 편지를 읽어 내려가는 그의 손끝에서 미세한 경련이 일었다. 그것은 서신의 내용 때문이 아니었다. 그의 마음이 지금처럼 금방이라도 무너질 듯 나약했던 때가 없었기 때문이다. 장지문 너머로 들리는 아케미의 헛소리는 모래에 물이 스며들듯 평소에 그가 미약하나마 가지고 있던 무사로서의 마음가짐을 완전히 허물어뜨리고 있었다.

무사시가 보낸 서신의 내용은 지극히 간단명료했다.

지난번 이래로 건재하리라 생각됩니다.

약속한 바와 같이 이렇게 서신을 보냅니다. 귀공도 수련에 매진하고 계시리라 생각하며, 본인 또한 얼마간 수련에 매진하고 있습니다. 만날 장소와 날짜, 시간은 언제가 좋으십니까? 본인은 딱히 원하는 바가 없으니 귀공이 원하시는 바에 따라 전에 약속한 대로 승패를 겨루고자 합니다. 가능하면 정월에서 초이레 사이에 고조 다리 근처에 답을 남겨 주시기를 바랍니다.

신멘 미야모토 무사시

"당장 돌아가도록 하자."

세이주로는 서신을 소매에 넣고 일어섰다. 그는 난마처럼 복잡하게 얽힌 마음 때문이라도 잠시라도 이곳에 머무를 수 없었다. 그는 황급히 여관 사람을 불러 아케미를 잘 돌봐 달라고 부탁하면서 돈을 건넸다. 여관 쪽에서는 곤란한 기색을 보이긴 했지만 거절하지 못하고 맡아 주기로 했다. 그는 한시라도 빨리 이 여관에서, 이 거북한 시간으로부터 도망치고 싶었다.

"자네의 말을 빌려야겠네."

세이주로는 분주히 돌아갈 채비를 끝내고 말 위에 올랐다. 됴헤이도 세이주로의 뒤를 따라 어두운 스미요시 거리를 내달렸다.

모노호시자오

　"하하, 보았습니다. 원숭이를 어깨에 얹고 다니는 젊은이 말이죠? 그런 차림의 젊은이가 방금 전에 지나갔습니다."

　한 행인이 그렇게 말했다. 어디서 보았는지 묻자 다카쓰高津의 신곤眞言 언덕을 내려와 노진農人 다리 쪽으로 가던 그 젊은이가 다리는 건너지 않고 히가시보리東堀에 있는 칼을 만드는 가게 앞으로 가더라고 대답했다.

　"드디어 행적을 알아냈다. 그놈이 틀림없다."

　"그리로 가자."

　저녁 무렵, 오가는 사람들을 유심히 살피며 몰려가는 한 무리의 사내들이 있었다. 히가시보리 거리의 상점들은 벌써 문을 닫기 시작했다. 무리 중 한 명이 행인이 말한 곳으로 들어가 도장刀匠에게 무엇인가 진지하게 따져 묻더니 얼마 후 밖으로 나왔다.

"덴마天滿로 가자, 덴마로!"

그는 앞장을 서며 재촉했다. 함께 달려가던 다른 사내가 물었다.

"알아냈나?"

"알아냈다."

그자는 힘주어 대답했다. 사내들은 요시오카의 문하생들로, 스미요시 나루터에서 원숭이를 데리고 시내로 들어간 젊은이를 아침부터 뒤쫓고 있었다. 그 가게의 도장에게 물어보니 신곤 언덕부터 행적을 쫓아온 자가 자신들이 찾고 있는 그자임이 틀림없었다. 분명 가게 문을 닫는 저녁 무렵에 앞머리를 내린 무사가 데리고 다니던 새끼 원숭이를 가게 앞에 내려놓고 앉아 있었다고 했다. 그는 가게 주인을 찾았지만 공교롭게도 부재중이어서 도공工이 이유를 묻자 이렇게 대답했다고 했다.

"부탁할 칼이 있어서 왔는데 천하 명검이라서 주인이 아니면 좀 불안하군. 칼을 다듬는 솜씨가 어떤지 직접 확인한 후에 결정하고자 하는데, 이 집에서 연마한 칼이 있으면 보여 주시게."

그래서 도공이 마음에 들 만한 칼을 몇 개 꺼내 보여 주었더니 전부 훑어본 후 그가 말했다.

"이곳에선 형편없이 무딘 칼만 만드는 것 같아서 맡길 수가 없겠군. 내가 맡기려는 것은 등에 찬 이 칼인데 모노호시자오라고 하는 대대로 전해 내려온 명검이네. 이름이 새겨져 있진 않지만 칼날이 닳지도 않는 비젠備前에서 만들어진 명작이오."

그러고는 칼을 뽑아 보이더니 한바탕 자랑을 늘어놓았다고 한다. 그래서 가소로운 생각이 든 도공이 '모노호시자오라고? 거 이름 한번 잘 붙였군. 그런데 휘어진 데가 없이 그냥 길기만 한 것이 장점인가 보군' 하며 중얼거리자 그가 기분이 나빴는지 갑자기 일어나 덴마에서 교토로 가는 배를 어디서 타는지 물었다고 했다.

"교토에서 칼을 연마해야겠군. 오사카에서는 어느 곳을 둘러보아도 병졸들이나 쓰는 쓰레기들만 다루고 있으니 시간만 낭비했네."

그렇게 덧붙여 묻고는 미련 없이 돌아섰다는 것이었다. 말을 들을수록 시건방진 자인 듯했다. 도지의 상투를 자르더니 한껏 의기양양해진 것임에 틀림없었다. 그는 자신을 저세상으로 보내려는 무리가 바로 턱밑까지 쫓아온 것도 모른 채, 득의만면한 얼굴로 활개를 치고 다니는 듯했다.

"애송이 녀석, 어디 두고 보자."

"이미 목덜미를 붙잡은 것이나 다름없으니 그리 서두를 필요도 없겠군."

아침부터 계속 뒤를 쫓아와서 녹초가 된 사내가 그렇게 말하자 앞에서 뛰어가던 사내가 숨을 헐떡이며 말했다.

"서두르지 않으면 놓치고 말 거야. 요도淀 강을 거슬러 올라가는 배편은 이 무렵이 마지막이니 말이야."

맨 앞에서 달려가던 사내가 덴마 강 쪽을 바라보며 소리를 질렀다.

"큰일 났다."

"왜 그러나?"

누군가 묻자 그가 대답했다.

"선착장 주막에서 벌써 의자를 치우고 있다. 강에도 배가 보이지
않아."

"떠났단 말인가?"

그들은 가쁜 숨을 몰아쉬며 그곳에 멈추어 서서 잠시 넋 나간 듯이
강을 바라보았다. 가게 문을 닫고 있는 주막집 주인에게 물어보자 분
명 새끼 원숭이를 데리고 있는 무사가 배에 탔다고 말했다. 또 마지막
배편이 지금 막 떠났지만 아직 다음 선착장인 도요사키豊崎까지는 거
슬러 올라가지 못했을 거라고 덧붙였다. 그곳에서는 내려가는 배는
빠르지만 올라가는 배는 느렸다. 그때, 무리 중 누군가가 바로 뛰어가
면 따라잡을 수 있다고 말했다.

"맞다, 아직 실망할 건 없어. 이곳에서 잡지 못했으니 이젠 그리 서
두를 것 없네. 자, 한숨 돌리고 가세."

그들은 차를 마신 후에 떡과 과자 따위를 입안 가득 물고 다시 강을
따라 어둠에 잠긴 길을 서둘러 달려갔다.

넓게 펼쳐진 어둠 저편에 은빛 뱀을 닮은 강이 두 줄기로 갈라지고
있었다. 한 줄기로 이어오던 요도 강이 나카쓰中津 강과 덴마 강으로 나
뉘는 곳이었다. 그 언저리에서 언뜻 불빛이 보였다.

"배다."

"따라잡았나?"

활기를 되찾은 듯 일곱 무사들이 소리쳤다. 마른 갈대들이 날카로운 칼

날처럼 빛을 발하고 있었다. 풀 한 포기조차 보이지 않는 논과 밭이었다. 서릿발처럼 매서운 바람이 불었지만 춥다는 생각은 전혀 들지 않았다.

"됐다."

배와의 거리가 좁혀진 게 분명해지자 한 명이 소리를 질렀다.

"어이. 기다리시오!"

그러자 배에서도 어렴풋이 목소리가 들려왔다.

"왜 그러시오?"

동료들이 급히 소리친 자에게 주의를 주었다.

"지금 여기서 배를 부를 필요는 없지 않나. 앞으로 몇 십 정만 더 가면 선착장이 있을 것이고 타고 내리는 자들도 있을 것이네. 그런데 여기서 소리 질러 부르면 배 안에 있는 적에게 마음의 준비를 시키는 셈이 아닌가?"

"자, 아무튼 상대는 겨우 한 놈일세. 기왕 소리를 질렀으니 우리가 누군지 밝히고 놈이 강물로 뛰어들어 도망치지 않도록 경계하세."

"옳은 말이네. 그렇게 하세."

누군가의 중재로 논쟁은 거기서 진정되었다. 그리고 다시 의기투합한 그들은 강을 거슬러 올라가는 배의 속도에 맞춰 뛰어가며 다시 배를 불렀다.

"어이!"

"뭐요?"

선장인 듯했다.

"배를 강기슭에 대라!"

"바보 같은 소리."

배 안에 있는 사람들이 터뜨리는 웃음소리가 들렸다.

"대지 못하겠느냐?"

무사들이 위협하자 이번에는 배 안에서 손님인 듯한 자가 말투를 흉내 내며 소리쳤다.

"대지 못하겠다."

육지에 있는 일곱 무사들의 얼굴에서 금방이라도 불을 뿜을 듯 하얀 입김이 피어나고 있었다.

"좋다. 댈 수 없다면 다음 선착장에서 기다리겠다. 하지만 그 배 안에 새끼 원숭이를 데리고 있는 앞머리를 내려뜨린 애송이가 있을 것이다. 부끄러운 줄 안다면 뱃머리에 서 있으라고 일러라. 만일 또다시 그놈을 도망치게 한다면 그놈과 한 패로 알고 모두 육지로 끌어낼 테니 그리 알아라."

배 안에서 사람들이 동요하는 소리가 육지에서도 손에 잡힐 듯 훤히 들렸다. 다들 강가에 배를 대면 무슨 일이 일어날 게 틀림없다며 아연실색했다. 육지에서 배를 따라오고 있는 일곱 명의 무사는 모두 가죽 끈으로 소매를 질끈 동여맸고 칼도 차고 있었다.

"선장, 대답하지 마시오."

"무슨 소릴 해도 가만있어요."

"모리구치守口까지만 가면 강을 지키는 초소에 관리가 있을 거요. 그러니 그 전에는 배를 대지 않는 게 좋소."

사람들은 저마다 말하면서 침을 삼키고 있었다. 방금 전까지 무사들의 흉내를 내며 소리를 지르던 사내들도 이제는 벙어리처럼 아무 말 없이 목을 움츠리고 있었다. 유일하게 의지할 수 있는 것은 육지와 강위에 떠 있는 배 사이의 거리였다.

육지에 있는 요시오카 제자들이 배의 속도에 맞춰 나란히 따라오고 있었다. 그들은 배 쪽에서 어떻게 나오는지 두고 보려는 듯 한동안 아무 말도 하지 않았다. 그러나 아무런 반응이 없자 다시 소리쳤다.

"알아들었나? 새끼 원숭이를 데리고 있는 코흘리개 무사는 뱃머리로 나오너라."

그러자 배 안에서 갑자기 한 젊은이가 일어서며 말했다.

"나를 두고 하는 말인 듯하군."

그는 앞으로 걸어 나가 뱃머리에 섰다.

"앗!"

"있었군."

"쥐방울만 한 녀석."

그의 모습을 확인한 요시오카 제자들은 눈을 부라리고 손가락질을 하면서 배가 가까워지면 당장이라도 강을 건너갈 듯한 기세였다. 반면에 모노호시자오라는 커다란 칼을 등에 차고 앞머리를 내려뜨린 무사는 조용히 뱃머리에 서 있었다. 그의 발밑에서는 뱃머리에 부딪치는 물보라가 날카로운 이를 하얗게 드러내고 있었다.

"새끼 원숭이를 데리고 있는 앞머리를 내린 애송이라면 나밖에는 없는데 너희들은 누구냐? 일거리가 없는 도적들이냐, 아니면 배고픈 뜨내기들이냐?"

젊은 무사의 목소리가 강 건너편에서 들려왔다.

"뭣이!"

제자들이 강가에 나란히 서서 저마다 이를 갈면서 소리쳤다.

"이 원숭이를 부리는 놈아, 말 다했느냐?"

그들의 입에서 튀어나온 온갖 욕설이 강의 수면을 뒤흔들었다.

"주제 파악도 못 하는 놈아, 당장 머리를 땅에 대고 사죄하거라."

"우리가 누군지 아느냐? 네놈은 우리가 요시오카 세이주로의 제자들인 걸 알고도 그따위 망발을 늘어놓는 게냐?"

"마침 잘됐다. 거기서 강물을 퍼서 네 가느다란 모가지나 씻어 두어라."

배는 게마毛馬 제방에 가까이 가고 있었다. 제방에는 배를 붙잡아 매는 말뚝과 판잣집 들만 있었다. 제자들이 게마 마을의 선착장을 보더니 먼저 그곳으로 달려가 배에서 내리는 출구를 막고 기다리고 있었다.

그런데 배는 멀리 강의 중심에 멈춰 선 채로 제자리를 빙글빙글 돌고 있었다. 손님들과 선원들도 사태가 심상치 않음을 걱정해서 배를 대지 않는 것이 좋다고 말하고 있는 듯했다. 요시오카 문하의 제자들은 그 모습을 보고 소리쳤다.

"왜 배를 대지 않는 것이냐?"

"내일이나 모레까지 대지 않고 버틸 수 있겠느냐? 나중에 후회하지 말거라."

"배를 대지 않으면 타고 있는 자들도 한 명도 남기지 않고 베어 버리겠다."

"당장 작은 배를 타고 들이닥쳐서 베어 주마."

그들이 온갖 으름장과 협박을 해 대자 마침내 배의 뱃머리가 강기슭 쪽으로 향했고, 동시에 강물이 요동칠 만큼 큰 목소리가 들려왔다.

"시끄럽다. 네놈들 소원대로 지금 그곳으로 갈 테니 기다리고 있거라."

그들이 살펴보니 앞머리를 내린 젊은 무사가 선장과 다른 사람들의 만류를 뿌리치고 삿대로 강물을 밀며 자신들이 있는 기슭으로 배를 저어 오고 있었다.

"온다."

"목숨 아까운 줄 모르는 놈이군."

요시오카 제자들은 칼자루에 손을 대고 배가 다가오는 강기슭 근처를 둘러싸고 있었다. 배는 강을 가로질러 강물을 가르며 곧바로 오고 있었다. 뱃머리에 우뚝 선 채 미동도 하지 않는 상대의 모습이, 숨을 죽이고 강기슭에서 기다리고 있는 제자들의 눈동자에 한가득 닥쳐왔다고 생각한 바로 그때였다.

마른 갈대의 진흙 펄에 뱃머리가 들이닥치자, 제자들은 마치 자신들의 가슴을 향해 돌진해 온 것처럼 무의식적으로 뒤로 물러섰다. 그와 동시에 뱃머리에서 둥그런 동물의 그림자가 배와 강기슭 사이의 네다섯 칸 정도 떨어져 있는 마른 갈대밭을 향해 펄쩍 뛰더니 무리 중 한 명의 머리를 노리고 달려들었다.

"으악!"

한 명의 비명을 시작으로 일곱 자루의 칼이 칼집을 벗어나 허공을 갈랐다.

"원숭이다!"

그것을 알아차렸을 때는 이미 허공에 일격을 가한 뒤였다. 원숭이를 적이라고 착각하고 당황한 자신들이 민망했는지 서로 주의를 주었다.

"당황하지 마라!"

일방적인 싸움이 될 것이라고 예상하며 잔뜩 겁을 집어먹고 배 한쪽 구석에 모여 있던 사람들은 제자들의 당황하는 모습이 우스웠지만 아무도 소리 내서 웃지 않았다. 삿대질을 하고 있던 젊은 무사가 삿대 로 갈대밭 한가운데를 푹 찌르더니 그 탄력을 이용해 강기슭 저편으 로 풀쩍 날아갔다. 새끼 원숭이보다도 더 가볍고 날렵했다.

"앗!"

상대가 다른 방향으로 날아가자 일곱 명의 제자들이 일제히 그쪽을 향해 돌아섰다. 잔뜩 준비를 하고 있었음에도 그들의 얼굴에는 초조 한 기색이 역력했다. 강기슭을 향해 원형을 이뤄 상대에게 달려들 틈 도 없이 젊은 무사가 갈대밭 쪽으로 몸을 날리자 그들의 진형은 일렬 종대로 늘어선 꼴이 되고 말았다. 결국 상대편에게 마음의 준비를 충 분히 할 수 있는 여지를 주고 만 것이다.

무리의 맨 앞에 서게 된 자는 두려워도 이미 물러설 수 없는 위치였다. 그의 눈에 이내 핏발이 섰고 귀로는 아무 소리도 들리지 않게 되었다. 평소에 수련하던 검술도, 어떤 생각도 떠오르지 않았다. 상대편의 그림자를 향해 그저 칼을 겨누고 이를 드러내며 잡아먹을 듯 달려들 뿐이었다.

"……."

그 순간, 젊은 무사가 발끝으로 땅을 박차고 커다란 몸으로 날아오르는 듯했다. 그는 가슴을 펴고 오른손을 어깨 위로 가져가더니 등에 지고 있던 커다란 칼의 자루를 쥐었다.

"요시오카 문하생들이라고 했는가? 일전에는 상투만으로 용서해 주었거늘 그것으로는 부족했나 보구나. 생각해 보니 나 역시 부족한 감이 있었다."

"잘도 지껄이는구나!"

"어차피 모노호시자오를 손볼 생각이니 오늘은 좀 거칠게 다루어 주마."

젊은 무사의 외침에 맨 앞줄에 선 자는 마치 발이 땅에 박힌 듯 온몸이 경직되어 도망칠 수가 없었다. 그리고 모노호시자오가 수박을 자르듯 그를 베어 버렸다.

앞줄에 섰던 자의 등이 뒷사람의 얼굴에 부딪쳤다. 싸움이 시작되자마자 선두에 있던 자가 적에게 단칼에 죽는 모습을 눈앞에서 목도한 나머지 여섯 명의 제자들은 판단력을 상실하면서 단결된 행동을 취할 수 없게 되었다. 그들은 한층 더 나약해 보였고, 반면에 기세가 오른 젊은 무사는 삿대처럼 기다란 장검으로 뒷사람을 가로로 후려쳤다. 허리는 잘리지 않았지만 그것만으로도 충분히 효과가 있었다. 그자는 뭐라고 외마디 비명을 지르며 갈대밭 가운데로 날아가 곤두박질쳤다.

젊은 무사가 다음이라고 소리치듯 노려보자 싸움에 서툰 그들도 그제야 자신들에게 불리한 진형을 바꿨다. 그들은 다섯 개의 꽃잎이 꽃술을 감싸듯 한 명의 적을 에워쌌다.

"물러서지 마라."

"물러서지 마!"

그들은 서로서로 격려하더니 비로소 승산이 있다고 판단했는지 그 기세를 몰아 고함쳤다.

"애송이 녀석!"

그러나 그것은 용기라기보다 지각없는 만용과 두려움의 상실이 빚어낸 행동에 불과했다. 그 상황에서는 많은 말이 필요 없는 법이었다.

"각오해라!"

무리 중 한 사내가 고함치며 달려들더니 칼로 내리쳤다. 꽤 가까이 달려들어 젊은 무사를 향해 칼을 내리친 듯했으나 그는 아직 앞쪽으로 두 자 정도나 떨어진 곳에 있었다. 사내가 자신감을 가지고 내리친 칼끝이 돌을 내리치고 말았다. 결국 그는 스스로 무덤 속에 머리를 거꾸로 처박는 자세가 되었다. 칼자루에 달린 장식과 발뒤꿈치를 높이 올린 채 적 앞에 맨몸을 그대로 드러내고 만 꼴이었다.

그런데 젊은 무사는 쉽게 베어 버릴 수 있는 발밑의 패자를 그대로 두고 몸을 피한 탄력을 이용해서 날아오르더니 그 옆에 있는 적에게 달려들었다.

"으악."

생을 마감하는 비명 소리가 다시 허공에 울려 퍼졌고 더 이상 진형을 회복해서 싸울 기력마저 상실한 나머지 세 명은 앞다투어 도망치기 시작했다. 인간은 달아나는 상대의 뒷모습을 보면 한층 살기가 솟아오르는 법이다. 젊은 무사는 장검을 양손으로 들고 소리치며 그들의 뒤를 쫓아갔다.

"그것이 요시오카의 병법이더냐? 비겁하다! 돌아오너라!"

젊은 무사는 고함을 치고 야유를 내뱉으며 쫓아갔다.

"멈춰라! 기껏 배에서 사람을 불러내고는 도망치는 무사가 어디 있느냐? 그대로 도망친다면 교하치류의 요시오카를 천하의 웃음거리가 되게 만들겠다. 그래도 좋으냐?"

웃음거리로 만들어 주겠다는 말은 무사가 다른 무사에게 던지는 최대의 모욕이었다. 침을 뱉는 것 이상으로 수치스러운 일이었다. 그러나 이미 도망치는 자들의 귀에 그런 말이 들어올 리 없었다.

그때, 게마 제방에서 차가운 말의 방울소리가 들려왔다. 사위는 서리와 수면에 반사된 빛을 받아 등불이 필요 없을 만큼 환했다. 말 위의 사람과 말 뒤에서 따라오는 사람의 그림자는 추위를 잊은 듯 하얀 입김을 내뿜으면서 길을 재촉하고 있었다.

"앗!"

"미안하오."

말머리에 부딪칠 뻔한 세 명의 무사가 아슬아슬하게 몸을 돌려 피하고는 뒤를 돌아보았다. 갑자기 말이 발을 구르며 울어 댔다. 당황한 나머지 갑자기 말고삐를 잡아당기는 바람에 말이 놀란 탓이었다. 말위에 앉아 있던 자가 그 앞에서 주춤거리고 있는 세 명을 살펴보더니 깜짝 놀라며 소리쳤다.

"너희들은 문하생들이 아니더냐?"

그는 뜻밖이라는 표정을 짓더니 이내 화를 내며 꾸짖었다.

"이런 얼빠진 자들을 봤나. 대체 하루 종일 어디를 싸돌아다니고 있었던 게냐?"

"아, 스승님이시군요."

그때 우에다 료헤이가 말 뒤에서 앞으로 나서며 소리쳤다.

"대체 꼬락서니들이 그게 무엇이냐! 스승님을 모시고 온 놈들이 스승님이 돌아가시는 것도 모르고 또 술 마시고 싸움을 벌였느냐? 바보 같은 짓도 어지간히 하거라."

세 명의 문하생들은 자신들을 술이나 마시고 싸움질이나 한 것처럼 보는 것에 견딜 수 없었다. 그들은 불만이 가득한 말투로 자신들은 교하치류의 권위와 스승님의 명예를 위하여 싸운 것이라고 말하면서 그날 하루의 전말을 단숨에 고했다.

"저기, 저기 쫓아왔습니다."

그러고는 겁에 질린 눈빛으로 점점 가까이 다가오는 발소리에 귀를 기울였다. 그런 겁쟁이들을 바라보던 료헤이는 정나미가 떨어졌다.

"뭘 그리 소란을 피느냐? 네놈들 말대로라면 교하치류의 오명을 씻기는커녕 오히려 먹칠을 한 셈이구나. 어디 내가 상대해 주마."

료헤이는 세이주로와 세 명을 뒤에 세워 놓고 혼자서 열 걸음 정도 앞으로 나갔다.

'어디 와 보거라!'

그는 속으로 그렇게 말하며 자세를 취하고는 가까이 다가오는 발소리의 주인을 기다리고 있었다. 이것을 알 리 없는 젊은 무사는 예의 장검을 휘두르며 달려오면서 소리쳤다.

"이놈들, 기다려라! 도망치는 것이 요시오카류의 병법이더냐? 나는 살생을 하고 싶진 않지만 이 모노호시자오는 아직 이렇게 울면서 너희들을 용서하지 않는구나. 돌아오지 못하겠느냐? 도망치더라도 그 목은 놓고 가거라."

그는 게마 제방 위에서 소리를 지르며 료헤이가 있는 곳으로 달려오고 있었다. 료헤이는 손에 침을 묻히고는 칼자루를 다시 고쳐 잡았다. 질풍 같은 기세로 달려오고 있는 소년의 눈에는 그곳에 몸을 구부리고 있는 료헤이가 보이지 않는 듯했다. 그는 료헤이의 머리를 밟고 지나갈 듯한 보폭으로 달려오고 있었다.

"에잇."

힘을 모으고 잔뜩 벼르고 있던 료헤이의 팔이 고함과 동시에 칼을 쳐올렸다. 날카롭게 날아간 칼끝이 별을 벨 듯이 밤하늘 한가운데 멈췄다. 하지만 료헤이의 칼은 단지 허공을 갈랐을 뿐이었다. 젊은 무사는 한쪽 다리로 멈춰 서더니 몸을 날려 반대편으로 돌아가더니 뒤를 돌아보았다

"새로운 자가 왔나 보군."

료헤이가 바로 칼을 겨누고 달려들었고 젊은 무사는 그의 칼을 모노호시자오로 튕겨 냈다. 료헤이는 여태껏 한 번도 그 무사가 휘두르는 장검에서 풍기는 검기劍氣 같은 것을 본 적이 없었다. 그 살기등등한 검기로부터 몸을 채 피하지 못한 료헤이가 게마 제방에서 논두렁으로 굴러떨어지고 말았다.

다행히 제방이 낮았고 논두렁도 얼어 있었지만 좋은 기회를 놓치고 말았다. 료헤이가 다시 제방 위로 올라가 상대를 봤을 때, 적의 그림자는 포효하며 분기탱천한 사자처럼 보였다. 이어서 그의 장검 모노호시자오의 섬광이 세 명의 문하생을 튕겨 내며 말 위에 있는 요시오카 세이주로를 향해 앞으로 나아가고 있었다.

세이주로는 적이 자신에게 오기 전에 처리될 줄 알고 안심하고 있었지만 위험은 바로 그의 목전까지 닥쳐왔다. 모노호시자오는 가공할 기세로 돌진해 오더니 느닷없이 세이주로가 타고 있는 말의 옆구리를 찌르려 했다.

"간류岸柳, 잠깐!"

세이주로가 큰 소리로 외치더니 말의 등자에 걸치고 있던 한쪽 발을

재빨리 안장 위로 올리며 벌떡 일어섰다. 그 순간, 말은 시위를 떠난 화살처럼 젊은 무사를 뛰어넘어 저편으로 달려갔고, 세이주로는 말이 내달리는 순간의 탄력을 이용해 몸을 날려 세 칸쯤 뒤편으로 가볍게 뛰어내렸다.

"훌륭한 움직임이군."

세이주로를 칭찬한 것은 같은 편이 아닌 적인 젊은 무사였다. 그는 모노호시자오를 고쳐 쥐고는 세이주로 쪽으로 한 발 나서면서 말했다.

"적이지만 지금 동작은 아주 훌륭하오. 보아하니 그대가 요시오카 세이주로인 듯하군. 잘 만났다. 자, 각오해라."

세이주로를 향해 돌진해 오는 모노호시자오의 칼끝은 투지로 불타오르고 있었다. 하지만 세이주로 역시 겐포의 후계자답게 그것을 받아들일 정도의 여유와 실력은 충분했다.

"이와쿠니岩國의 사사키 고지로, 과연 안목이 탁월하군. 나는 세이주로라고 하는데 아무런 이유 없이도 그대와 칼을 맞부딪칠 생각은 없네. 승부는 언제라도 낼 수 있으니, 먼저 무슨 연유로 그러는지 들어보고 싶군. 우선 칼을 거두시게."

젊은 무사는 처음에 세이주로가 자신을 간류라고 불렀을 때에는 그 말에 신경을 쓰지 않았다. 하지만 두 번째로 자신을 이와쿠니의 사사키 고지로라고 이름을 부르자 깜짝 놀랐다.

"아니, 내가 간류 사사키 고지로라는 것을 어떻게 알고 계시오?"

세이주로는 무릎을 치며 앞으로 걸어 나왔다.

"역시 고지로 님이었군. 직접 뵙는 것은 처음이지만 말씀은 늘 듣고 있었소."

"누구에게?"

고지로는 다소 멍한 표정으로 물었다.

"그대의 동문 선배, 이토 야고로 님 말이오."

"아니, 잇토사이 선배와 친분이 있습니까?"

"요번 가을 무렵까지 잇토사이 님은 시라카와白河의 가구라가오카神樂岡 근처에 암자 하나를 짓고 지내셨소. 나도 누차 그곳을 방문했고 선생께서도 때때로 시조의 내 집에 들르시곤 하셨소."

"아!"

고지로는 보조개가 패도록 살짝 미소를 지었다.

"그렇다면 귀공과는 전혀 초면은 아닌 듯하군요."

"잇토사이 님은 무슨 말을 할라치면 곧잘 그대의 이야기를 하셨소. 이와쿠니에 간류 사사키 고지로라고 하는 사람이 있는데, 자신과 똑같이 도다 고로자에몬의 검술을 전수받고 가네마키 지사이 선생님께 사사받은 자라고 말이오. 동문 중에서 비록 나이가 제일 어리지만 장차 천하에서 자신과 이름을 겨룰 자는 그밖에 없다고……."

"하지만 그것만으로 내가 사사키 고지로라는 것을 어떻게 아셨습니까?"

"아직 나이가 어린 것과 인품이 이러저러하다고 잇토사이 님께 들었소. 또 그대가 간류라고 불리게 된 연유도 잘 알고 있었기 때문에 그 장검을 자유자재로 다루는 것을 본 순간, 혹시나 하는 마음에 짐작으로 불러 보았는데 정말로 들어맞았소이다."

"기우奇遇! 이건 정말 기묘한 인연인 듯합니다."

고지로는 쾌재를 부르다 문득 자신의 손에 들려 있는 피 묻은 모노호시자오를 바라보며 이 사태를 어떻게 수습하면 좋을지 난감해했다.

얼마 후, 이야기를 주고받다 보니 서로 오해가 풀렸는지 사사키 고지로와 요시오카 세이주로는 마치 오랜 친구처럼 어깨를 나란히 하고 게마 방죽 위를 걷고 있었다. 그 뒤로 료헤이와 세 명의 문하생이 추운 듯 몸을 움츠린 채 뒤따르고 있었다. 그들은 교토 방향으로 밤새도록 걸어갔다.

"저는 처음부터 묘하게 싸움에 말려들었을 뿐이지, 절대로 제가 좋아서 한 것은 아닙니다."

고지로는 그렇게 말했다. 세이주로는 도지가 아와에서 오는 배 안에서 고지로에게 한 짓과 그 후의 행동 등을 떠올리더니 말했다.

"괘씸한 놈이군. 돌아가면 문책을 해야겠어. 이는 그대의 책임이 아니라 오히려 내가 문하생들의 행실을 잘못 다스린 죄가 크니 뭐라 면목이 없소."

세이주로가 그렇게 이야기하니 고지로도 겸손해하지 않을 수 없었다.

"아닙니다. 저도 성격이 이러해서 너무 허세를 부렸고, 또 싸움이라면 물러서지 않고 상대를 불문하고 대응했으니 꼭 문하생들만 나쁘

다고 할 수는 없습니다. 비록 실력은 부족했지만 요시오카류의 명예
와 스승의 체면을 위해 나선 제자들의 마음만은 참으로 가상합니다."

"내 불찰이오."

세이주로는 그렇게 자책하면서 침통한 얼굴로 걷고 있었다. 그러자
고지로가 다시 말을 꺼냈다.

"세이주로 님만 괜찮으시다면, 모든 일을 저 흘러가는 강물에 흘려
보내는 것이 어떻겠습니까?"

세이주로가 화답하며 말했다.

"나 역시 바라던 일이오. 오히려 이번 일을 인연으로 해서 앞으로 교
분을 맺고 싶소이다."

뒤따르던 제자들도 앞선 두 사람이 의기투합하는 모습을 바라보며
안심했다. 얼핏 보면 덩치만 크고 어린아이 같은 젊은 무사가 이토 야
고로 잇토사이가 항상 '이와쿠니의 기린아'라고 칭찬하던 간류 사사
키 고지로일 거라고 어느 누가 상상이나 했겠는가. 세이주로는 도지
가 얕보다가 큰코다친 것도 무리가 아니었다는 생각이 들었다. 그리
고 고지로의 칼끝에서 목숨을 건진 료헤이와 그 뒤의 문하생들은 새
삼 간담이 서늘해짐을 느꼈다.

'저 사람이 바로 간류였단 말인가!'

그들은 다시 한 번 고지로의 널찍한 등줄기를 바라보면서 과연 어딘
지 비범한 데가 있다고 생각하면서 자신들의 얕은 안식을 새삼 부끄
러워했다.

세이주로와 그 일행이 다시 게마 촌의 선착장에 도착했을 때, 그곳에는 모노호시자오에게 희생된 시체 몇 구가 한천에 얼어붙어 있었다. 료헤이는 남아 있는 제자 세 명에게 시체의 뒤처리를 시켜 놓고 아까 달아난 말을 찾아 끌고 왔다. 사사키 고지로는 계속 휘파람을 불어 품속에서 기르던 새끼 원숭이를 불렀다. 휘파람 소리를 들었는지 어디선가 새끼 원숭이가 달려오더니 그의 어깨로 올라갔다. 세이주로는 부디 시조의 도장에 와서 머무르길 바란다며 자신의 말을 권하자 고지로는 고개를 저으며 말했다.

"저는 아직 미숙하고 일개 젊은 후배에 지나지 않지만 귀공께서는 헤이안平安 이래의 명문, 요시오카 겐포의 적자로서 수백의 문하생을 거느린 종가宗家가 아니십니까."

고지로는 이렇게 말하며 말의 재갈을 잡았다.

"염려마시고 어서 오르십시오. 그냥 걷는 것보다 이렇게 말의 재갈을 잡고 걷는 편이 더 좋습니다. 세이주로 님의 말씀대로 잠시 신세를 지고자 하니 교토까지 이렇게 이야기하면서 모시고 가지요."

오만불손하다고 생각했는데 고지로는 의외로 예의도 차릴 줄 알았다. 곧 올해도 저물고 새해를 맞으면 미야모토 무사시와 대결해야 하는 숙명인 세이주로는 때마침 고지로라는 인물을 자신의 집에 맞아들일 기회를 얻게 되자 어쩐지 마음이 든든해지는 듯했다.

"그러면 먼저 실례를 하고 피곤하시면 교대하기로 하지요."

세이쥬도 예의를 차리고 말안장에 올랐다.

산천 무한

에이로쿠 시대 무렵, 쓰카하라 보쿠덴塚原卜
傳이나 가미이즈미 이세노가미上泉伊勢守가 아즈마노쿠니東國[10]를 대표하는
검술의 명인으로 그 이름을 떨쳤다면, 위쪽 지방에서는 교토의 요시오
카가와 야마토大和의 야규가가 그들과 어깨를 나란히 했던 것으로 보인
다. 그리고 또 한 가문, 이세구와나伊勢桑名 번의 태수太守인 기타바다케 도
모노리北畠具教가 있었다. 도모노리도 검술에 있어 뛰어난 달인이자 훌륭
한 국사國司[11]였던 듯했다. 도모노리는 '후도太의 나리'라고 불렸는데 이
세伊勢의 백성들은 그가 죽은 후에도 그를 그리워하며 번창했던 옛 시절
과 선정을 흠모했다.

---

10 근대 이전의 간토와 도카이東海 지방을 가리키는 말로 오늘날의 시즈오카 현静岡県에서 미
　나미간토南関東와 고신甲信 지방이 해당한다.
11 옛날 조정에서 지방에 파견한 지방관.

도모노리는 보쿠덴으로부터 이치노다치一太刀라는 검술을 전수받았는데 이로 인해 보쿠덴의 정통 검술은 아즈마노쿠니에서 널리 퍼지지 않고 오히려 이세에서 계승되었다. 보쿠덴의 아들인 쓰카하라 히코시로塚原彦四郞는 부친으로부터 가업을 물려받았지만 이치노다치의 비전은 전수받지 못했다. 그래서 히코시로는 부친이 죽은 후, 고향인 히타치常陸에서 이세로 넘어와 도모노리를 만나서 다음과 같이 말했다.

"저도 일찍이 아버님께 이치노다치를 배웠습니다만 생전에 아버님께서 말씀하시길, 당신에게도 비전을 전수하셨다고 말씀하셨습니다. 그래서 그 이치노다치가 같은 것인지 다른 것인지 서로 간의 차이를 비교하여 그 비전의 길을 규명해 보고자 하는데 어찌 생각하시는지요?"

도모노리는 스승의 아들인 히코시로가 비전을 배우기 위해 왔다는 것을 이내 알아차렸지만 흔쾌히 대답했다.

"좋습니다. 보여 드리지요."

도모노리는 이치노다치의 비술을 보여 주었다. 이를 본 히코시로는 이치노다치를 묘사할 수 있게 되었지만, 그것은 자세만 흉내 낸 것에 지나지 않을뿐더러 본래 그럴 만한 그릇도 아니었다. 그래서 보쿠덴 류는 이세 지역에 널리 퍼지게 되었고, 그 영향으로 이 지방에서는 병법의 달인과 고수가 많이 배출되고 있었다. 이세 지방에 발을 들여놓게 되면 반드시 이 같은 자랑을 듣게 되는데, 섣부른 자기 자랑에 비한다면 귀에 거슬리지도 않고 또 좋은 구경거리도 되었다. 그래서인지 구와나의 성 아래로부터 다루사카垂坂 산으로 가는 길에서 말을 타고 있는 나그네조차 마부가 자신의 나라를 자랑하는 이야기를 고개를 끄덕이며 듣고 있었다.

"과연, 그렇군!"

때는 십이월 중순으로 이세가 따뜻한 지방이라고는 하지만 나고那古의 포구에서 고개로 불어오는 바람은 꽤나 쌀쌀했다. 돈 주고 빌린 말을 탄 손님은 나라奈良의 삼베로 만든 속옷에 겹옷 한 겹을 입고 있었는데, 그 위에 걸치고 있는 소매 없는 겉옷은 매우 얇고 추레했다. 그가 쓰고 있는 삿갓은 길가에 떨어져 있어도 사람들이 주울 것 같지 않을 만큼 낡았고 얼굴은 삿갓을 쓰지 않아도 될 만큼 새카맣게 그을려 있었다. 머리는 며칠을 감지 않았는지 새둥지처럼 부스스한 것을 그저 묶은 것에 지나지 않았다.

'삯을 받을 수 있을까?'

마부도 내심 걱정하며 태운 손님이었다. 게다가 행선지도 벽촌이어서 돌아올 때는 태울 손님도 없는 산길이었다.

"손님."

"왜 그러시오?"

"욧카이치四日市까지 빠르면 점심, 가메야마龜山까지는 저녁 무렵에 도착할 터이고 다시 운림원雲林院 촌까지 가면 한밤중이 될 겁니다."

"흐음."

"괜찮겠습니까?"

"흠."

말이 없는 손님은 무슨 말을 해도 고개만 끄덕일 뿐, 말 등에 앉아서 나고의 포구에 정신이 팔려 있었다. 그 손님은 무사시였다. 봄의 끝자락부터 요 겨울이 다 가도록 발길 따라 어디를 그렇게 돌아다녔는지 피부는 비바람에 감물을 먹인 종이처럼 푸석푸석했지만 오직 두 눈만은 새하얗고 날카롭게 한층 빛났다. 마부가 다시 물었다.

"손님, 아노 고을安濃鄕의 운림원 촌은 스즈카鈴鹿 산의 등성이에서도 이 리나 더 들어가야 합니다. 그런 벽지에 뭐 하러 가시는 겁니까?"

"누구를 만나러 가오."

"그 마을에는 나무꾼이나 농사꾼밖에 없을 텐데요."

"구나와에서 쇄겸鎖鎌을 잘 쓰는 사람이 있다고 들었소만."

"하하하, 시시도宍戶 님 말이군요."

"맞소. 시시도 뭐라고 하던데."

"시시도 바이켄宍戶梅軒입니다."

"그래, 맞소."

"그 사람은 낫을 만드는 대장장인데 쇄겸을 쓴다더군요. 허면 손님은 무사 수행 중입니까?"

"흐음."

"그렇다면 대장장이 바이켄보다 이세에서 이름이 널리 알려진 고수가 있는 마쓰자카松坂로 가면 어떻습니까?"

"고수라니 누구를 말하는 것이오?"

"미코가미 덴젠神子上典膳이란 분입니다."

"하하, 미코가미 말인가?"

무사시는 고개를 끄덕였다. 그의 이름은 벌써 알고 있다는 듯 더는 물어보지 않았다. 무사시는 아무 말 없이 말 위에서 흔들리는 몸을 맡기고 발밑 아래로 가까워지는 욧카이치의 여인숙 지붕을 바라보고 있었다.

마을로 들어서서 노점 한쪽 자리를 빌려 도시락을 먹었다. 그런데 그의 한쪽 발을 보니 발등을 천으로 감싸고 있었다. 걸을 때에도 다리를 약간 절룩이는 듯했는데 발바닥의 상처가 곪았던 것이었다. 그래서 이날은 말을 빌려서 타고 온 듯했다.

무사시는 요즘 자신의 몸에 세심한 주의를 기울이고 있었지만 혼잡한 나루미鳴海 부두에서 못이 박혀 있는 짐 상자를 밟고 말았다. 그리고 어제부터는 그 상처에서 열이 나고 발등이 마치 홍시처럼 부어올랐다.

'이것은 불가항력한 적일까?'

무사시는 못에 찔린 것에 대해서도 승패를 생각했다. 비록 못 하나라고 할지라도 병법자로서 부주의한 탓에 상처를 입었다는 것이 치욕스럽게 생각되었다.

'못은 분명 위쪽으로 떨어져 있었다. 그것을 밟았다는 것은 내 눈에 허점이 있고 마음이 항상 온몸을 자각하고 있지 못하다는 증거다. 또 발바닥이 찔리도록 밟았다는 사실은 오체五體에 자유로운 감각이 결여되었다는 것으로, 진정 무애자존無碍自存한 몸이라면 짚신에 못이 닿는 순간, 몸이 저절로 그것을 깨달았을 것이다.'

미야모토 무사시 3_불火의 장

무사시는 자문자답으로 그렇게 결론을 내리고 자신의 미숙함을 반성했다. 검과 몸이 아직도 일치하지 않은데 실력만 늘어서 몸과 정신이 합치하지 않았다. 그는 일종의 불구 상태와 같은 자신에게 화가 치밀어 올랐다.

그러나 무사시는 올해 늦은 봄, 야마토의 야규 암자를 떠난 후부터 오늘까지 약 반년 동안의 시간을 결코 헛되이 보내지 않았다는 자부심을 갖고 있었다. 야규 암자를 떠나 그길로 이가로 간 후에 오우미지近江路로 내려와 미노美濃, 비슈尾州를 거쳐 이곳까지 온 것이다. 그는 어디를 가든 그곳에서 검의 진리를 찾기 위해 혈안이 되었다.

'궁극의 검이란 무엇일까?'

무사시도 마침내 이 문제에 이르게 되었다. 그러나 '이것이 바로 검의 진리다'라고 할 수 있는 것은 마을이나 산천 어디에서도 발견하지 못했다. 반년 동안 그가 각지에서 조우한 병법자가 몇 십 명인지 모를 정도였고, 그중에는 이름 있는 고수도 몇 명 있었다. 하지만 그들은 모두 칼을 쓰는 기술이나 재주에 능숙한 '대가'들뿐이었다. 만나기 어려운 것이 사람이라더니, 이 세상에 사람은 매우 많지만 사람다운 사람은 실로 만나기 어려웠다. 그는 세상을 돌아다니면서 그것을 통감했다. 그렇게 한탄할 때마다 마음속에서 다쿠안이 떠올랐다. 너무나 인간적인 인간을.

'나는 만나기 힘든 사람을 일찍 만난 것이다. 복 받은 자라고 하지 않을 수 없다. 그리고 이 인연을 헛되이 해서는 안 된다.'

무사시는 다쿠안을 생각하면 지금도 양쪽 손목에서부터 온몸이 욱신욱신 아파왔다. 이 기묘한 통증은 칠보사의 삼나무 우듬지에 매여 있던 그때의 신경이 생리적인 기억 속에 아직 그대로 살아 있다는 증거였다.

'두고 봐라. 언젠가 그를 천 년 된 삼나무에 매달아 놓고 땅 위에서 오도悟道를 깨우쳐 주겠다.'

무사시는 항상 그 생각을 했다. 원망이나 복수 같은 감정 때문이 아니었다. 선禪을 통해 인생의 최고 경지에 이르려고 하는 다쿠안에 비교했을 때, 검을 통해 자신이 그보다 더 높은 경지에 오를 수 있는가 없는가 하는 원대한 숙원을 가슴속 깊이 품은 것이었다. 설령 그런 형태는 아닐지라도 자신의 수행이 눈부신 진보를 이룩해서 다쿠안을 그 삼나무 우듬지에 매달아 놓고 지상에서 그의 몽매를 깨우치고 질타를 할 수 있는 날이 왔을 때, 다쿠안이 우듬지 위에서 무슨 말을 할 것인지 그것이 듣고 싶었다. 필시 다쿠안은 '장하다. 만족, 대만족'이라고 하며 기뻐할 것이 분명했다. 아니다, 그는 그렇게 솔직히 말하지 않을 지도 모른다. 껄껄 웃으면서 '애송아, 제법이로구나' 하고 말지도 모른다.

아무래도 좋았다. 무사시는 다쿠안에 대한 은의恩義로 어떤 형태라도 좋으니 그에게 자신의 우월함을 보여 주고 싶었다. 그러나 그것은 부질없는 무사시의 공상이었다. 자신은 이제 겨우 검의 길에 한 발 정도 들여놓은 것에 불과했다. 경지에 도달하기 위한 여정이 얼마나 끝없

미야모토 무사시 3_불火의 장

고 지난한 일인가 하는 사실을 뼈저리게 느끼기 시작했다.

　그런 만큼 다쿠안의 경지를 생각하면 암담해졌다. 그리고 끝내 만나지는 못했지만 야규 계곡의 검종檢宗 세키슈사이의 높은 경지를 상상하면, 분하고 서글프지만 자기 따위는 아직 풋내기에 지나지 않는다는 사실을 통감하였다. 병법이나 도道라는 말을 입에 담기도 부끄러웠고 또한 보잘것없는 인간들만 보이던 이 세상이 갑자기 한없이 넓고 무서워졌다.

　'벌써부터 그런 생각을 하는 것은 너무 이르다. 검은 이론이 아니다. 인생도 이론이 아니다. 행동하는 것이요, 실천하는 것이다.'

　문득 그런 생각이 들었을 때, 무사시는 산으로 들어갔다. 산속에 틀어박혀서 어떤 생활을 했는가는 그가 산에서 마을로 내려왔을 때의 모습에서 대강 짐작을 할 수 있었다. 그의 얼굴은 사슴처럼 볼이 핼쑥해져 있었고 온몸에는 긁히고 맞은 상처로 가득했다. 폭포 아래에서 물을 맞아 기름기가 없어진 머리카락은 바싹 오그라들었고, 맨땅 위에서 잔 탓에 이상할 정도로 치아가 하얗게 변해 있었다. 그리고 무서우리만치 오만한 신념으로 불타올라 자신의 상대로 부족함이 없는 자를 찾으러 인간의 세상으로 내려왔다.

　초봄까지는 아직 십여 일 남짓 여유가 있었다. 무사시는 지금, 구와나에서 들은 그런 상대를 찾아가는 도중이었다. 쇄겸의 달인, 시시도 바이켄이라는 자가 세상에서 만나기 힘든 인간인지, 아니면 흔해 빠진 밥벌레인지, 교토로 가는 길에 한번 시험해 보려는 생각이었다.

무사시가 목적지에 도착했을 때는 이미 밤이 깊은 무렵이었다.

"그만 돌아가도 좋소이다."

무사시가 마부에게 위로의 말과 함께 삯을 건네고 돌아서려는데 마부는 이 시간에 이 깊은 산길을 돌아갈 엄두도 나지 않으니 그가 찾아가는 집의 처마 밑에서라도 잠을 자고 가겠다고 했다. 그리고 아침에 스즈카 고개를 내려가는 손님이라도 태우고 돌아가는 편이 돈도 벌수 있고, 무엇보다 지금은 너무 추워서 한 발짝도 움직이지 못하겠다는 것이다. 마부의 말을 듣고 보니 이 근처는 이가, 스즈카, 아노의 첩첩산중이라 어디를 둘러봐도 산들뿐이었고 산봉우리는 눈으로 하얗게 덮여 있었다.

"그러면 내가 찾아가는 집을 당신도 함께 찾아 주겠소?"

"시시도 바이켄 님 댁 말입니까?"

"그렇소."

"그리하겠습니다."

바이켄은 이 부근에서 농기구를 만드는 대장장이라고 하니 낮에는 금방 찾을 수 있겠지만 이미 마을에는 불이 켜져 있는 집이 한 채도 보이지 않았다. 다만 차갑게 얼어붙은 밤하늘을 울리는 방망이질 소리만이 어딘가에서 들려왔다. 소리를 따라 걸어가던 두 사람은 이윽고 불빛 하나를 발견했다.

더욱 기뻤던 것은 그 다듬이 소리가 들리는 집이 바로 대장장이 바이켄의 집이었던 것이다. 처마 아래에 오래된 쇠붙이가 잔뜩 쌓여 있

었고 시커멓게 그을린 처마 지붕을 보니 그 집이 대장간이라는 것을
단박에 알 수 있었다.

"주인을 불러 보게."

"예."

마부가 먼저 문을 열고 들어가자 넓은 토방이 나왔다. 일을 하고 있
진 않았지만 풀무 주변에서는 벌건 불이 이글거리고 있었고 한 아낙
이 그 불을 등지고 앉아 다듬이질을 하고 있었다.

"실례하겠습니다. 아, 불을 보니 살 것 같네."

낯모르는 사내가 불쑥 들어와서 갑자기 풀무 옆에 있는 불로 다가가
자 아낙이 다듬이질을 멈추고 물었다.

"당신은 대체 누구요?"

"예, 말씀드리지요. 저는 구와나의 마부인데 먼 곳에서 이 집 바깥양
반을 찾아오신 손님을 태우고 왔습니다."

"뭐요?"

그녀는 무사시의 모습을 무뚝뚝하게 훑어보더니 조금 귀찮다는 듯
이 눈살을 찌푸렸다. 필시 이 집을 찾아오는 무사 수행자들이 많은 모
양이었다. 그녀는 그런 여행자들을 어떻게 다뤄야 하는지도 잘 알고
있는 듯했다. 서른 살 정도로 되 보이는 그녀는 얼굴은 예뻤지만 어딘
지 건방져 보였는데 역시나, 무사시를 향해 어린아이에게 명령하듯
말했다.

"찬바람이 들어오면 아이가 감기에 걸리니 뒤의 문이나 닫게."

무사시는 고개를 숙이며 순순히 대답하고는 뒤의 판자문을 닫았다. 그리고는 풀무 옆의 나무토막에 걸터앉아서 시꺼멓게 그을린 일터와 멍석을 깔아 놓은 세 칸짜리 집의 내부를 둘러보았다. 과연 벽 한쪽에 일찍이 소문으로 듣던 쇄겸이라는 낯선 무기가 열 자루 가량 판자에 꽂혀 있었다.

'저것이구나.'

눈앞에 보이는 무기와 그것을 사용하는 무술을 알아 두는 것도 수행의 하나라고 생각한 무사시의 눈빛이 이내 달라졌다.

아낙이 다듬이 방망이를 내려놓더니 휙 일어서서 멍석 위로 올라갔다. 차라도 끓여 주려는가 싶었으나 그녀는 그곳에 깔려 있는 갓난아기 포대기 속으로 들어가 팔베개를 하더니 아이에게 젖을 물리고는 웃으며 말했다.

"거기 젊은 무사 양반, 당신도 내 남편과 싸워서 괜히 피나 토하려고 온 게요? 그런데 때마침 남편이 여행 중이어서 목숨은 건진 것 같구려."

그녀의 말에 무사시는 한낱 대장장이 아낙에게 조롱을 받으러 멀리 이 산골짜기까지 왔는가 하는 생각이 들자 울컥한 기분이었다. 세상의 아낙들은 자기 남편의 사회적 위치에 대해 잘못 인식하고 있는 경우가 많지만 이 아낙 역시도 자신의 남편만큼 대단한 사람은 세상에 없다고 생각하는 듯했다. 그렇다고 여자와 싸울 수도 없었다.

"없다니 유감이군요. 여행 중이라고 하셨는데 어디로 가셨소?"

"아라키다荒木田[12] 님께."

"아라키다 님은 누구요?"

"이세에 와서 아라키다 님을 모르다니? 호호호."

아낙이 또 웃었다. 그녀는 젖을 빨던 갓난아이가 칭얼대자 토방의 손님 따위는 안중에도 없다는 듯이 사투리로 자장가를 부르기 시작했다.

자장자장

자는 아기 귀엽고

깨서 우는 아기는 나쁘다네,

엄마를 울리니 나쁘다네.

초대를 받고 온 손님이 아니니 포기할 수밖에 없었다. 그나마 풀무에 불이라도 남아 있는 것이 다행이었다.

"아주머니, 저 벽에 걸려 있는 게 쇄겸이오?"

무사시가 쇄겸을 한 번 보아 두는 것도 나중을 위해 도움이 될 것 같아 만져 보아도 괜찮겠느냐고 묻자, 팔베개를 베고 꾸벅꾸벅 잠결에 자장가를 부르던 아낙은 애매모호하게 대답을 하면서 고개를 끄덕였다.

"괜찮겠소?"

무사시는 손을 뻗어 벽에서 쇄겸 하나를 집은 다음 손에 들고 유심

---

12 에도시대까지 대를 이어 이세 황궁의 사관祠官을 맡아 오던 씨족.

히 살펴보았다.

"흠, 이것이 근래 많이 사용된다는 쇄겸이군."

얼핏 보기에는 허리에도 찰 수 있는 한 자 네 치 정도의 막대기에 지나지 않았다. 막대기 끝에 있는 고리에 긴 쇠사슬이 달려 있었고, 사슬 끝에는 휘두르면 사람의 두개골을 부숴 버리기에 충분한 철구鐵球가 달려 있었다.

"흠, 여기에서 낫이 나오는 것이군."

봉은 가로 방향으로 홈이 패여 있었는데 그 안에 감춰져 있는 낫 등이 반짝였다. 손톱으로 낫의 날을 끄집어내자 능히 사람의 목을 자를 수 있을 만큼 날카롭게 벼려 있었다.

"음, 이렇게 사용하는 것인가 보군."

무사시는 낫을 왼손에 들고 오른손으로 쇠사슬이 달린 철구를 쥐고는 가상의 적이 앞에 있다고 상상하면서 자세를 취하며 혼자 이런저런 상황을 떠올렸다. 그런데 갑자기 아낙이 팔베개를 풀고는 무사시를 향해 외쳤다.

"나 참, 그 꼬락서니 하고는……."

그녀는 갓난아이를 포대기 위에 내려놓더니 토방으로 내려왔다.

"그런 자세로 있다가는 그 자리에서 상대방의 칼을 맞고 말 거요. 쇄겸은 이렇게 잡는 것이오."

아낙은 무사시의 손에서 쇄겸을 빼앗더니 갑자기 자세를 취해 보였다.

"아!"

미야모토 무사시 3_불*의 장

무사시의 눈이 휘둥그레졌다. 가슴을 드러내 놓고 누워 있을 때는 마치 암소처럼 보였지만 쇄겸을 들고 자세를 취한 그녀의 모습은 너무나 멋있고 근엄하여 아름답기까지 했다. 그리고 고등어 등처럼 시퍼런 낫의 칼날에는 '시시도 야에가키류夫戶八重垣流'라는 글자가 선명하게 새겨져 있었다. 무사시가 조금 더 유심히 보려는 순간, 대장장이 아낙은 자세를 풀면서 말했다.

"알겠소?"

아낙은 쇄겸을 다시 접어서 원래 있던 벽에 걸었다. 무사시는 그녀가 취했던 자세를 기억할 틈이 없었음을 아쉬워하면서 한 번 더 보고 싶었다. 하지만 그녀는 아무 일도 없었다는 듯이 무심한 얼굴로 다듬이를 치우고는 아침밥을 지으려는지 부엌 쪽에서 달그락거리는 소리를 내며 몸을 분주하게 움직였다.

'아내가 저 정도인데 남편인 시시도 바이켄의 실력은 어느 정도일까?'

무사시는 빨리 바이켄이라는 사내를 만나 보고 싶어서 안달이 났다. 그러나 그의 아내의 말대로라면 그는 이세의 아라키다라는 사람의 집에 가서 부재중이라고 했다. 조금 전에 그의 아내가 '이세에 와서 아라키다 님을 모르다니' 하며 비웃던 것이 생각난 그는 부끄러움을 무릅쓰고 마부에게 물어보았다.

"대신궁大神宮[13]을 지키는 분입니다."

따뜻한 풀무 옆 벽에 기대서 꾸벅꾸벅 졸던 마부가 잠결에 말했다.

---

13 이세신궁伊勢神宮의 내궁인 황태신궁皇大神宮과 외궁인 도요케豊受 대신궁을 가리키는 말.

'이세신궁의 신관인가 보군. 흠, 그곳에 가면 바로 알 수 있겠구나……'

무사시는 그날 밤 멍석 위 적당한 곳에서 잠을 자려 했지만 대장간 아이가 일어나 토방 문을 열고 일할 준비를 하자 더 이상 잠을 잘 수가 없었다.

"내친걸음이니 야마다山田까지 태워 줄 수 있겠나?"

"야마다요?"

마부는 다소 놀란 표정을 지었지만 어제치 삯도 이미 받았고 돈을 못 받을 걱정은 하지 않아도 좋을 듯하자 선뜻 가기로 마음먹었다.

마부는 무사시를 말에 태우고 마쓰자카를 거쳐 저녁 무렵에 이세 대신궁을 향해 몇 리나 길게 뻗어 있는 가로수 길로 접어들었다. 겨울이었지만 길가의 찻집은 너무나 썰렁했다. 커다란 가로수 몇 그루가 비바람에 쓰러져 있었고 인적이나 말방울 소리도 드물었다.

무사시는 야마다 여인숙에서 네기禰宜에 있는 아라키다 집에 사람을 보내 시시도 바이켄이라는 사람이 머무르고 있는지 물어보았다. 그러자 그 집의 집사로부터 그런 사람은 묵고 있지 않으니 잘못 안 것이 아니냐는 대답을 들었다. 실망한 무사시는 문득 발에 난 상처에서 통증을 느꼈다. 못을 밟아 상처가 생긴 발은 그제보다 더 심하게 부어 있었다. 그는 콩비지를 짜낸 따뜻한 물로 씻어 내면 좋다는 말을 듣고 다음 날도 여인숙에서 묵으며 하루 종일 상처를 씻었다.

'올해도 벌써 십이월 중순이구나.'

무사시는 따뜻한 콩비지 물에 발을 담근 채 초조해하고 있었다. 이미 나고야에서 파발로 요시오카 도장에 결전장을 보냈던 것이다. 그때는 설마 발이 다칠 거라고는 상상도 하지 못했다. 날짜도 상대방에게 일임하겠다고 했고, 게다가 다른 약속도 잡혀 있어서 정월 초하루까지는 무슨 일이 있어도 고조의 다리까지 가야만 했다.

'이세지伊勢路[14]를 돌지 말고 곧장 갔으면 좋았을걸.'

무사시는 얼마간 후회하면서 따뜻한 물이 들어 있는 대야에 담근 발등을 바라보았다. 그의 발이 두부처럼 부풀어 올라 있었다.

여인숙 사람들이 집에서 내려오는 약을 주거나 처방을 알려 주었지만 무사시의 발은 날이 갈수록 더 부어올라서 한쪽 발이 마치 나무토막처럼 무거웠고, 이불 밑으로 발을 집어넣으면 열과 통증이 심해져서 견딜 수가 없었다. 그가 곰곰이 생각해 보니 철이 든 이후로 몸이 아파도 사흘 이상 앓았던 적이 없었다. 어릴 적 머리에 종기를 났었는데 지금까지도 그곳에 멍이 든 것처럼 거무스름한 흔적이 남아 있었다. 그래서 그는 항상 가운데 머리를 깎지 않았다. 하지만 그 밖에는 병다운 병을 앓은 적이 없었다.

'병 역시 인간에게 있어 강한 적이다. 병을 이겨 내는 검이란 무엇일까?'

무사시의 적은 항상 외부에만 있는 것이 아니었다. 나흘 내내 자리

---

14 이세구니伊勢国와 이세신궁伊勢神宮에서 구마노산잔熊野三山(구마노 본궁本宮 대사大社와 구마노 하야타마速玉 대사와 구마노 나치那智 대사 등 세 신사를 일컫는다)으로 이어지는 참배길.

에 누워서 그것을 명상의 과제로 삼아 골몰하던 그는 달력을 보더니 요시오카와의 약속에 생각이 미쳤다.

'앞으로 며칠밖에 남지 않았는데 이렇게 있을 수는 없다.'

무사시는 터질 듯 요동치는 심장을 억제하기 위해 가슴을 쫙 펴고 잔뜩 부어오른 발로 이불을 걷어찼다.

'이런 적도 이기지 못하면서 어찌 요시오카 일문을 이길 수 있단 말인가.'

그는 병마를 이겨 볼 요량으로 억지로 무릎을 꿇고 앉아 보았다. 정신이 아득해질 만큼 고통스러웠다. 눈을 감고 창문을 향해 앉았다. 붉게 달아오르던 얼굴이 조금씩 진정되었다. 그의 완고한 신념이 병마를 이겨 냈는지 다소 머리가 맑아진 듯했다. 눈을 떠 보니 정면의 창문 너머로 외궁과 내궁의 숲이 펼쳐져 있었다. 그 숲 위로 마에前 산과 동쪽의 아사마朝懸 산이 보였고 두 산을 잇는 산들의 능선 사이에는 그 모든 산들에 군림하듯 검과 같이 돌올하게 솟은 봉우리 하나가 보였다.

'와시鷲 봉이로구나.'

무사시는 그 산을 응시했다. 매일 같이 누워서 바라보던 와시가타케鷲岳였다. 그는 그 산을 바라볼 때마다 왠지 모르게 투지가 끓어올랐다. 정복욕에 휩싸였던 것이다. 술통처럼 부어오른 다리를 부여잡고 누워서 바라보고 있으면 그 산이 어딘지 오만하게 보이면서 그의 심기를 거슬리게 했다. 주변의 산들을 제치고 구름 위에 초연히 솟아 있는 와시 봉鷲峰의 뾰족한 정상을 바라보면서 야규 세키슈사이의 모습을 떠올리곤 했다. '세키슈사이라는 인물은 아마도 저런 느낌의 노인이 아닐까' 생각하니 어느새 와시가타케라는 산이 바로 세키슈사이처럼 느껴졌고 아득한 구름 위에서 자신의 나약함을 조소하며 비웃고 있는 듯한 기분에 사로잡혔다.

"……."

산과 눈싸움을 하고 있는 동안에는 잊었던 발의 통증이 제정신으로 돌아오자 마치 대장간의 아궁이 속에 발이 들어 있는 것처럼 되살아났다.

"으, 아프다."

무사시는 무의식중에 무릎을 꿇고 앉아 있던 다리를 풀고 말았다. 마치 자신의 것이 아닌 것처럼 퉁퉁 부어오른 발목을 보자 눈썹이 일그러졌다.

"거기, 누구 없소?"

무사시가 극심한 통증을 쏟아 내듯 갑자기 여인숙의 하녀를 소리쳐 불렀다. 하지만 아무도 오지 않자 그는 다시 주먹으로 다다미를 두세 번 두드렸다.

"거기, 아무도 없는가? 곧 떠날 테니 계산서를 가지고 오게. 그리고 도시락과 볶은 햅쌀에 튼튼한 짚신 세 켤레를 준비해 주게."

와시 봉

《호겐모노가타리保元物語》[15] 속에 묘사된 이
세의 무사인 다이라노 다다키요平忠淸는 이곳 후루이치古市 출생이다. 하
지만 지금은 거리에서 차를 끓여 주는 여자가 게이초 시대의 후루이치
를 대표하고 있었다. 대나무를 엮어 만든 주렴을 들창에 매달아 놓고,
빛바랜 장막 같은 것을 둘러쳤다. 그리고 길가의 가로수만큼이나 많은
여자들이 하얗게 분칠을 하고 나와서는 길 가는 나그네들을 붙잡았다.

"쉬었다 가세요."

"차라도 한잔하세요."

"거기 젊은이!"

"나그네 양반."

여자들은 밤낮 구별 없이 오가는 사람들을 붙잡고 유혹했다. 내궁으

---

15 가마쿠라 시대에 일어난 '호겐의 난'을 배경으로 한 작자미상의 군담소설

로 가려면 싫어도 입이 건 여자들의 눈총 세례를 받거나 소맷자락이라도 붙잡힐까 조심하며 지나갈 수밖에 없었다. 야마다를 나선 무사시는 아픈 다리를 절며 눈썹과 입술을 찡그린 무서운 얼굴로 느릿느릿 지나갔다.

"어머, 무사 수행을 하시는 분."

"발을 다치셨나요?"

"낫게 해 드릴게요."

"문질러 드릴게요."

여자들은 길을 막고 무사시의 소맷자락부터 삿갓과 손목을 붙잡으며 말했다.

"그렇게 무서운 얼굴을 하면 잘생긴 얼굴이 소용이 없잖아요."

무사시는 얼굴을 붉히며 아무 말도 하지 못한 채 어쩔 줄을 몰라 했다. 그는 이런 적에 대해서는 아무런 대비도 하지 못한 모양이었다. 그는 연신 미안하다는 말만 되풀이했다. 여자들은 정색을 하고 변명하는 무사시의 모습을 보고 귀여워 죽겠다는 듯 웃어 댔다. 그러나 하얀 손의 유혹은 멈추지 않았다.

결국 무사시는 체면 불고하고 삿갓도 내버려 둔 채 도망을 치고 말았다. 여자들의 웃음소리가 어디까지라도 뒤따라오는 느낌이 들었다. 그는 여인들의 하얀 손이 헤집어 놓은 마음을 쉽게 진정시키지 못해 혼란스러웠다. 그도 여자에게는 결코 무감각할 수는 없었다. 오랫동안 수행하는 동안에 어디를 가든 이 같은 곤란한 상황에 직면할 때가 있었다. 그 때문에 어떤 밤에는 잠을 이루기 힘든 적도 있었다. 검 앞의 적과는 달리, 하얀 분 냄새가 떠오를 때면 용솟음치는 피를 삭히며 잠을 청해 보려 했지만 좀처럼 마음대로 되지 않았다. 성에 대한 욕망으로 온몸이 불타오르고 잠을 뒤척이며 밤을 하얗게 지새울 때면 오츠의 모습까지도 추한 욕정의 대상으로 변할 정도였다.

다행히 지금은 한쪽 다리만 아팠다. 조금 무리해서 달려온 탓인지 마치 끓는 쇳물을 밟은 것처럼 다리가 화끈거렸고 한 걸음 옮길 때마다 발바닥에서 올라온 극심한 통증이 눈으로 튀어나오는 듯했다. 하지만 통증을 각오하고 여인숙을 떠나온 그였다. 보퉁이로 둘둘 싸잡아 맨 한쪽 다리를 들어 올릴 때마다 많은 힘이 필요했다. 그 덕분에 여인들의 붉은 입술과 달콤한 꿀처럼 끈끈하게 달라붙는 손과 감미로운 머리 향기가 이내 그의 머릿속에서 사라졌다. 그는 평소의 자신으로 돌아와 있었다.

'제길, 제기랄!'

한 걸음씩 발을 옮길 때마다 불을 밟는 것 같았다. 이마에서 땀이 솟았고 온몸의 뼈가 산산이 부서지는 느낌이었다. 그러나 이스즈五十鈴강을 건너서 내궁으로 한 걸음 들어가자 불현듯 자신이 살아 있음을 느꼈다. 풀이나 나무를 바라보아도, 그 어디에서나 신의 숨결이 느껴져 왔다. 무슨 영문인지 알지 못했지만 새의 날갯짓 소리까지 속세의 것이 아닌 듯했다.

"으으윽."

가제노미야風宮 앞까지 온 무사시는 고통을 참을 수가 없었는지 마침내 신음을 내면서 쓰러졌다. 다친 다리를 꼭 끌어안은 그는 죽어서 돌부처가 된 것처럼 좀처럼 움직이지 않았다. 몸 안에서는 곪고 부어오른 환부가 불덩이처럼 요동치고 있었고 몸 밖에서는 십이월의 차가운 한기가 살갗을 도려내는 듯했다.

무사시는 결국 감각을 잃고 말았다. 도대체 무슨 생각으로 갑자기 여인숙의 침상을 박차고 뛰쳐나온 것일까? 이런 고통을 겪게 되리라는 것을 잘 알고 있었는데도 말이다. 이불 속에서 저절로 발이 낫기를 기다리다가는 한이 없으리라는 병자 특유의 초조함이나 짜증 때문이었다면 너무나 무모하고 난폭한 짓이었다. 고생스럽기만 할 뿐 상처가 더욱 악화될 것이 불을 보듯 뻔한 일이었다.

그러나 정신만은 너무나 선명했다. 무사시는 이내 고개를 퍼뜩 들더니 날카로운 눈으로 허공을 노려보았다. 신궁의 거대한 삼나무가 어두운 바람에 날리며 허공 속에서 하염없이 울부짖고 있었다. 하지만 지금 그의 귀를 고통스럽게 자극하고 있는 것은 바람을 타고 들려오는 생황笙簧과 피리와 필률篳篥[16]이 함께 연주하는 고악古樂의 곡조였다. 그는 가만히 귀를 기울였다. 곡조와 함께 어린 소녀들의 청아한 노랫소리가 귀전에 들려왔다.

"으윽!"

무사시는 입술을 깨물며 억지로 일어섰다. 몸이 마음먹은 대로 움직

---

16 아악용으로 쓰이는 피리의 일종.

이지 않았다. 양손으로 가제노미야 토담을 짚으며 게처럼 옆으로 걸어갔다. 노래는 멀리 불빛이 새어 나오는 덧문에서 들려왔다. 그곳은 자등지관子等之館이라고 해서 대신궁에서 시중을 들고 있는 가련한 여인들이 사는 집이었다. 그 옛날 덴표天平[17] 시절처럼 여인들은 아마 그곳에서 생황이나 피리 같은 악기들을 늘어놓고 가구라 연습을 하고 있는 듯했다.

무사시가 벌레처럼 땅을 기어서 다가간 곳은 자등지관의 뒷문인 듯했다. 안을 들여다보았지만 아무도 없었다. 그는 도리어 그 편이 더 낫다는 듯이 허리에 찬 칼을 풀어 등에 지고 있던 무사 수행 보따리와 함께 하나로 매서 담장 안쪽의 도롱이를 거는 못에 걸었다. 그리고 양손을 허리께에 대고 다리를 끌면서 어디론가 사라졌다.

시간이 얼마쯤 지났을까? 자등지관에서 대여섯 정 정도 떨어진 이스즈 강의 바위 기슭에서 한 사내가 벌거벗은 채로 얼음을 깨고 온몸에 물을 끼얹고 있었다. 신관이 몰랐기에 다행이지 만약 보았다면 미친놈이라고 난리가 났을 것이었다. 물을 끼얹고 있는 이 사내의 행동은 그 정도로 미친 짓처럼 보였다. 《태평기太平記》라는 책에 따르면, 그 옛날 이곳 이세 지방에는 닛키 요시나가仁本義長라고 하는 활을 잘 쏘는 자가 있었는데, 그는 신령삼군神領三郡으로 쳐들어와서 이곳을 점령하

---

17 729년부터 749년까지의 시기를 나타내는 원호로, 나라 시대의 최전성기에 해당한다. 또한 동대사東大寺, 당초제사唐招提寺 등에 남겨진 그 시대의 문화를 '덴표 문화'라고 부르기도 한다.

미야모토 무사시 3_불火의 장

고는 이스즈 강의 물고기를 잡아먹고 가미지神路 산에 매를 풀어서 새들을 잡아 구워 먹으며 위세를 떨쳤다. 그랬던 그가 어느 날 갑자기 정신이 돌아버렸다는 이야기가 있었는데, 오늘 밤에 요시나가의 악령이 그 벌거벗은 사내에게 들러붙은 듯했다.

그런데 그 벌거벗은 사내는 바로 무사시였다. 그는 물새처럼 바위 위로 올라가 몸을 닦고 다시 옷을 입었다. 한 올 한 올 곤두선 머리카락이 바늘처럼 얼어붙었다.

'이 정도의 육체적 고통도 이기지 못해서야 어찌 필생의 적을 이길 수 있단 말인가!'

무사시는 자신을 질책했다. 필생의 적도 적이지만 곧 있을 요시오카 세이주로와의 대결을 우선 치러야 했다.

무사시와 요시오카 쪽의 인연은 꽤 험악하고도 복잡했다. 상대방은 이번에야말로 기필코 일문의 실력을 보이고 체면을 세우겠다며 필사로 달려들 것이 자명했다. 그들은 만반의 준비를 하고 필살의 진을 치고 기다리고 있음이 분명했다.

흔히 내로라하는 무사들이 입버릇처럼 말하는 '필사必死'니 '각오'니 하는 말도 무사시가 보기에는 부질없는 헛소리처럼 들렸다. 대개 평범한 무사가 이런 경우에 직면했을 때, 당연히 동물적인 본능으로 필사적일 수밖에 없다. 각오라는 것은 필사보다 다소 위에 있는 마음가짐이지만 그 역시 죽을 각오라면 그리 어려운 일도 아니다. 도저히 살아날 가망이 없는 상태에 직면해서 죽을 각오를 한다면 그 역시 누구나 갖는 마음이다. 무사시가 고민하는 것은 필사의 각오를 하는 것이 아니라 이기는 것이었다. 반드시 이긴다는 신념을 갖는 것이었다.

길은 멀지 않았다. 이곳에서 교토까지는 사십 리도 채 안 된다. 조금 부지런히 걸어간다면 사흘 안으로 도착할 수 있었다. 그러나 마음의 준비는 며칠 정도로 되는 것이 아니었다. 이미 나고야에서 요시오카 도장으로 결전장도 보냈다. 무사시는 스스로 자문해 보았다.

'마음의 준비가 됐는가? 반드시 이길 수 있는가?'

유감스럽게도 무사시는 마음 한구석에 한 줄기 나약한 편린이 있음을 인정하지 않을 수 없었다. 그것은 자신의 미숙함을 제 스스로 알고 있다는 점이었다. 그는 자신이 결코 달인의 경지나 명인의 수준에도 이르지 못한, 미완성의 인간임을 잘 알고 있었다. 오장원의 니칸과 세키슈 사이를 생각하고, 또 다쿠안과의 경지를 생각해서 자신의 가치를 아무리 높이 평가하려 해도 자신의 약점이나 허점을 시인할 수밖에 없었다.

'미숙하구나!'

그렇게 미숙하고, 아직 완성되지 않은 자신을 이끌고 필살의 기세로 기다리고 있을 적진으로 들어가야 했다. 더구나 이기기 위해서 말이다. 병법자라고 하는 존재의 근본적인 의의는 아무리 잘 싸워도, 싸운 것만으로 훌륭한 병법자라고 할 수 없었다. 반드시 이겨야 했다. 반드시 천수를 누릴 때까지 싸워 이겨서 세상에 큰 획을 긋지 못한다면 진정한 병법자의 길을 걸어왔다고 말할 수 없을 것이었다. 그는 몸을 부르르 떨며 소리 높여 외쳤다,

"나는 이길 것이다."

무사시는 이스즈 강의 상류를 향해서 크고 작은 바위들 사이를 원시인처럼 기어서 갔다. 사람의 발길이 닿은 적이 없는 태고의 숲과 계곡에는 아무 소리도 내지 않고 떨어지는 폭포수가 흐르고 있었다. 폭포의 물은 전부 꽁꽁 얼어붙어 있었다. 그는 어디를 향해, 무엇을 목표로 이토록 애를 쓰면서 가고 있는 것일까? 벌거벗고 신천神泉에서 목욕한 죄로 정말로 정신이 나간 것이 아닐까?

"어디 해 보자! 해 봐!"

귀신의 형상이었다. 바위를 기어오르고 덩굴에 매달려서 기암괴석을 한 걸음씩 발밑에 정복해 나가는 노력은 보통의 의지로는 도저히 해낼 수 없는 일이었다. 거기에 장대한 목적이 없다면 제정신이라고 할 수 없었다.

이스즈 강의 이치노세一之瀬에서 약 열대여섯 정 떨어진 계곡은 은어조차도 거슬러 오르지 못한다고 할 정도로 암석이 많고 급류가 흘렀다. 그곳에서부터는 원숭이나 새 외에는 들어갈 수 없는 절벽이었다.

"음, 저기가 와시 봉이구나."

지금의 무사시에게는 불가능이란 장해물은 보이지 않는 듯했다. 검과 보따리를 자등지관에 놓아두고 온 것은 와시 봉을 오르기 위한 준비였던 것이다. 그는 절벽에 늘어져 있는 덩굴에 달려들어 조금씩 허공을 기어올랐다. 사람의 힘이 아니었다. 우주의 인력이 땅 위의 물체를 서서히 끌어 올리고 있는 것 같았다.

"우와아!"

무사시는 정복한 절벽 위에서 큰 소리로 고함을 질렀다. 이스즈 강의 하얀 물줄기 끝 편으로 후타미가우라二見浦의 해안까지가 아득하게 내려다보였다. 그리고 그가 눈길을 돌린 전방에는 어둠에 잠긴 성긴 숲 속에 솟아 있는 험준한 와시가타케의 산자락이 이어져 있었다. 눈에 거슬렸지만 아픈 다리를 부여잡고 누워 있던 여인숙 방에서 매일같이 올려다보던 와시 봉을 향해 그는 마침내 온몸으로 맞서고 있었다.

'이 산은 세키슈사이이다.'

무사시는 그렇게 생각하며 여기까지 왔다. 부어오른 다리를 이끌고 분연히 여인숙을 뛰쳐나와 신천에서 목욕을 하고 이곳까지 기어오른 목적이 비로소 그의 형형한 눈에 또렷하게 투영되고 있었다. 요컨대 그를 사로잡고 있는 극심한 패배감의 밑바닥에는 아직까지도 야규 세키슈사이라는 거인이 그의 머리를 짓누르고 있다는 느낌을 지울 수 없었던 것이다. 발의 상처로 괴로워하고 있는 자신을 매일 조소하는 것처럼 내려다보고 있는 산의 형상이 세키슈사이처럼 보였던 무사시는 그게 께름칙하게 여겨졌던 것이다.

'신경이 거슬리는 산이다.'

무사시는 며칠 동안 쌓여 있던 울분을 가슴에 품고 단숨에 정상을 향해 기어올랐다.

'세키슈사이, 이제 어쩔 테냐!'

흙발로 짓밟아 준다면 가슴이 더없이 상쾌해질 것 같았다. 또 그 정도의 자신감을 가질 수 없다면 어떻게 교토의 땅을 밟고 요시오카를 이길 수 있단 말인가! 발로 밟고 있는 풀과 나무와 얼음까지 적이 아닌 것이 없었다. 이기느냐 지느냐, 한 걸음 한 걸음이 승패를 가늠하는 순간들이었다. 신천 속에서 얼어붙은 오체의 피가 열천熱泉처럼 전신의 숨구멍으로 뜨거운 김을 몰아쉬고 있었다.

무사시는 수행자도 오르지 않는다는 와시가타케의 붉은 속살에 안겨 있었다. 디딜 곳을 찾던 발이 바위에 닿자 부서진 바위 조각들이 산기슭의 성긴 숲 속으로 굴러떨어지면서 그 소리가 까마득히 들려왔다. 백 척, 이백 척, 삼백 척, 하늘을 향해 올라가는 그의 모습이 점점 작아졌다. 하얀 구름이 다가와서 흩어질 때마다 그의 모습은 허공 위에 떠 있는 듯했고 와시 봉은 거인처럼 그의 행동을 초연하게 바라보고 있었다. 게가 바위에 들러붙어 있는 것처럼 구부 능선 근처에 매달려 있는 그는 조금이라도 손과 발이 느슨해지는 순간, 무너져 내리는 바윗돌과 함께 천 길 낭떠러지 아래로 떨어질 것이었다.

"후우."

온몸으로 숨을 쉬었다. 산을 오를수록 심장이 입 밖으로 튀어나올 정도로 숨을 쉬는 게 괴로운 무사시는 조금 오르고는 쉬어야 했다. 무의식중에 발밑을 내려다보니 신궁의 태곳적 숲에서부터 이스즈 강의 하얀 강줄기와 가미지神路, 아사마朝態, 마에前 산의 봉우리들, 도바鳥羽의 어촌, 이세의 넓은 바다까지가 모두 그의 아래에 있었다.

"구부 능선이다!"

가슴팍에서 물큰한 땀 냄새가 올라왔다. 무사시는 문득 어머니의 품에 머리를 파묻고 있는 듯한 도취감에 빠졌다. 산이 그인지, 그가 산인지 구분할 수 없었다. 그대로 잠이 들고 싶다고 느낀 순간, 엄지발가락을 걸치고 있던 바위가 우르르 무너졌다. 그의 생명이 요동치며 무의식적으로 발을 디딜 만한 곳을 더듬었다. 숨 한 번 쉬는 것조차 이루 말할 수 없이 괴로웠다. 그것은 마치 검을 마주하고 죽느냐 죽이느냐 하는 호각지세의 대치와 흡사했다.

"저기다. 얼마 남지 않았다."

무사시는 다시 산을 끌어안고 정상을 향해 손과 발을 움직였다. 여기서 주저앉을 나약한 의지와 체력이라면 장차 어느 순간이든 다른 무사에게 패할 것이 자명했다.

"빌어먹을."

땀이 바위를 적셨다. 무사시는 자신이 흘린 땀에 몇 번이나 미끄러질 뻔했다. 그의 몸은 한 조각 구름처럼 물기를 흠뻑 머금고 있었다.

"세키슈사이."

그는 주문을 외듯 계속 중얼거렸다.

"니칸, 다쿠안."

무사시는 자신보다 뛰어난 사람이라고 여기던 사람들의 머리를 밟고 오른다는 생각으로 올라갔다. 그는 이미 산과 혼연일체가 되었다. 그의 끈질긴 도전에 놀란 듯 산이 크게 울부짖더니 돌무더기와 모래가 휘날렸다. 그는 손으로 입을 틀어막은 것처럼 숨을 멈췄다. 혼신의

미야모토 무사시 3_불火의 장

힘을 다해 바위를 부여잡았지만 몸이 날아갈 것처럼 바람이 휘몰아쳤다. 눈을 질끈 감은 채 한동안 꼼짝 않고 엎드려 있었다.

하지만 무사시의 마음속은 환희로 가득 차 있었다. 엎드리는 순간, 십방무한十方無限의 천공이 눈에 한가득 들어왔다. 저편 구름바다 너머에는 밤이 물러가고 아스라한 새벽빛이 떠오르고 있었다.

"아, 이겼다!"

정상에 발을 올린 순간, 팽팽하던 활시위가 툭 끊어진 것처럼 무사시는 그대로 쓰러지고 말았다. 산 정상의 바람은 그의 등 위로 끊임없이 돌먼지를 날리고 있었다. 한동안 무아지경으로 엎드려 있던 그는 뭐라 형용할 수 없는 쾌감에 온몸이 가벼워지는 것 같았다. 산 정상의 대지 위에서 땀에 흠뻑 젖은 몸으로 누워 있던 그는 여명이 밝아 오는 대자연 속에서 산과 인간이 사랑을 나누고 있는 듯한 신비스러운 황홀감에 취하며 깊은 잠에 빠져들었다. 그리고 얼마나 지났을까, 그는 퍼뜩 정신이 들었다. 고개를 들자 머리가 수정처럼 투명해진 느낌이 들었다. 작은 물고기처럼 몸을 팔딱팔딱 움직여 보았다.

"아아, 내 위에는 아무것도 없다. 나는 와시 봉을 밟고 있다!"

선려한 아침 햇살이 그와 산 정상을 물들이고 있었다. 굵다란 두 팔을 하늘을 향해 힘껏 쳐들었다. 산 정상을 굳건하게 밟고 있는 자신의 두 발을 물끄러미 내려다보았다. 터진 발등으로 한 되나 되는 시퍼런 고름이 흘러나와 있음을 깨달았다. 이 맑고 청결한 천계天界와는 어울리지 않게 그것은 인간의 수만 가지 번뇌가 곪아 터진 냄새를 풍기고 있었다.

엇갈림

　　자등지관에 기거하고 있는 묘령의 무녀巫女들은 모두가 처녀들이었다. 열서너 살의 소녀부터 스무 살 정도의 처녀들도 있었다. 하얀 비단으로 만든 통소매 옷에 붉은색 겉옷을 차려입는 복식은 가구라를 올릴 때의 정장正裝이고, 평상시 자등지관에서 공부하거나 청소할 때는 목면으로 만든 통이 넓은 겉옷에 소매가 짧은 기모노를 입었다. 아침 제례가 끝나면 각자 책 한 권을 들고 네기에 있는 아라키다의 학문소學問所에 가서 국어國語와 전통 시가인 와카和歌를 공부하는 것이 그들의 일과였다.

　"어머, 저게 뭐지?"

　뒷문을 나와 학문소로 가려던 소녀들 중 한 명이 무엇인가를 발견하고 소리쳤다. 지난밤에 무사시가 걸어 놓고 간 칼과 보따리였다.

　"누구의 것일까?"

"글쎄."

"무사의 물건 같은데."

"어디 무사님일까?"

"아냐, 분명 도둑이 잊어버리고 간 걸 거야."

"음, 손대지 않는 게 좋을 거 같아."

소녀들이 눈을 동그랗게 뜨고는 마치 쇠가죽을 뒤집어쓴 도둑이 낮잠을 자고 있는 모습이라도 본 것처럼 빙 둘러싸고는 소곤거렸다.

"오츠 님께 말하고 올게."

그중 한 명이 안으로 달려가더니 난간 아래에서 오츠를 불렀다.

"선생님, 큰일 났어요. 어서 와 보세요."

숙소의 끝에 자리한 방에 있던 오츠가 책상 위에 붓을 놓고는 창문을 열고 얼굴을 내밀었다.

"무슨 일이니?"

작은 무녀는 손가락으로 가리키면서 말했다.

"도둑이 저기에 칼과 보따리를 놔두고 갔어요."

"아라키다 님께 가져다 드리도록 해."

"그런데 모두들 무서워서 만지지도 못하니 가지고 갈 수가 없어요."

"별일도 아닌 걸 가지고 수선을 떠는구나. 그러면 나중에 내가 가지고 갈 테니 너희들은 시간 허비하지 말고 빨리 학문소로 가거라."

잠시 후, 오츠가 밖으로 나왔을 때에는 이미 아무도 없었다. 밥을 짓는 노파와 몸이 아픈 무녀가 방 안에 있을 뿐이었다.

"할머니, 이게 누구 것인지 혹시 짐작 가세요?"

오츠는 보따리에 둘둘 말려 있는 칼을 내려다보았다. 손으로 칼을 들어 보니 떨어뜨릴 정도로 무거웠다. 남자들은 이렇게 무거운 것을 어떻게 아무렇지도 않은 듯이 차고 다니는지 의아했다.

"잠깐, 아라키다 님께 갔다 올게요."

오츠는 노파에게 집을 지키도록 이르고 그 무거운 물건을 양손으로 들고 집을 나섰다. 오츠와 조타로가 이세의 대신궁에 몸을 의탁한 것도 벌써 두 달 전의 일이었다. 이가伊賀, 오우미近江, 미노美濃 등 그때 이후로 무사시의 뒤를 쫓아 각처를 헤맸고 겨울이 닥쳐오자 여자의 몸으로 눈 내리는 산길을 갈 수가 없어서 도바鳥羽 근처에서 피리를 가르치면서 지냈다. 그러던 중에 아라키다 가에서 그녀의 소문을 듣고 자등지관의 무녀들에게 피리 부는 법의 기초를 가르쳐 줄 수 있겠느냐고 청해 왔던 것이다.

하지만 오츠는 피리를 가르치는 것보다 이곳에서 전해 내려오는 고악을 배우고 싶었고, 또 신림神林 속에서 소녀들과 얼마간이나마 함께 지내보는 것도 좋을 것 같아서 몸을 의탁했다. 난처했던 것은 조타로였다. 어린 소년이라고는 하지만 소녀들의 숙소에서 함께 지내는 일은 당연히 허락되지 않았다. 그래서 부득이 낮에는 신궁의 마당을 청소하고 밤이 되면 아라키다 집의 장작을 쌓아 두는 창고로 돌아가서 지내게 되었다.

속살을 드러낸 신원神苑의 쓸쓸한 겨울 나무숲이 미풍에 몸을 떨고

미야모토 무사시 3_불火의 장

있었다. 속세를 벗어난 듯한 한 줄기 연기가 앙상한 숲 속에서 피어오르고 있었다. 그 연기 아래에서 대나무 빗자루를 들고 있을 조타로의 모습이 떠올랐다.

오츠는 발을 멈추고 생각했다.

'저기서 일하고 있구나.'

그렇게 생각만 해도 절로 얼굴에 미소가 떠올랐다.

'저 개구쟁이가, 고집쟁이가.'

요즘에는 제법 자신의 말을 순순히 잘 들었다. 게다가 한창 뛰어놀 나이인데도 저렇게 일을 잘하고 있구나 하는 생각도 들었다. 나무를 부러뜨리는 듯한 소리가 들려왔다. 오츠는 무거운 보따리를 양손으로 안은 채 숲으로 난 샛길로 접어들며 조타로를 불렀다.

"조타로."

저편 멀리서 여전히 활기찬 목소리로 조타로가 대답을 했다.

"여기요."

금세 이쪽으로 뛰어오는 발소리가 들리더니 조타로의 모습이 보였다.

"오츠 님!"

"어머, 청소하고 있는 줄 알았더니 대체 그게 무슨 꼴이에요? 일하는 옷을 입고 목검을 들고 있다니."

"나무를 상대로 혼자 검술을 연습하고 있었어요."

"연습하는 건 좋지만 이 신원이 어떤 곳인지 알잖아요? 청정과 평화의 마음으로 기원하는 정원이자 백성들이 어머니로 받들어 모시는 여신님의 보금자리예요. 그리고 저기를 봐요. '신원의 수목을 꺾으면 안 된다. 새나 짐승의 살생을 금함'이라고 쓴 팻말도 있잖아요. 그런데 신원의 청소를 맡은 사람이 목검으로 나무를 부러뜨리면 안 되잖아요?"

"나도 알아요."

조타로는 그런 것쯤은 다 알고 있으니 무시하지 말라는 듯한 표정을 지었다.

"알고 있으면서 왜 그런 걸로 나무를 부러뜨렸죠? 아라키다 님에게 들키면 혼날걸요."

"말라서 죽은 나무를 치는 것은 괜찮잖아요. 그것도 안 돼요?"

"안 돼요."

"그럼 오츠 님께 하나만 물어볼게요."

"뭐죠?"

"그렇게 고귀한 신원이라면서 왜 세상 사람들이 소중하게 여기지 않는 거죠?"

"부끄러운 일이에요. 그것은 마치 자신들의 마음속에 잡초가 자라도록 내버려 두는 것과 마찬가지니까."

"잡초 정도는 상관없지만, 벼락을 맞아 부러지고 폭풍우에 쓰러진 큰 나무들이 뿌리를 드러난 채 여기저기서 말라 죽어 가고 있어요. 주위의 사당은 새들이 날아와서 지붕을 쪼아 대고 비는 새고 처마와 등롱도 망가져 있어요. 그런데도 이런 곳이 그렇게 소중하게 보여요? 또 오사카 성은 세쓰攝津의 바다에서 보면 눈이 부실 정도로 빛나고 있잖아요. 도쿠가와 이에야스는 지금 후시미 성을 위시해서 여러 나라에 열 개가 넘는 큰 성을 쌓고 있어요. 교토나 오사카, 어느 곳의 다이묘나 부자들의 저택을 봐도 광택이 나고 정원에는 티끌 하나 없는데, 그래도 이곳이 그렇게 중요한 곳이라고요? 이 넓은 정원에서 빗자루를 들고 있는 사람은 나하고 귀머거리 할아버지, 이렇게 서너 명밖에 없어요."

오츠는 하얀 턱을 젖히며 쿡 하고 웃었다.

"조타로, 그 말은 언젠가 아라키다 님이 강의하신 이야기를 쏙 빼닮았는데요?"

"어, 오츠 님도 그때 들었나요?"

"듣고말고."

"에이, 들켰군."

"다른 사람의 말을 자신의 생각인 양 그대로 옮기면 안 돼요. 그렇지만 아라키다 님이 그렇게 한탄하시며 한 말씀은 맞는 것 같아요. 조타로가 흉내 낸 말에는 감탄할 수 없지만요."

"아라키다 님이 말씀하시는 걸 들으면 노부나가나 히데요시, 그리고 이에야스가 좋지 않은 사람들 같아요. 대단하긴 하지만 천하를 손에 넣더라도 그 후에 자기가 가장 위대하다고 생각하는 것이 바로 위대하지 못한 거죠."

"노부나가나 히데요시는 그래도 나은 편이에요. 세상이나 자신에 대한 속죄라고는 해도 교토에 고쇼御所[18]를 짓거나 백성들을 기쁘게 하는 일도 했으니 말이에요. 그런데 아시카가 막부 시절이던 에이쿄永享부터 분메이文明 시대에는 대단했었어요.”

“어떻게 말이에요?”

“그사이에 오닌応仁의 난이 일어난 해가 있었죠?”

“예.”

“무로마치 막부가 무능했기 때문에 계속해서 내란이 일어났어요. 힘 있는 자들끼리 서로들 권력을 차지하려고 싸운 거였지요. 그러니 백성들은 하루도 편할 날이 없었고 진심으로 나라를 걱정하는 사람도 없었어요.”

“서군인 야마다山名와 동군인 호소가와細川의 싸움 말이죠?”

“맞아요. 자신들의 이익을 위해서 전쟁을 했죠. 지극히 개인을 위한 전쟁의 시대였죠. 그 무렵에 아라키다 님의 먼 선조인 아라키다 우지쓰네荒木田氏経라고 하는 분이 대대로 이곳 신궁의 신관을 맡고 계셨는데, 세상 사람들이 서로 자신들의 이익만을 위해 싸움이나 하느라고 오닌의 난이 일어난 무렵부터는 이곳을 돌보는 사람이 없었대요. 그러니 의식이나 제사도 모두 황폐해지고 말았고요. 그래서 스물일곱 번이나 나라에 탄원을 올려서 황폐한 이곳을 일으켜 세우려고 했지만 조정은 돈이 없고 막부는 성의가 없고, 사람들은 자기들의 잇속이나 권력을 다지는데 혈안이 되어 거들떠보지도 않았다고 해요. 우지

---

18 천황의 거처 또는 그 궁궐.

미야모토 무사시 3_불火의 장

쓰네 님은 그런 시대에 당시의 권력과 빈곤과 싸워 가며 뭇사람들을 설득해서 메이오明應 육년경에 임시 신궁인 어천궁御遷宮을 세울 수 있었대요. 참 어이없는 일이지만, 생각해 보면 우리들도 어른이 되면 우리 몸속에 어머니 젖이 들어와 빨간 피가 되었다는 사실을 잊어버리잖아요?"

조타로는 오츠만 열심히 떠들게 만들어 놓고 달아나더니 손뼉을 치며 놀렸다.

"아하하, 내가 가만히 듣고 있으니까 모르는 줄 알았죠? 오츠 님도 들은 말을 그대로 옮기고 있잖아요."

"어머나, 알고 있었구나. 요 심술쟁이."

오츠는 때리는 시늉을 하다가 양손에 안고 있는 칼의 무게 때문에 한 걸음 쫓아가더니 웃으면서 눈만 흘겼다.

"아니?"

조타로가 다가오더니 물었다.

"오츠 님. 그 칼, 누구 거예요?"

"이건 남의 물건이니 손대면 안 돼요."

"빼앗지 않을 테니 보여 줘요. 무거워 보이네요? 정말 큰 칼이구나."

"그것 봐. 금방 갖고 싶어 하면서."

그때, 뒤에서 종종걸음으로 뛰어오는 발소리가 들렸다. 아까 자등지관에서 나갔던 어린 무녀들 중 한 명이었다.

"선생님, 아라키다 님이 저쪽에서 부르세요. 무슨 부탁이 있대요."

엇갈림

어린 무녀는 오츠가 돌아보자 바로 본래 있던 곳으로 달려갔다. 갑자기 조타로가 주위의 나무들을 둘러보았다. 겨울나무 가지에 걸린 햇살이 잔물결처럼 살랑거리는 나뭇가지를 지나 대지로 흘러넘치고 있었다. 조타로는 그 빛의 파장 속에서 어떤 환상이라도 그리는 듯한 눈길을 하고 있었다.

"조타로, 뭘 그렇게 두리번거리고 있어요?"

"아무것도 아니에요."

조타로는 괜스레 손가락을 깨물며 말했다.

"지금 저쪽으로 간 여자애가 갑자기 '선생님' 하고 불렀잖아요. 그래서 내 선생님인가 하는 생각을 했더니 갑자기 가슴이 뛰었어요."

"무사시 님 말이에요?"

"아, 예."

조타로의 쓸쓸한 대답에 오츠도 울고 싶은 마음이 들었는지 한순간 얼굴에 서글픈 빛이 감돌았다.

'아, 내가 괜한 말을 했구나.'

조타로는 자신이 무심코 한 말이 속절없이 원망스러웠다. 오츠는 단하루도 무사시를 잊지 못해 괴로워하는 듯했다. '왜 그런 무거운 짐을 벗어던지지 않느냐?', '평화로운 마을에서 좋은 아내가 되어 착한 아이를 낳으려고 하지 않느냐?'며 다쿠안이 무심하게 말했지만 그녀는 오히려 사랑을 모르는 그가 가련하게 여겨졌다. 그녀는 자신이 부여잡고 있는 지금의 사랑을 포기할 마음은 꿈에도 없었다.

미야모토 무사시 3_불*의 장

사랑은 충치처럼 어찌할 수 없는 아픔을 지니고 있었다. 잠시 시름을 잊고 있는 동안에는 아무렇지 않았지만 다시 생각날 때는 애가 타서 어디든 발길이 닿는 대로 찾아다니다가 그의 가슴에 얼굴을 묻고 울고 싶었다.

"아아."

오츠는 아무 말 없이 걸음을 옮겼다.

'어디에, 어디에 있을까?'

살아 숨 쉬는 사람들의 수많은 고민들 중에서 안타깝고 애타는, 도저히 어떻게 할 수 없는 번민은 만날 수 없는 사람을 만나려고 하는 사람의 초조함일 터였다. 오츠는 눈물을 흘리며 가슴을 부여잡고 묵묵히 발걸음을 옮겼다. 그녀의 손과 가슴 사이에는 땀에 전 보따리와 낡은 끈으로 칼자루를 감은 무거운 칼이 안겨 있었다. 그녀는 모르고 있었다. 시큼한 그 땀 냄새가 무사시의 체취라는 사실을 어떻게 알 수 있었을까. 그녀는 무겁다는 느낌 외에 자신이 무언가를 들고 있다는 사실조차 까맣게 잊고 있었다. 그의 마음은 온통 무사시 생각으로 가득 차 있었다.

"오츠 님."

조타로는 그녀의 뒤에서 미안한 표정으로 따라왔다. 쓸쓸한 뒷모습의 그녀가 아라키다의 집 대문 안으로 들어가려는 순간, 그는 그녀의 소맷자락을 붙들었다.

"화났어요?"

"아니, 괜찮아요."

"미안해요. 오츠 님, 내가 잘못했어요."

"조타로 탓이 아니에요. 내가 또 울보처럼 굴었군요. 아라키다 님께서 무슨 일로 날 부르셨는지 들어갔다 올 테니 조타로는 돌아가서 열심히 청소하고 있어요. 알았죠?"

아라키다 우지도미荒木田氏富는 자신의 집을 학지사學之舍라고 이름 짓고 학교로 사용하고 있었다. 그곳에서 공부하는 생도는 신궁의 귀여운 무녀들 외에도 근처 세 고을에 사는 여러 계급의 아이들도 사오십 명 정도 있었다.

아라키다는 학지사에서 어린 아이들에게 고학古學을 가르쳤다. 당시 문화가 더 발전된 도회지에서는 경시하는 학문이었지만 그가 이곳의 아이들에게 고학을 배우게 하는 이유는 이세의 향토 문화와도 인연이 있었고 또 나라를 위해서이기도 했다. 당시 사회는 무가의 번성이 곧 나라의 번창과 같은 것으로 인식하면서 지방의 쇠퇴는 나라의 쇠락과는 아무 연관이 없다고 생각했다. 하지만 아라키다는 이 지역 백성들의 마음속에라도 고학의 씨앗을 심어 놓으면 언젠가 신림神林의 숲처럼 정신문화가 푸르게 만개할 것이라고 생각했다. 그렇게 비장한 마음으로 그는 이 외로운 작업을 이어가고 있었다.

아라키다는 역사나 중국의 경서經書 같은 어려운 학문도 아이들이 쉽게 이해할 수 있도록 사랑과 끈기를 가지고 매일 가르쳤다. 그가 십여

년 동안 꾸준히 교육을 시킨 덕분에 이세 지방에서는 도요토미 히데요시가 천하를 손에 넣거나, 도쿠가와 이에야스가 위세를 떨쳐도 여느 세상 사람들처럼 그 영웅성英雄星을 태양으로 잘못 오인하는 경우가 거의 없었다. 그것은 이세의 세 살 먹은 아이들도 다 아는 사실이었다.

아라키다가 학지사의 넓은 마루에서 얼굴에 땀을 약간 흘리며 밖으로 나왔고 그곳을 나온 생도들은 조잘대며 집으로 돌아갔다. 한 무녀가 다가오더니 그에게 고했다.

"신관님, 오츠 님이 저기서 기다리고 계십니다."

"그러냐? 알았다."

아라키다는 생각난 듯이 물었다.

"내가 불러 놓고는 깜박 잊었군. 어디 와 있느냐?"

오츠는 학문소 밖에서 보따리를 안고 서서 아라키다가 아이들에게 열심히 말하던 이야기를 듣고 있었다.

"아라키다 님, 여기입니다. 제게 무슨 하실 말씀이라도 있으신지요?"

"오츠구나. 기다리게 해서 미안하다. 잠깐 따라오너라."

아라키다는 자신의 거처로 오츠를 데리고 갔다.

"그게 무엇이냐?"

자리에 앉으려던 아라키다는 오츠가 안고 있는 칼을 감싼 보퉁이를 보며 놀란 듯 물었다. 그러자 오츠는 오늘 아침에 자등지관의 도롱이 걸이에 주인을 알 수 없는 이 보퉁이가 걸려 있었고, 여느 물건과 달라서 무녀들이 거북스러워하기에 자신이 알려 드리려고 가지고 왔다고 이야기했다. 아라키다도 하얀 눈썹을 찌푸리며 의아하게 바라보았다.

"흠, 참배하러 온 사람의 것은 아닌 듯하군."

"참배객이라면 그곳까지 들어올 리 없습니다. 그리고 어제저녁에 보이지 않던 것을 오늘 아침에 아이들이 발견한 걸 보면 한밤중이거나 새벽에 안으로 들어온 것 같습니다."

"흐음."

아라키다는 언짢은 표정을 지으며 중얼거렸다.

"어쩌면 나에게 알아맞혀 보라고 이곳 향사 중 한 명이 장난을 친 것인지도 모르겠구나."

"누가 그런 짓궂은 장난을 했는지 짐작 가시는 사람이라도 있습니까?"

"있다! 실은 너를 부른 것도 그것을 의논하려고 한 것이다."

"그럼 저와 관련 있는 일인지요?"

"먼저 너무 언짢게 생각하지 말거라. 실은 나를 생각해서 한 말이겠지만, 너를 자등지관에 머물게 하는 게 옳지 않다며 떼를 쓰는 향사가 있단다."

"어머, 저 때문에……."

"네가 그렇게 미안해할 이유는 조금도 없다. 세상 사람들의 눈으로 보면…… 화내지 말고 듣도록 해라. '네가 남자를 모르는 처녀가 아니다', '처녀도 아닌 여자를 자등지관에 머물게 하는 것은 신지神地를 모독하는 것이다'라고 말하고 있단다."

아라키다는 담담하게 이야기를 하고 있었지만 어느새 오츠의 눈가에는 눈물이 고였다. 누구를 향해 화낼 수도 없는 원통함이었다. 그러나 한편으로는 오랜 객지 생활을 하며 사람들을 만나고 또 가슴에 오랜 연정을 품고 세상을 떠돌고 있는 여자를, 세상 사람들이 그런 눈으로 보는 것은 어쩌면 당연한 일이라는 생각도 들었다. 하지만 그렇다고 해도 처녀인지 아닌지 하는 말을 듣자 참기 어려운 수모를 당한 것처럼 몸이 떨려왔다.

아라키다는 그다지 큰 문제라고는 생각하지 않았지만 사람들은 자꾸 시끄럽게 말을 하거나, 며칠 있으면 초봄이니 이제 무녀들에게 피리 수업을 중단하는 것이 좋겠다면서 은연중에 자등지관에서 오츠를 내보냈으면 좋겠다는 뜻을 내비쳤다. 애당초 오래 머물 생각도 아니었던 오츠는 더이상 아라키다에게 폐를 끼칠 수 없다고 생각했다. 그녀는 두 달 남짓 돌봐 주어서 고맙다는 말을 하며 오늘이라도 떠나겠다고 대답했다.

"아니다. 그렇게 서두르지 않아도 된다."

아라키다는 말은 그리했지만 오츠의 신상에 관한 말들을 단편적으로 전해 들었던 터라 몹시 측은해했다. 그는 어떻게 위로를 할까를 고민하듯 소박한 손궤를 끌어오더니 무언가를 싸기 시작했다.

"오츠 님, 이세를 떠나는 건가요? 나도 함께 가요. 이제 이곳 청소는 넌덜머리가 나던 참이었거든요. 잘됐다, 잘됐어."

언제 와 있었는지 조타로가 뒤쪽 툇마루에서 살짝 고개를 내밀고 소곤거렸다.

"얼마 되진 않지만 내 성의니 노자에 보태 쓰도록 하여라."

아라키다는 소박한 손궤 속에서 약간의 돈을 따로 싸서 오츠에게 내밀었다. 하지만 그녀는 당치도 않다는 표정으로 손도 대지 않았다. 자등지관의 무녀들에게 피리를 가르쳐 주었지만 자기도 두 달 남짓한 동안에 많은 신세를 졌다. 사례를 받기보다 오히려 자신이 숙박비를 내야 하지 않겠느냐면서 한사코 사양하자 아라키다가 말했다.

"아니다. 그 대신에 네가 앞으로 교토에 들르게 되었을 때 부탁하고 싶은 일도 있으니, 겸사겸사 이것을 받아 주었으면 좋겠구나."

"부탁하시는 일은 무엇이든 하겠습니다만 성의만으로도 충분합니다."

오츠가 한사코 돌려주자 아라키다는 뒤에 있는 조타로를 보고 말했다.

"옳지, 그럼 이것은 네게 줄 터이니 도중에서 필요한 것이 있으면 쓰도록 하여라."

"고맙습니다."

조타로는 얼른 손을 내밀어 받은 후에 오츠를 돌아보았다.

"오츠 님, 받아도 괜찮죠?"

오츠도 더 이상 어쩔 수 없이 고개를 끄덕이며 말했다.

"송구합니다."

아라키다는 그제야 만족한 듯 고개를 끄덕이며 이야기했다.

"부탁할 것은 자네들이 교토에 갔을 때, 이것을 호리카와堀川의 가라스마루 미쓰히로烏丸光広 경에게 전해 주었으면 하네."

그는 벽의 선반에서 두 권의 두루마리를 내리더니 다시 말을 이었다.

"재작년에 미쓰히로 경의 부탁을 받아서 그린 그림인데, 미쓰히로 경이 그림에 글을 쓰신 후에 헌상을 하실 생각이라는구나. 심부름꾼이나 파발로 보내면 왠지 마음이 놓이지 않아서 말이다. 비를 맞지 않도록, 또 부정이 타지 않도록 자네들이 각별히 유의해서 전해 주었으면 한다."

오츠는 뜻하지도 않은 중요한 일을 맡게 되자 다소 당황한 얼굴이었다. 그러나 거절할 수 없어서 그녀가 승낙하자, 아라키다는 특별히 만든 듯한 상자와 기름종이를 꺼내 두루마리를 감쌌다. 하지만 봉인을 하기 전, 공들여 그린 그림을 다른 사람의 손에 건네는 게 못내 아쉬웠는지 오츠와 조타로에게 두루마리를 펼쳐서 보여 주었다.

"어디 자네들에게도 한번 보여 주는 게 좋을 듯하군."

"어머!"

오츠는 저도 모르게 소리를 질렀다. 조타로도 눈을 크게 뜨고 그림 앞으로 고개를 쑥 내밀었다. 아직 글이 쓰여 있지 않아서 무슨 이야기를 그림으로 그린 것인지는 알 수 없었지만, 헤이안平安 시대의 풍속이며 생활이 도사류土佐流[19]의 섬세한 필치로 화려한 색감과 모래를 이용해

---

19 도사는 오늘날 고치高知 현에 해당하는 곳이다. 일본 화풍의 유파 중 하나인 도사파土佐派는 조정에 전속되어 그림을 그리는 화가들로, 일본의 전통적인 모티브를 중시하며 섬세하고 정교한 작품을 특징으로 한다. 또한 그들은 당시에 유행하던 우키요에浮世絵에 부정적인 시각을 보이기도 했다.

그려져 있었다. 그림을 볼 줄 모르는 조타로조차 감탄을 하며 말했다.

"야아, 이 불은 정말로 불타고 있는 것 같아."

"손으로 만지면 안 돼요."

두 사람이 숨을 죽이고 그림에 넋이 빠져 있을 때, 정원으로 들어온 사가(社家)의 사람이 아라키다를 향해 무엇인가 이야기하고 있었다. 아라키다는 그의 말을 듣고는 고개를 끄덕이면서 말했다.

"음, 그런가? 수상한 자는 아닌 듯하군. 그러나 혹시 모르니 그 사람에게 무슨 증서라도 받고 내주는 게 좋겠네."

아라키다는 그렇게 말하며 오츠가 가지고 온 칼과 땀 냄새가 나는 무사 수행자의 보따리를 그의 손에 들려 보냈다.

피리를 가르쳐 주던 오츠가 갑자기 떠난다는 소식을 들은 자등지관의 무녀들은 몹시 섭섭해했다.

"정말?"

"정말요?"

여장을 싼 오츠를 무녀들이 둘러싸고 친언니와 이별하는 것처럼 슬퍼하며 말했다.

"이제 돌아오지 않으세요?"

그때, 토담 밖에서 조타로의 목소리가 들렸다.

"오츠 님, 준비 다 됐어요."

조타로는 신궁에서 일할 때 입던 옷을 벗어 버리고 그전에 입던 옷

단이 짧은 옷에 목검을 허리에 차고 있었다. 그리고 아라키다에게 부탁받은 두루마리가 들어 있는 상자를 보따리에 싸서 비스듬히 등에 짊어지고 있었다.

"빠르기도 하지."

오츠가 창문으로 대답했다.

"빠르죠? 오츠 님은 아직 멀었어요? 여자하고 어딜 가려면 준비하는 데 시간이 너무 오래 걸려서 원."

남자는 한 발도 들어올 수 없는 곳이기 때문에 조타로는 잠시 동안 햇볕을 쬐면서 안개가 서린 가미지神路산을 보며 하품을 하고 있었다. 그의 활발한 성격은 잠시라도 가만히 있으면 몸이 배겨서 어떻게 할 수 없는 듯했다.

"오츠 님, 아직이에요?"

안에서 오츠가 대답했다.

"금방 가요."

오츠도 이미 준비를 다 끝냈지만 무녀들이 좀처럼 오츠와 떨어지지 않으려 했다. 불과 두 달 남짓이지만 함께 살면서 친언니처럼 다정하게 지내던 사람을 떠나보내는 그들의 서글픈 마음이 그녀를 붙잡았다.

"또 올 테니 모두들 잘 지내."

과연 다시 올 날이 있을까, 오츠는 거짓말을 하고 있는 기분이 들었다. 무녀들 중에는 훌쩍이며 우는 사람도 있었다. 한 어린 무녀가 이스즈 강의 다리 근처까지 배웅하겠다고 말하자 모두들 자신들도 가겠다며 오츠를 둘러싸고 밖으로 나왔다.

"어머!"

오츠를 재촉하던 조타로의 모습이 보이지 않았다. 무녀들은 조그마한 입에 손나팔을 만들어서 그를 불렀다.

"조타로 님."

"조타로 님."

하지만 그의 성격을 잘 아는 오츠는 그다지 걱정하지 않았다.

"분명히 기다리다 지쳐서 혼자 다리께로 먼저 갔을 거야."

"심술쟁이 같아."

그러더니 한 아이가 오츠를 올려다보면서 물었다.

"그 아이, 선생님 아들이에요?"

오츠는 웃을 수가 없었다. 저도 모르게 정색을 하고 말했다.

"조타로가 내 아들이냐고? 난 새해를 맞으면 겨우 스무 살에서 한 살 더 먹는 거야. 내가 그렇게 나이가 들어 보이니?"

"하지만 누가 그러던데요."

오츠는 아라키다가 말해 준 소문이 떠올라서 다시 화가 났다. 그러나 세상 사람들 모두가 어떻게 말해도 자신을 믿어 주는 사람은 한 사람으로 족했다. 그 사람만 믿어 준다면 그것으로 됐다고 생각했다.

"오츠 님, 너무해요."

먼저 갔다고 생각했던 조타로가 뒤쪽에서 달려오더니 외쳤다.

"사람을 기다리게 해 놓고 말도 없이 먼저 가 버리다니 너무하잖아요?"

조타로가 입을 삐죽거렸다.

"찾아봐도 안 보이던데요."

"안 보이면 더 찾아봐야죠. 스승님을 닮은 사람이 도바鳥羽 쪽으로 지나가기에 깜짝 놀라서 보러 갔던 거예요."

"뭐? 스승님을 닮은 사람?"

"그런데 다른 사람이었어요. 가로수 길까지 가서 뒷모습을 보았는데 멀리서도 알 수 있을 만큼 다리를 절고 있어서 실망했어요."

두 사람은 여행을 하면서 방금 조타로가 겪은 것과 같은 씁쓸한 경험을 매일 맛보았다. 문득 소매만 스쳐도 혹시나 하는 생각이 들었고, 뒷모습을 닮은 사람이라도 볼라치면 앞으로 뛰어가서 그 사람의 얼굴을 쳐다보기도 했다. 거리에서 이층집에 얼핏 비치는 사람의 그림자나 앞서 떠난 배 위에 서 있는 사람은 물론이고 말 위나 가마 안까지 조금이라도 무사시의 모습을 떠올리게 하는 사람을 발견하면 떨리는 가슴을 안고 확인을 했다. 하지만 그런 노력은 덧없는 실망감만 안겨 주었고 그럴 때마다 두 사람은 낙담한 얼굴로 서로 바라본 적이 얼마인지 몰랐다.

오츠는 조타로가 한 이야기에 별다른 감흥을 갖지 않았다. 더구나 다리를 저는 무사라는 말을 듣고는 천연덕스럽게 웃으며 말했다.

"수고했어요. 여행을 떠날 때부터 기분이 나쁘면 끝까지 안 좋다고 하니 기분 좋게 떠나요."

엇갈림

"저 여자애들은요?"

조타로는 졸졸 따라오는 무녀들을 버릇없이 둘러보며 물었다.

"왜 저렇게 따라오는 걸까?"

"그런 말 하면 못써요. 헤어지기 섭섭해서 이스즈 강의 우지宇治 다리까지 배웅하는 것에요."

"고생하네요."

조타로가 오츠의 말투를 흉내 내자 모두를 웃고 말았다. 그가 일행에 끼자 그때까지 이별을 아쉬워하며 슬픈 얼굴로 걸어오던 무녀들도 갑자기 활기를 되찾은 듯했다.

"선생님, 그쪽으로 가면 다른 길이에요."

"알아요."

오츠는 다마구시고몬玉串御門 쪽으로 돌아서 멀리 내궁의 정전正殿을 향해 손을 마주쳐 소리를 내고는 잠시 고개를 숙이고 있었다. 그 모습을 본 조타로가 중얼거렸다.

"그렇군. 신령님께 작별 인사를 하는 거로군."

조타로가 멀리서 바라보기만 하자 무녀들이 그의 잔등과 어깨를 손가락으로 찌르며 웃으면서 물었다.

"조타로 님은 왜 절을 하지 않아요?"

"나는 싫어요."

"그런 말 하면 입이 비뚤어질걸요."

"창피해서 말이죠."

"신령님께 절하는 것이 왜 창피해요? 거리에서 차고 넘치는 그런 신이 아니라 멀리 있는 자기 어머니와 똑같은 신령님이라고 생각하면 아무렇지도 않을 거예요."

"그 정돈 나도 알아요."

"그럼 절하고 와요."

"싫다니까요."

"고집쟁이!"

"거참 시끄럽네. 국자 머리들, 좀 조용히 해."

"어머나!"

조타로가 고함을 치자 다른 무녀들도 모두 눈을 동그랗게 뜨고 저마다 한마디씩 했다.

"어머."

"어머나!"

"아이고 무서워라."

절을 하고 돌아온 오츠가 뾰로통해 있는 무녀들에게 물었다.

"모두 왜 그래요?"

무녀들은 그 말을 기다렸다는 듯이 입을 모아 일러바쳤다.

"조타로 님이 우리더러 국자 머리라고 놀렸어요. 그리고 신령님께 절하는 게 싫다고도 했어요."

"조타로, 그럼 못써요."

"뭘요?"

"언젠가 야마토의 한야 들판에서 무사시 님이 보장원 중들과 싸우려고 할 때, 조타로도 '신령님' 하고 큰 소리로 외치며 하늘을 향해 합장했다고 말하지 않았어요? 어서 가서 절하고 와요."

"그렇지만, 모두 보고 있는걸요."

"그럼, 모두들 뒤로 돌아서요. 나도 뒤로 돌아서 있을 테니까."

그녀들은 일렬로 서서 조타로에게 등을 돌렸다.

"이렇게 하면 괜찮죠?"

조타로가 아무 대답도 하지 않자 오츠가 살짝 뒤를 돌아보았다. 어느새 다마구시고몬 앞까지 뛰어간 조타로는 그곳에 서서 꾸벅 절을 하고 있었다.

바람개비

무사시는 조개구이집의 평상에 걸터앉아
서 겨울 바다를 향해 신발을 고쳐 매고 있었다.

"손님, 배를 타고 섬 구경을 가는 손님이 있는데 아직 두 사람 정도
모자랍니다. 함께 타지 않으시렵니까?"

뱃사공이 다가와서 권했다. 그뿐만 아니라 조개를 담은 바구니를 팔
에 건 해녀 두 명도 아까부터 무언가를 자꾸 권했다.

"손님, 선물로 이 조개를 사 가지고 가세요."

"조개를 사서 보내세요."

무사시는 피고름으로 얼룩진 발싸개를 풀고 있었다. 그렇게 그를 괴
롭히던 상처의 부기와 열도 말끔히 가셔서 본래대로 돌아와 있었다.
하얗게 불었던 피부에는 자잘한 주름만 잡혀 있었다.

"됐습니다. 안 사요."

그는 손을 저으며 해녀와 뱃사공을 물리치고서 맨발로 모래를 밟으며 파도가 치는 물가로 가서 바닷물에 발을 담갔다. 아침부터는 발의 통증은 거의 없어졌고 몸도 걱정하지 않아도 될 만큼 기력을 회복했다. 하지만 무사시는 한쪽 다리가 치유된 그 사실보다 오늘 아침의 심경이 분명 어제보다 한층 성숙해진 것을 깨닫고는 한없는 기뻤다. 그는 조개구이집 소녀에게 사 오게 한 가죽 버선과 새 짚신을 신고 땅을 밟아 보았다. 아직 절룩거리던 습관이 채 가시지 않았고 통증도 미세하게 남아 있었지만 대수롭지 않았다.

"사공이 소리를 지르고 있는데요. 손님은 오미나토大湊로 건너가시는 게 아닙니까?"

소라를 굽고 있던 노인이 깨우쳐 주었다.

"그렇소. 오미나토에 건너가면 그곳에서 쓰津로 가는 배편이 있을 텐데."

"예. 욧가이치는 물론이고 구와나로 가는 배편도 있습니다."

"할아버지, 오늘이 며칠입니까?"

"하하하, 연말에 날짜를 잊어버리다니 한가하신 분이군요. 오늘이 섣달 스무나흘입니다."

"아직 그렇게밖에 안 됐습니까?"

"젊은 분이 부러운 말씀을 하시는구려."

무사시는 다카조高城 해안의 나루터까지 달리기를 하듯 걸었다. 더 빨리 달려 보고 싶은 마음이 들었다. 바로 건너편에 있는 오미나토로

가는 배는 금세 사람들로 가득 찼다. 무사시는 마침 그 무렵에 무녀들의 배웅을 받는 오츠와 조타로가 손을 흔들며 이스즈 강의 우지 다리를 건너고 있으리라고는 꿈에도 생각지 못했다. 이스즈 강의 강물은 오미나토의 입구로 흘러들었고 무사시를 태운 나룻배의 노 젓는 소리가 무심한 파도를 가르며 앞으로 나가고 있었다.

무사시는 오미나토에서 바로 출발하는 배로 갈아탔다. 오와리尾張로 가는 배에는 대부분 여행객이 타고 있었는데, 왼편에 보이는 후루이치古市, 야마다山田, 마쓰자카松坂 가도의 가로수를 지나 커다란 돛에 바람을 가득 안고 이세의 바다 중에서도 평온한 해안선을 따라 유유히 앞으로 나아가고 있었다. 육지를 택해서 같은 방향으로 걸어가고 있는 오츠와 조타로의 발걸음과 비교하면 어느 쪽이 빠르고 어느 쪽이 느리다고 할 수 없었다.

무사시는 이세 출신으로 근래에 귀재라 일컬어지는 미코가미 덴젠神子上典膳이 마쓰자카에 있다는 것을 알고 있었지만 단념하고 쓰津에서 내렸다. 항구에 내릴 때, 앞서 걸어가는 사내의 허리에 있는 두 척 정도의 봉이 그의 눈길을 끌었다. 쇠사슬이 감겨 있었고 쇠사슬 끝에는 쇠구슬이 달려 있었다. 또 가죽을 감은 장검野太刀 한 자루도 차고 있었는데 나이는 마흔두셋 정도 되어 보였다. 무사시보다도 더 시커먼 얼굴에 곰보 자국이 있었고 머리카락은 붉은 곱슬머리였다.

"주인님, 주인님."

뒤에서 그 사내를 부르는 사람이 없었더라면 누가 보아도 산도적으

로밖에는 보이지 않았다. 한 발 늦게 그를 뒤쫓아 온 자를 보니 열예
닐곱쯤 된 대장간의 아이로, 코 양 옆으로 검댕이 묻어 있고 어깨에는
자루가 긴 쇠망치를 둘러메고 있었다.

"주인님, 기다리세요."

"빨리 오너라."

"배에 쇠망치를 잊고 와서."

"장사 밑천을 두고 오다니."

"다시 가지고 왔어요."

"만일 잃어버리기라도 하면 머리통을 부수어 주겠다."

"주인님."

"거참, 시끄럽구나."

"오늘 밤은 쓰에서 묵는 게 아닙니까?"

"아직 해가 많이 남았으니 묵지 말고 그냥 가자."

"여기서 묵고 가시죠. 이렇게 나왔을 때 좀 느긋하게 쉬면 좋을 텐데."

"한가한 소리 말거라."

이곳도 예외 없이 배에서 마을로 들어가는 길에는 여인숙 호객꾼과
토산물 가게가 진을 치고 있었다. 쇠망치를 메고 있는 대장간의 도제
徒弟는 또 주인을 잃어버렸는지 인파 속에서 두리번거리고 있었다. 그
때, 주인이 한 가게에서 장난감 바람개비를 사 가지고 나타났다.

"이와고岩公."

"네."

"이걸 가지고 가자."

"바람개비군요."

"손에 들고 있으면 사람들과 부딪쳐 망가질 테니 옷깃에 꽂거라."

"선물이군요."

"응."

어린애가 있는 모양이었다. 바깥일을 끝내고 며칠 말미로 집에 돌아 갔을 때 가장 큰 즐거움은 아이의 웃는 얼굴을 보는 것이었다. 이와고 의 옷깃에서 돌고 있는 바람개비가 걱정이 되는지 주인은 때때로 그 것을 돌아보면서 앞서 걸어갔다. 그리고 우연히도 그는 무사시가 가 려고 하는 방향과 같은 길로 앞서 가고 있었다.

'아하!'

무사시는 짐작이 가는 바가 있어서 고개를 끄덕였다.

'저 사내가 틀림없구나.'

하지만 세상에는 대장장이도 많고 쇄겸을 차고 다니는 사람도 적지 는 않았기 때문에 무사시는 앞서거니 뒤서거니 걸어가며 은근히 주 의해서 보았다. 그리고 쓰의 성 아래를 가로질러 이어진 스즈카鈴鹿의 산길로 접어들었을 때, 단편적으로 들리는 두 사람의 대화를 듣던 무 사시는 더 의심할 게 없다고 생각하고는 말을 걸었다.

"우메하타梅畑까지 가십니까?"

사내는 무뚝뚝한 말투로 대답했다.

"그렇소만."

"그러면 혹시 시시도 바이켄 님이 아니십니까?"

"그렇소. 내가 바이켄인데, 당신은?"

스즈카를 넘어 미나구치水口에서 고슈구사쓰江州草津로 이어지는 이 길은 교토로 올라가려면 당연히 거쳐야 하는 길이었다. 무사시는 얼마 전에 지나온 길이었지만 늦어도 그믐까지 목적지에 도착해서 새해에는 그곳에서 도소주를 마시고 싶다는 생각으로 곧바로 온 것이었다.

얼마 전에 만나러 갔다가 집에 없어서 만나지 못했던 시시도 바이켄은 다음에 기회가 있으면 모르겠지만 무리를 해 가며 만나려는 집착은 버렸었다. 그런데 이곳에서 우연히 만나게 되자 아무래도 바이켄의 솜씨를 볼 인연이었다고 생각했다.

"아무래도 깊은 인연인가 봅니다. 전 미야모토 무사시라고 하는 수행자로, 실은 얼마 전에 댁을 비우신 동안 운림원 마을의 귀댁을 방문해서 부인만 뵀습니다."

"아, 그렇소?"

바이켄은 무슨 일인지 알았다는 표정으로 물었다.

"야마다의 여인숙에 묵으며 나와 대련을 하고 싶다고 말한 사람이군."

"들으셨습니까?"

"아라키다 님 댁에 내가 있는가 물어보지 않았소?"

"그렇습니다."

"나는 아라키다 님의 일 때문에 간 것은 맞지만 그 댁에 머물렀던 것은 아니오. 가미야시로초神社町에 있는 동료의 작업장을 빌려서 내가 아니면 할 수 없는 일을 마무리 짓고 있었소."

"아, 그랬군요."

"야마다 여인숙에 묵고 있는 무사 수행자가 나를 찾고 있다고 들었소만 귀찮아서 내버려 두었는데 바로 당신이었군."

"그렇습니다. 쇄겸의 달인이라는 소문을 듣고."

"하하하. 내 아내와 만났소?"

"부인께서 잠깐 야에가키류의 자세를 보여 주셨지요."

"그럼 그것으로 된 것 아니오. 구태여 내 뒤를 쫓아와서 시합을 할 것도 없지 않소. 내가 해도 마찬가지요. 그 이상을 보여 줄 수도 있지만 그 순간, 당신은 저승에 가 있을 테니 말이오."

집을 지키고 있던 아내와 마찬가지로 남편인 바이켄 역시 오만했다. 병법과 오만은 바늘과 실의 관계와 같다고 할 수 있는데, 그 정도의 자존심도 없다면 그 세계에서 살아갈 수 없기도 했다. 무사시만 하더라도 마음 한구석에 이미 그런 바이켄을 꺾어 버릴 기개 역시 충분히 있었다.

그러나 무사시는 분별없이 지금 당장 바이켄을 꺾겠다는 마음이 들지 않았다. 그것은 새로운 인생의 첫발을 떼는 순간, 자신을 한 입에 집어삼킨 다쿠안을 통해 세상에는 수많은 고수들이 있다는 실례를 깨달았기 때문이다. 물론 보장원과 고야규 성에서 얻은 마음가짐도 작용했다. 그는 기개와 자존심 때문에 무턱대고 상대방을 꺾으려고 달려들지 않았다. 오히려 모든 각도에서 세심한 눈으로 상대의 가치

를 헤아려 보았다. 상대방을 대할 때 때로는 소심하고 비굴해 보일 정
도로 한 단계 낮은 자세를 취했다.

'이 사람은 이 정도로구나.'

무사시는 정확한 평가를 내리지 않으면 여간해서 상대의 말이나 불
손한 태도에 대해서 자신의 감정을 드러내 보이지 않았다.

"네."

그는 젊은이답게 겸손하게 대답했다.

"말씀대로 부인께서 보여 주신 것만으로도 충분히 공부가 되었습니
다만, 이왕 여기서 뵙게 되었으니 그 인연으로 쇄겸에 대한 고견이라
도 들을 수 있다면 더 바랄 것이 없겠습니다."

"그것은 별 어려운 일도 아니네. 오늘 밤은 관문이 있는 여인숙에서
묵을 생각인가?"

"그럴 생각이었습니다만, 괜찮으시다면 겸사겸사 귀댁에서 하룻밤
더 신세를 질 수 없겠습니까?"

"우리 집은 여인숙이 아니니 이불은 없소. 여기 이와고와 같이 잘 셈
이라면 묵고 가도 좋소."

바이켄의 집에 도착했을 때는 저녁 무렵이었다. 붉은 저녁노을 아래
스즈카 산의 산기슭에 있는 마을은 호수처럼 밝고 고요했다.

이와고가 먼저 달려가서 알렸는지 대장간 집 처마 아래에는 일전에
본 아낙이 아기를 안고 나와서 바이켄이 선물로 산 바람개비를 아이
와 함께 높이 쳐들었다.

미야모토 무사시 3_불火의 장

"저기, 저기. 아빠가 저기 오는 게 보이지? 아빠가 보이네, 아빠가."

오만하기 짝이 없던 바이켄도 멀리 아이가 보이자 환하게 웃었다.

"어이쿠, 우리 아기."

그는 손을 들어 춤을 추듯 흔들어 댔다. 여행에서 돌아왔으니 그럴 수도 있겠지만 부부는 집 안에 들어가 앉자 아기와 이야기를 하느라 함께 온 무사시는 안중에도 없었다. 저녁을 먹을 때가 되어서야 생각이 났는지 바이켄은 일하는 토방에서 아직 신발도 벗지 않고 풀무의 불을 쬐고 있는 무사시를 보며 아내에게 일렀다.

"참, 저 사람에게도 밥을 주구려."

아내는 여전히 무뚝뚝하게 말했다.

"저 사람은 얼마 전에 당신이 집에 없는 동안 와서 자고 갔었는데."

"이와고와 함께 자기로 했네."

"지난번에도 풀무 옆에서 멍석을 깔고 잤으니 오늘 밤도 그렇게 하면 되겠네요."

"젊은이."

바이켄이 등을 돌리고 있는 화로 위에 술이 데워져 있었다. 그는 잔을 토방으로 내밀면서 말했다.

"술은 마시는가?"

"싫어하지는 않습니다."

"한잔하게."

"네."

무사시는 토방과 방 사이에 걸터앉았다.

"잘 마시겠습니다."

그는 술잔으로 예를 표하고 마셨다. 시큼한 탁주였다.

"잔 받으시지요."

"나는 이 잔으로 마실 테니 자네는 그 잔으로 마시게. 그건 그렇고, 젊은이."

"네."

"젊어 보이는데 몇 살인가?"

"새해면 스물둘이 됩니다."

"고향은?"

"미마사카입니다."

무사시가 그렇게 말하자 딴 곳을 보던 바이켄이 그의 전신을 날카로운 눈으로 다시 바라보았다.

"아까 뭐라고 했지? 이름, 자네 이름말이네."

"미야모토 무사시입니다."

"무사시라."

"다케조라고 씁니다."

바이켄의 아내가 국을 담은 그릇과 절인 반찬, 젓가락, 밥공기를 가지고 와서 멍석 위에 내려놓았다.

"드세요."

"그렇군……."

바이켄은 잠시 말이 없더니 혼잣말을 하듯 고개를 끄덕였다.

"다 데워졌군."

바이켄이 무사시의 잔에 술을 따르며 불쑥 물었다.

"그러면 다케조는 어릴 적 이름이었나?"

"그렇습니다."

"열일곱 살 때에도 그 이름을 썼나?"

"네."

"열일곱 살 때, 자네 마타하치라는 사내와 세키가하라 전투에 나가지 않았나?"

무사시는 깜짝 놀랐다.

"저를 아십니까?"

"알고 있지. 나도 세키가하라에서 싸운 사람이네."

그 말을 들은 무사시는 바이켄에게 친근함을 느꼈고, 또한 그의 태도도 갑자기 달라졌다.

"어디선가 본 듯하다 했더니, 전장에서 만났던 게로군."

"그럼 우키타 가의 진영에 계셨습니까?"

"그때 나는 고슈의 야스카와^{野州川}에 있었지. 야스카와 향사들과 함께 선봉에 섰었네."

"그렇습니까? 그럼 얼굴을 본 적이 있었겠군요."

"자네와 함께 있던 마타하치는 어떻게 되었나?"

"그 후로 만나지 못했습니다."

"그 후라면 언제부터인가?"

"싸움이 있은 후에 잠시 이부키의 어떤 집에 숨어서 상처를 치료하고 있다가 헤어진 다음부터입니다."

"여보."

바이켄은 아이를 안고 잠자리에 들어 있는 아내에게 말했다.

"술이 없네."

"이제 그만 마셔요."

"오늘은 조금 더 마시고 싶군."

"오늘 밤에는 어쩐 일이오?"

"이야기가 점점 재밌어지는걸."

"술은 이제 없어요."

"그래? 이와고."

토방 한구석을 향해 소리를 지르자 판자벽 맞은편에서 지푸라기가 버석거리는 소리가 나더니 이와고가 문을 열고 얼굴을 내밀었다.

"왜 그러십니까?"

"오노사쿠斧作에 가서 술 한 되 빌려 오너라."

무사시는 밥그릇을 들고 말했다.

"먼저 먹겠습니다."

"기다리게."

바이켄은 황급히 젓가락을 쥐고 있는 그의 손목을 잡았다.

"술을 가지러 보냈으니 잠시 기다리세."

"저 때문이라면 그만하시지요. 더 이상 마시지도 못합니다."

"뭐, 괜찮지 않은가."

그는 고집을 부리며 말했다.

"그렇지, 내게 쇄겸에 대해 물어보고 싶다고 했는데, 내가 아는 건 뭐든지 얘기해 주지. 그러자면 술이라도 마셔 가면서 이야기하는 게 좋을 테니."

이와고는 금방 돌아왔다. 바이켄은 항아리에서 술병으로 술을 옮겨 담고 화로에 데우면서 쇄겸을 쓰는 이점에 대해 자신이 알고 있는 모든 지식을 알려 주었다. 쇄겸을 가지고 적과 싸울 때 가장 이로운 점은 검을 가지고 싸울 때와 달리 적에게 방어할 틈을 주지 않는 데 있다. 또 적과 싸우기 전에 적이 들고 있는 무기를 사슬로 감아서 빼앗을 수 있다는 이점도 있었다.

"이렇게 왼손에는 낫, 오른손에 철구를 든다고 하세."

바이켄은 앉은 채로 자세를 취했다.

"적이 달려들면 낫을 들어 막은 다음, 적의 앞면에 철구를 던지는 방법이 있네."

그는 다시 자세를 바꿨다.

"이렇게 적과 간격을 두고 섰을 때에는 상대의 무기를 감아서 빼앗는 것이 목적인데 칼, 창, 봉 무엇이라도 빼앗을 수 있네."

바이켄은 철구를 던지는 방법이 십여 가지가 된다는 것과, 그 방법에 따라 사슬이 뱀처럼 자유롭게 선을 그린다는 것, 낫과 사슬을 번갈

바람개비 203

아 사용해서 적을 혼란에 빠트린 다음에 적이 방어하면 오히려 치명적인 타격을 주는 것이 이 무기의 특징이라는 것 등을 이야기했다. 무사시는 그의 말을 열심히 듣고 있었다. 그와 같은 이야기를 들을 때면 그는 온몸으로 상대의 말을 받아들이면서 집중했다.

'사슬과 낫, 그리고 두 개의 손.'

무사시는 바이켄의 이야기를 들으면서 머릿속으로 상상하며 중얼거렸다.

'검은 한 손, 사람은 양손.'

두 번째 항아리의 술도 어느새 바닥을 드러냈다. 바이켄도 마시기는 했지만 무사시에게 권한 술이 더 많았다. 무사시는 자신의 주량을 넘게 마신 탓에 전에 없이 취해 버렸다.

"여보, 여기 이불은 손님에게 주고 우리들은 안에 자리를 깔고 자도록 하지."

아내는 항상 여기서 잤던 모양인지, 바이켄과 무사시가 술을 마시고 있는 동안에도 개의치 않고 바로 옆에서 아이와 함께 이불 속에 들어가 있었다.

"손님도 피곤한 모양이니 빨리 잘 수 있게 해 드리게."

바이켄은 어느새 무사시를 친절하게 대고 있었다. 아내는 남편의 말을 이해하지 못한 듯했고, 또 기껏 따뜻하게 데워 둔 자리에서 일어나기 싫었는지 투덜거렸다.

"손님은 이와고와 함께 헛간에서 자게 하라고 했잖아요?"

"거 참."

바이켄은 자리에 누운 채 대꾸하는 아내를 흘겨보면서 말했다.

"그것도 손님 나름이지. 잠자코 안에다 자리 펴."

아내는 잠옷 차림으로 일어나더니 휙 하고 안으로 들어가 버렸다. 바이켄은 잠자는 아기를 안아 올렸다.

"누추한 이불이지만 여긴 화로도 있고 밤중에 목이 마르면 마실 따끈한 차도 있네. 이불 덮고 푹 쉬시게."

그가 안으로 들어간 뒤, 조금 있다가 그의 아내가 와서 베개를 바꾸어 갔다. 그때는 그녀도 다정하게 말했다.

"남편이 많이 취한데다가 여행길도 피곤했을 테니 내일 아침엔 늦잠을 잘 겁니다. 그러니 당신도 푹 자고 아침에 일어나 따뜻한 밥이라도 먹고 가세요."

"아, 고맙습니다."

무사시는 그 말밖에 할 수 없었다. 짚신과 웃옷을 벗는 것조차 귀찮을 정도로 취기가 돌았다.

"그럼 신세를 지겠습니다."

그는 말을 채 다 하기도 전에 바이켄의 아내와 아기가 누워 있던 이불 속으로 파고들었다. 이불 속에는 모자의 온기가 아직 남아 있었다. 그러나 무사시의 몸은 그것보다도 뜨거웠다. 안쪽 경계에 서서 그 모습을 가만히 지켜보던 그의 아내가 조용히 말했다.

"편히 주무세요."

그녀는 등불을 끄고 안으로 들어갔다. 두개골을 쇠줄로 조이는 것처럼 심한 취기가 올라왔다. 관자놀이가 지끈거릴 만큼 머리가 울렸다.

'이상하군. 어쩌다가 오늘 밤 이렇게 과음한 것일까?'

무사시는 괴로운 나머지 가볍게 후회를 했다. 바이켄이 자꾸 권했기 때문이 아닌가 생각했다. 그런데 사람을 사람 같지 않게 여기던 바이켄이 갑자기 술을 더 구해 오고, 그 무뚝뚝한 아낙이 친절하게 따뜻한 잠자리를 양보했다.

'왜 갑자기 태도가 바뀐 것일까?'

무사시는 불현듯 의심쩍은 생각이 들었지만 생각을 정리하기도 전에 정신이 몽롱해지더니 눈꺼풀이 무거워졌다. 그는 숨을 두 번 정도 크게 쉬고는 이불자락을 눈 밑까지 잡아당겨서 덮었다. 이번에는 약간 한기가 드는 듯했다. 타다 남은 화로의 장작이 가끔 작은 불꽃을 일으키며 무사시의 이마에서 일렁였다. 이윽고 깊은 잠에 빠진 숨소리가 들렸다.

"……."

하얀 얼굴이 그때까지 안쪽의 경계에 서 있었다. 바이켄의 아내였다. 그녀는 남편이 있는 방으로 발소리를 죽인 채 들어갔다.

무사시는 꿈을 꾸고 있었다. 몇 번이나 똑같은 꿈의 단편들을 계속해서 꿨다. 어린 시절의 기억이 벌레처럼 꾸물꾸물 기어 나오더니 그의 머릿속을 도깨비불처럼 둥둥 떠다니며 환영을 그려 내고 있었다.

그는 꿈속에서 자장가를 들었다.

자장자장
자는 아기 귀엽고
깨서 우는 아기는 나쁘다네.
엄마를 울리니 나쁘다네.

그 자장가는 얼마 전 이곳에 들렀을 때, 남편이 없는 집을 지키던 바이켄의 아내가 아기에게 젖을 먹이면서 부르던 노래였다. 이세 지방의 사투리로 부르는 자장가가 무사시가 태어난 고향 미마사카에서 들려왔다.

갓난아이가 된 무사시는 서른 살 가량의 얼굴이 하얀 여인에게 안겨 있었다. 그 여인이 어머니라는 것은 금방 알 수 있었다. 어머니의 젖꼭지를 손으로 잡고서 어린 눈으로 그 하얀 얼굴을 올려다보고 있었다.

"엄마를 울리니 나쁘다네."

어머니는 자신을 어르면서 자장가를 부르고 있었다. 야윈 듯 온화한 어머니의 얼굴은 배꽃처럼 왠지 창백해 보였다. 긴 돌담에는 드문드문 이끼가 끼어 있었고 토담 위의 나뭇가지 끝에는 저녁놀이 걸려 있었으며 집 안에서 불빛이 새어 나오고 있었다. 어머니의 두 눈에서 눈물이 방울방울 흐르는데 아기인 무사시는 이상한 듯 그 눈물을 바라보고 있었다.

"나가! 친정으로 돌아가."

아버지 무니사이의 엄한 목소리가 집 안에서 들렸지만 모습은 보이
지 않았다. 어머니는 어쩔 줄 몰라 하며 긴 돌담을 끼고 달려가다 아
이다 강 가로 나와서는 눈물을 흘리며 강물 속으로 걸어 들어갔다.

'위험해요, 위험해요.'

무사시는 어머니에게 위험하다는 말을 하려고 품 안에서 몸부림을
쳤지만 그녀는 점점 깊은 강물 속으로 들어갔다. 그녀는 발버둥치는
아기를 꼭 끌어안더니 젖은 뺨을 아기의 뺨에 대고 속삭였다.

"다케조, 다케조. 너는 아버지의 아들이니, 나의 아들이니?"

그러자 강기슭 쪽에서 무니사이의 노한 음성이 들려왔다. 무사시의
어머니는 그 소리를 듣자 아이다 강의 강물 아래로 모습을 감추었다.
아기인 무사시는 강가 자갈밭에 내던져진 채로 달맞이꽃 속에서 자
지러지듯 울고 있었다.

"엉?"

무사시는 눈을 떴다. 꿈이라는 것을 깨닫자 그는 다시 눈을 감고 꿈
결 속으로 빠져들었다. 그런데 어머니인지 다른 사람인지, 꿈속 여인
의 얼굴이 무사시의 얼굴을 들여다보면서 깨우고 있었다. 그는 자신
을 낳아 준 어머니의 얼굴을 알지 못했다. 항상 어머니를 그리워했지
만 얼굴을 떠올릴 수가 없었다. 그저 다른 사람의 어머니 모습을 보면
서 자신의 어머니도 그런 모습이 아닐까 하고 생각할 뿐이었다.

'왜 어머니가 꿈에 나타났을까?'

　　　　　미야모토 무사시 3_불*의 장

술이 깼는지 정신이 온전히 돌아온 무사시가 천장을 바라보았다. 타다 남은 화로의 빨간 불빛이 까맣게 그을린 천장에서 일렁이고 있었다. 누워 있는 그의 얼굴 위쪽으로 바람개비가 허공에 매달려 있었다. 바이켄이 아기의 선물로 사 온 바람개비였다. 얼굴까지 덮고 있는 이불자락에서도 젖 냄새가 깊이 스며들어 있었다. 무사시는 그래서 죽은 어머니의 꿈을 꾸었구나 하고 생각했다. 그러고는 그리운 물건이라도 본 것처럼 넋을 잃고 바람개비를 바라보고 있었다.

한동안 깬 것도 아니고 잠든 것도 아닌 비몽사몽 중에 어렴풋이 눈을 뜨고 천장을 바라보고 있던 무사시는 공중에 매달려 있는 바람개비에서 불현듯 의아한 느낌을 받았다.

"웅?"

바람개비가 돌고 있었다. 본래 바람개비가 돌아가는 것은 전혀 이상할 것이 없었지만 무사시는 무슨 생각이 들었는지 이불 속에서 몸을 일으키면서 귀를 기울였다.

"흐음."

어디선가 살며시 문이 열리는 소리가 나더니 다시 문이 닫히면서 돌고 있던 바람개비가 멈췄다. 아까부터 사람들이 이 집 뒷문으로 계속 들락거리고 있었다. 발소리에 주의하면서 인기척이 나지 않도록 은밀히 움직이는 듯했다. 하지만 문을 열고 닫을 때 들어오는 미세한 바람이 주렴이 걸린 판자 사이를 지나 바람개비를 매달아 놓은 실을 흔들었고 대팻밥으로 만든 오색의 바람개비 날개가 나비처럼 돌다 멈추기를 반복했다.

들었던 머리를 다시 살짝 베개에 내려놓은 무사시는 가만히 집 안의 상황에 촉각을 곤두세웠다. 나뭇잎 한 장을 뒤집어쓰고 천지의 기상氣 象을 감지하는 곤충처럼 그는 온몸의 신경을 곤두세우고 있었다. 자신이 지금 어떤 위험 속에 처해 있는지 깨닫고 있던 그는 시시도 바이켄이 무엇 때문에 자신을 해치려고 하는지 그 이유를 알 수 없었다.

'도적의 집인가?'

처음에는 그렇게 생각했다. 그러나 도적이라면 상대의 행색과 가지고 있는 물건을 가늠할 수 있었을 것이었다. 자신에게는 그들이 탐할 만한 물건이 아무것도 없었다.

'원한일까?'

그것도 아닌 듯했다. 결국 무사시는 합당한 이유를 찾아내지 못했다. 그러나 시시각각 자신의 생명을 노리는 위험이 다가오고 있다는 것은 느낄 수 있었다. 이대로 그 위험이 다가오는 것을 기다리는 쪽이 좋을지, 아니면 선수를 치는 쪽이 좋을지, 당장 둘 중 하나를 선택해야 할 만큼 위험이 눈앞까지 와 있는 듯했다. 무사시는 토방 아래로 손을 뻗어 손끝으로 짚신을 더듬어 찾은 후에 이불 속에서 한 짝씩 신었다.

갑자기 바람개비가 세차게 돌기 시작했다. 명멸하는 화로의 빛을 받아서 마법의 꽃처럼 빙글빙글 돌고 있었다. 발소리가 집 안팎에서 또렷하게 들렸다. 침입자들은 은밀히 무사시의 잠자리를 둘러싸고 포위

망을 만들었다. 주렴 밑으로 불쑥 두 눈이 나타났다. 한 명은 칼을 뽑아 든 채 무릎으로 기어 오고 있었고 다른 한 명은 창을 들고 벽에 붙어서 이불 끝자락으로 돌아갔다.

"……."

두 사내가 숨소리를 가늠하려는지 무사시가 덮고 있는 이불을 보고 있었다. 그때, 주렴 뒤에서 또 한 명의 사내가 들어오더니 우뚝 섰다. 시시도 바이켄이었다. 그는 왼손에는 쇄겸을 들고 오른손에는 철구를 쥐고 있었다. 세 사람은 기민하게 눈짓으로 신호를 보냈다. 무사시의 머리 쪽에 있던 자가 발로 베개를 걷어차자 이불 아래쪽에 있던 사내가 얼른 토방으로 뛰어내리며 창으로 이불을 겨누었다.

"일어나라! 무사시."

철구를 잡은 주먹을 뒤로 젖히면서 바이켄이 소리를 질렀다. 그러나 이불 속에선 아무 대답이 없었다. 쇄겸을 들고 다가가도 창으로 쿡쿡 찔러도 이불 속에서는 아무 움직임도 없었다. 자고 있어야 할 무사시는 이미 그곳에 없었다.

"없어졌다!"

창으로 이불을 제쳐 본 사내가 낭패가 깃든 얼굴로 주위를 둘러보며 외쳤다. 바이켄도 얼굴 앞에서 빙글빙글 돌고 있는 바람개비를 보고 그제야 알아차렸는지 토방으로 뛰어내리며 소리쳤다.

"어딘가 문이 열려 있을 거다."

한 사내가 눈치챘군, 하며 문밖으로 달려 나갔다. 작업장에서 토방을 따라 뒤편 부엌으로 통하는 바깥문이 석 자 정도 열려 있었다. 달밤처럼 문밖에는 서리가 내려 있었다. 그곳으로 불어 들어오는 차가운 바람 때문에 바람개비가 세차게 돌았던 것이다.

"이곳으로 도망쳤다."

"대체 문밖에 있던 놈들은 무엇을 한 것이냐?"

바이켄은 황급히 집 바깥을 둘러보며 고함을 쳤다.

"야! 이놈들아."

처마 밑이며 근처의 그늘에서 검은 그림자들이 꾸물꾸물 무릎으로 기어 나왔다.

"두목, 해치웠습니까?"

그들은 소리를 낮추어 물었다. 화가 치밀어 오른 바이켄이 소리쳤다.

"무슨 소릴 하는 거야? 네놈들은 뭣 때문에 거기서 숨어 있었던 게냐? 놈이 벌써 눈치채고 밖으로 달아났단 말이다."

"옛? 달아나다니, 언제 말입니까?"

"그걸 나한테 물으면 어떻게 하느냐!"

"이상한데."

"이 얼간이 같은 놈들."

바이켄은 옆에 있던 문짝을 걷어차며 집 안으로 들어가더니 어쩔 줄을 몰라 했다.

"스즈카를 넘든 쓰로 가는 길로 돌아가든 어차피 길은 두 곳밖에 없다. 아직 그렇게 멀리 못 갔을 테니 뒤를 쫓아라."

미야모토 무사시3_불火의 장

"어느 쪽으로 말입니까?"

"스즈카 쪽은 내가 맡을 테니 너희들은 아랫길로 빨리 가거라."

집의 안팎에 있던 자들이 모두 모이니 열 명 정도였다. 그중에는 총을 가지고 있는 자도 있었다. 행색은 제각각이었다. 총을 들고 있는 사내는 사냥꾼인 듯했고 칼을 차고 있는 자는 나무꾼임이 분명했다. 그 밖의 자들도 대체로 그런 계급이었는데 모두 시시도 바이켄의 명령대로 움직였다. 더구나 어딘지 흉악해 보이는 눈초리로 보아 바이켄도 그냥 평범한 대장장이라고는 생각되지 않았다.

"발견하거든 총을 쏘아 알려라. 그 소리를 들으면 모두 그곳으로 달려오너라."

그들은 두 패로 나뉘어서 무사시의 뒤를 쫓았다. 그러나 빠른 걸음으로 반 시각이나 쫓았지만 허탕을 치고 모두 맥이 빠진 채 느릿느릿 돌아왔다. 두목인 바이켄에게 야단을 맞을까 봐 두려워했던 것도 쓸데없는 걱정인 듯했다. 바이켄은 이미 다른 사람보다 먼저 돌아와 대장간의 토방에 걸터앉은 채 멍하니 고개를 숙이고 있었기 때문이었다.

"두목, 글렀습니다."

"참으로 안타깝습니다."

사내들이 위로하는 얼굴로 말하자 바이켄도 풀이 죽은 듯 대꾸했다.

"어쩔 수 없군."

바이켄은 치밀어 오르는 화를 풀려는 듯 장작개비를 움켜쥐더니 무릎에 대고 부러뜨리고는 화로에 남은 불씨를 긁어모은 후에 던져 넣었다.

"여보, 술 없나? 술이라도 내오게."

한밤중의 소란으로 잠에서 깬 젖먹이가 울어 댔다. 아내가 자리에 누운 채 술이 없다고 대답하자 사내 한 명이 자신의 집에 있는 것을 가지고 오겠다며 문밖으로 나갔다. 모두 가까운 곳에 살고 있는 모양인지 그는 금방 술을 가져왔다.

바이켄과 그 무리는 데우지도 않은 차가운 술을 잔에 따라 마시며 소 잃고 외양간 고치는 것에 지나지 않는 말들을 지껄였다.

"부아가 치밀어 못 견디겠군."

"애송이 녀석, 어디 두고 보자."

"목숨이 질긴 놈이군."

"두목, 화가 나더라도 진정하십시오. 밖에서 망보던 놈들이 실수한 겁니다."

그들은 두목을 취하게 만들어 먼저 재우려고 애를 썼다.

"나도 잘못했다."

바이켄은 단지 술이 쓴 듯한 표정을 지을 뿐 다른 사람들을 책망하지 않았다.

"그런 애송이 한 놈은 모두의 손을 빌리지 않고 나 혼자 해치웠으면 좋았을 것을. 하지만 사 년 전, 녀석이 열일곱 살 때에 우리 형님인 쓰지가제 덴마를 죽일 정도의 상대라고 생각하자 섣불리 손댈 수 없을 거라는 생각에 그만……."

"그런데 두목, 정말로 오늘 밤에 묵었던 그 무사 수행자가 사 년 전에 이부키의 오코네 뜸쑥집에 숨어 있던 녀석일까요?"

"돌아가신 형님이 이끌어 주신 것이다. 나도 처음에는 전혀 몰랐으니 말이야. 한두 잔 술을 마시는 동안 무슨 이야기가 나왔는데, 그 녀석은 내가 쓰지가제 덴마의 동생인 야스카와의 쓰지가제 고헤이라는 것을 전혀 몰랐는지 세키가하라 전투에 나갔었던 일이며, 그때는 다케조로 불렸는데 지금은 미야모토 무사시라고 부른다는 등 묻지도 않은 이야기를 지껄였거든. 나이나 생김새로 볼 때, 형님을 목검으로 때려 죽인 그 다케조가 틀림없었다."

"정말 분통이 터지는 일입니다."

"요즘은 세상이 너무 조용해져서 비록 형님이 살아 있더라도 나처럼 대장장이가 되거나 산적이 되는 것밖에는 먹고살 방법이 없겠지만, 이름도 없는 세키가하라 패잔병 녀석에게 목검으로 맞아 죽었다는 걸 생각할 때마다 가슴속에서 울화가 치밀어 올라서……."

"그때 다케조라는 애송이 말고 젊은 녀석이 또 한 놈 있었지요?"

"마타하치."

"맞다. 그 마타하치라는 녀석은 뜸쑥집의 오코와 아케미를 데리고 바로 그날 밤에 야반도주했는데, 지금쯤 어떻게 됐을까요?"

"형님은 오코에게 속아서 그렇게 죽고 말았지만, 앞으로 또 언제 어디서 오늘 밤처럼 오코와 만날지 모르니 너희들도 정신 차리거라."

술기운이 올라오는지 바이켄은 자리에 앉은 채 장작불을 향해 고개를 숙이고 졸고 있었다.

"두목, 누우시지요."

"그만 주무시는 게 좋겠습니다."

토방에 떨어져 있던 베개를 주워 머리맡에 대 주자 바이켄은 무사시가 빠져나간 이불 속으로 들어가더니 금세 코를 골며 잠이 들었다.

"돌아가세."

"가서 자세."

이들은 본래 전쟁 통에 도적질을 생업으로 하던 이부키의 쓰지가제 덴마나 야스카와의 쓰지가제 고헤이의 수하 노릇을 하던 자들이었다. 그러나 지금은 시대가 바뀌어 농사꾼이나 사냥꾼이 되었지만 예전의 습성은 버리지 못하고 있었다. 그들은 느릿느릿 대장간에서 나와 서리가 내린 이슥한 밤길로 흩어졌다.

한 차례 소동 이후, 아무 일도 없었다는 듯이 어두운 집 안에서는 잠자는 숨소리와 들쥐가 무언가를 갉는 듯한 소리만 들려올 뿐이었다. 가끔 안쪽에서 아직 잠들지 못한 젖먹이의 보채는 소리가 들렸지만 그것도 어느새 조용해졌다. 부엌과 작업장 사이에 장작을 쌓아 둔 토방 한구석, 초벽칠만 한 벽에는 도롱이와 삿갓 등이 걸려 있었고 그 옆에 있는 부뚜막 그늘에서 도롱이가 움직였다. 도롱이가 저 혼자 본래 걸려 있던 자리로 돌아가더니 벽 안에서 사람의 그림자가 빠져나왔다. 바닥에 멈추어 선 그것은 무사시였다. 그는 이 집에서 한 발자국도 밖으로 나가지 않았다. 이불 속에서 빠져나오자마자 그곳의 덧문을 열어 놓고는 도롱이를 뒤집어쓰고 장작더미 속에 몸을 숨기고 있었던 것이다. 그는 조용히 토방으로 걸어 나왔다.

"……."

숨소리를 들으니 시시도 바이켄은 꿈속에서 노닐고 있는 듯했다. 그의 코 고는 소리는 보통 사람과는 비교가 되지 않을 만큼 컸다. 무사시는 어둠 속에서 자기도 모르게 쓴웃음을 지었다. 그는 바이켄의 코 고는 소리를 들으면서 생각했다.

'시시도 바이켄과의 시합은 이미 내가 이겼다. 완전한 승리다.'

그런데 아까 들은 이야기에서 시시도 바이켄이라는 이름은 나중에 개명한 것이고 그 전에는 야스카와의 쓰지가제 고헤이로 불렸다고 했다. 그리고 무사시가 목검으로 때려 죽인 쓰지가제 덴마와 형제 사이로, 오늘 밤에 무사시를 죽여서 형의 원혼을 위로하겠다는 도적치고는 기특한 마음을 가지고 있었다. 때문에 무사시가 바이켄을 살려 둔다면 이후에도 기회가 있을 때마다 그를 죽이려고 할 것이었다. 그는 일신의 안전을 위해서 바이켄을 죽여 버리는 것이 옳았지만 과연 죽일 만큼 가치가 있는지 한동안 생각에 잠겼다.

"……."

마침내 결심이 섰는지 무사시는 자고 있는 바이켄의 발밑 쪽으로 돌아가서 벽에 걸려 있는 쇄겸 한 자루를 손에 쥐었다. 바이켄은 잠에서 깨지 않았다. 무사시가 그의 얼굴을 엿보며 낫의 날을 손톱으로 끄집

바람개비

어내자 시퍼런 갈고리 형태의 날이 모습을 드러냈다. 무사시는 그 시퍼런 날에 물에 적신 종이를 말아서 바이켄의 목덜미에 살며시 걸쳐 놓았다.

'됐다!'

공중에 매달려 있는 바람개비도 깊은 잠에 빠져 있었다. 만약 낫날을 물에 적신 종이로 말아 두지 않았다면 그의 목은 내일 아침에 베개 밑으로 굴러떨어져 있을 것이었다. 쓰지가제 덴마를 죽인 것은 그만한 이유가 있었고 전쟁 통에 불타올랐던 무사시의 혈기가 벌인 소치이기도 했다. 그러나 시시도 바이켄의 생명을 빼앗는 것은 아무런 득도 없는 일이었다. 뿐만 아니라 젖먹이가 자신을 아버지의 원수로 여기게 되어 언젠가 바람개비가 돌 듯, 그 인과가 자신에게 돌아올 것은 불을 보듯 뻔했다.

그렇지 않아도 무사시는 오늘 밤에 웬일인지 돌아가신 부모님 생각이 자꾸 머릿속을 맴돌고 있었다. 바이켄의 가족들이 잠들어 있는 어두운 집 안에 감도는 달콤한 젖 냄새가 어쩐지 부러워진 그는 이곳을 떠나고 싶지 않다는 생각마저 들었다.

'신세를 졌소이다. 그럼, 아침까지 안녕히 주무시오.'

무사시는 마음속으로 인사한 후, 덧문을 살짝 열고 나왔다. 그러고는 그길로 아직 날이 새지 않은 어두운 밤길을 재촉하며 집에서 멀어졌다.

우연한
위험

　　　　　여행의 처음 며칠 동안은 피곤한 줄도 모
르고 기분도 상쾌했다. 어젯밤 느지막하게 세키關의 오이와케追分에서
묵은 오츠와 조타로는 오늘 아침에도 새벽안개가 자욱할 무렵, 후데스
데筆捨 산에서 욘켄四軒 찻집에 당도했다. 그들은 등 뒤로 떠오르는 장엄
한 태양을 돌아보며 발길을 멈췄다.

"아름답구나."

　오츠의 얼굴도 붉게 물들어 아름답게 빛났다. 아니, 살아 있는 모든
생명이 충실감과 자부심 가득한 모습으로 지상을 물들이고 있었다.

"오츠 님, 아직 아무도 올라오지 않았어요. 오늘 아침에는 우리가 이
길을 제일 먼저 걸어가고 있나 봐요."

"엉뚱하긴. 길이란 먼저 지나든 나중에 지나든 똑같은 거 아닌가
요?"

"달라요."

"그럼, 먼저 지나가면 십 리 길이 칠 리가 되나요?"

"그런 게 아니라 같은 길이라도 말의 뒤꽁무니나 부랑자의 뒤에서 가는 것보다 맨 처음에 가는 게 기분 좋잖아요."

"그건 그렇지만 조타로처럼 뽐내며 자랑하는 건 좀 이상한 것 같아요."

"아무도 지나가지 않은 길을 걷고 있으면 내 땅을 걷는 듯한 기분이 들거든요."

"자, 내가 앞에서 안내할 테니 어디 마음껏 뽐내며 가세요."

오츠는 길에 떨어진 대나무를 줍더니 노래를 부르듯 놀려 댔다.

"길을 비켜라. 길을 비켜라."

문을 닫은 줄로만 생각했던 욘켄 찻집에서 사람이 불쑥 얼굴을 내밀자 오츠는 얼굴을 빨개져서 뛰어갔다.

"어머! 어떡해."

"오츠 님, 오츠 님."

조타로는 그녀를 따라가면서 놀렸다.

"영주를 버리고 도망가면 벌을 받아요."

"이제 장난은 그만."

"자기가 먼저 장난칠 때는 언제고."

"조타로의 꾐에 넘어가서 그런 거잖아요. 어머, 찻집 사람이 아직도 이쪽을 보고 있네. 아마 미쳤다고 생각할 거야."

"저기로 되돌아가요."

"뭐 하러?"

"배가 고파요."

"어머, 벌써?"

"여기서 점심으로 주먹밥을 반만 먹고 가요."

"아직 이 리도 못 왔는데 또요? 조타로는 하루에 다섯 끼는 먹는 거 같아."

"그 대신 난 오츠 님처럼 가마를 타거나 말을 빌려 타지 않잖아요."

"어제는 세키에서 묵으려고 저녁 때 무리해서 길을 재촉하느라 그랬죠. 그럼 오늘은 타지 않을 게요."

"오늘은 내가 탈 차례예요."

"아직 어린애인데 무슨 말을 타요?"

"말 타고 싶어요. 괜찮죠?"

"오늘만이에요."

"욘켄 찻집에 삯말이 있으니까 그걸 빌려 와야지."

"아직, 안 돼요."

"거짓말한 거예요?"

"피곤하지도 않으면서 말을 타는 건 안 돼요."

"그렇게 친다면 나는 매일 천 리를 걸어도 피곤하지 않으니 말을 탈 날은 오지도 않을 거예요. 사람이 많이 지나다니면 위험하니까 지금 태워 줘요."

조타로는 여기서 말씨름만 하다가는 아침 일찍 길을 떠난 보람이 없을 것만 같았다. 그는 오츠가 고개를 끄덕이기도 전에 지나온 욘켄 찻집을 향해 신이 나서 뛰어갔다.

욘켄 찻집은 말 그대로 네 번째 찻집을 가리키는 이름인데, 그것은 처마가 나란히 늘어서서 그런 것이 아니라 후데스데, 구쓰카케齒掛 등의 산 고개에 있는 네 개의 찻집을 합쳐서 그렇게 부르는 것이었다.

"아저씨."

조타로가 찻집 앞에서 소리를 질렀다.

"말 내주세요!"

이제 막 문을 연 찻집 주인이 떨떠름한 표정으로 바라보며 말했다.

"왜 이리 큰 소리로 떠들어 대느냐?"

"말요, 빨리 말을 내주세요. 미나구치水口까지 얼마예요? 싸면 구사쓰까지 탈 수도 있어요."

"넌 어디 애냐?"

"사람 아들요."

"난 천둥이라도 치는 줄 알았구나."

"마른하늘에 무슨 천둥이에요."

"그놈 참, 입버릇하곤."

"말을 내주세요."

"저 말이 삯말로 보이느냐? 저건 삯말이 아니니 내줄 수가 없구나."

"'내줄 수가 없구나'라고요?"

"이놈! 어른의 말투를 흉내 내다니."

만두를 찌고 있던 찻집 주인이 조타로를 향해 부뚜막 아래에서 불이 붙은 장작을 내던졌지만 잘못 날아가 처마 밑에 매어 둔 늙은 말의 다리에 맞고 말았다. 눈썹이 하얗게 샌 늙은 말은 오랜만에 깜짝 놀란 것처럼 울부짖으며 날뛰었다. 태어나서 여태까지 매일처럼 사람들의 손에 고삐가 붙잡혀 쌀섬이나 된장 같은 짐을 짊어지고 고개를 넘어 다니면서도 불평도 하지 않는 말이었다.

"이 녀석."

말을 혼내는 건지 조타로를 꾸짖는 건지 분간이 되지 않았다. 놀라서 화들짝 뛰쳐나온 찻집 주인이 말고삐를 풀어서 집 옆에 있는 나무로 데려가려고 했다.

"아저씨, 빌려 주세요."

"안 된다니까."

"뭐가 안 돼요?"

"마부가 없어서 안 돼."

어느새 곁에 와 있던 오츠가 마부가 없으면 삯은 먼저 지불하고 말은 미나구치에서 이쪽으로 오는 나그네나 마부를 통해 돌려보내 주겠다고 말했다. 주인은 그녀의 말씨에 믿음이 갔는지 미나구치의 숙소나 구사쓰까지도 상관없으니 말은 이곳으로 오는 사람에게 부탁하라고 하고는 말고삐를 그녀에게 넘겨주었다. 그것을 본 조타로가 혀를 차며 말했다.

"내 말은 대놓고 무시하더니, 예쁜 여자에게는 사족을 못 쓰네."

"조타로, 말이 듣고 있는데 아저씨께 못되게 굴면 화가 나서 도중에 떨어뜨릴지도 몰라."

"이런 늙어 빠진 말에서 떨어질 성싶어요?"

"탈 수 있을까?"

"탈 수 있어요. 단지 키가 닿지 않지만……."

"그렇게 말 궁둥이를 붙잡으면 안 돼요!"

"그럼, 안아서 태워 줘요."

"응석꾸러기."

오츠가 양손을 겨드랑이에 넣고 들어서 말 등에 태워 주자 조타로는 의기양양한 눈빛으로 아래를 내려다보며 말했다.

"오츠 님, 그만 가십시다."

"자세가 위험해요."

"괜찮아요."

"자, 그럼 출발합니다."

"아저씨, 그럼 이만."

오츠는 말고삐를 잡고 찻집 주인을 돌아보며 인사를 했다. 그런데 두 사람이 백 걸음도 채 못 갔을 때, 아침 안개 속에서 큰 소리로 부르며 급히 뒤쫓아 오는 소리가 들려왔다.

"누구지?"

"우리를 보고 말하는 걸까?"

말을 세우고 뒤돌아보니 하얀 안개 속에서 누군가 다가오고 있는 것이 보였다. 마침내 그는 형체와 피부색, 나이까지 가늠할 수 있을 거리까지 다가왔다. 등에 긴 칼을 둘러메고 앞에는 쇄겸을 차고 있는 눈이 험상궂은 사내였는데, 그가 몸을 움직일 때마다 세찬 바람이 불어오는 듯했다. 아마 지금이 밤이었다면 오츠와 조타로는 그가 가까이 오기도 전에 벌써 도망쳤을 것이다. 그 사내가 불쑥 오츠 옆으로 와서 발을 멈추더니 그녀가 쥐고 있던 말고삐를 빼앗아 들었다.

"내려라!"

그는 조타로에게 명령했다. 늙은 말이 놀라서 뒷걸음치자 조타로는 말갈기에 꼭 달라붙으며 소리쳤다.

"뭐, 뭐야! 무슨 짓이냐? 이 말은 우리가 빌린 거라고."

"시끄럽다."

쇄겸을 든 사내는 들은 체도 하지 않았다.

"거기."

"네."

"나는 세키슈구^{關宿}에서 조금 들어간 운림원 촌에 사는 시시도 바이켄이다. 사정이 있어서 오늘 새벽녘에 이 길로 도망친 미야모토 무사시라는 자를 쫓아왔다. 필시 그자는 이미 미나구치를 넘었을 것이 분명한데, 고슈규치의 야스카와 부근에서 반드시 그자를 잡아야 한다. 그러니 내게 말을 양보해라."

그는 숨을 헐떡이며 빠르게 지껄여 댔다. 아지랑이가 나뭇가지 끝에

걸려 얼음꽃이 될 정도로 추운데도 바이켄의 목덜미는 파충류의 피
부처럼 땀으로 번질거렸고 굵은 핏줄이 돋아 있었다. 반면에 오츠는
온몸의 피가 땅 속으로 빨려 들어가는 것처럼 그 자리에 우뚝 서고 말
았다. 순식간에 얼굴이 창백해졌다. 그녀는 다시 한 번 사내에게 물으
려고 입을 떼려다가 급히 다물었다.

"무, 무사시라고?"

조타로는 말 위에서 한마디 말하고는 말갈기에 꼭 달라붙은 채 팔다
리를 후들후들 떨고 있었다. 짧은 순간이지만 예사롭지 않은 두 사람
의 반응은 길을 서두르며 초조해하는 바이켄의 눈에는 들어오지 않
는 듯했다.

"꼬마야, 어서 내리거라. 꾸물거리면 끌어 내릴 테다."

말고삐를 채찍처럼 휘두르며 위협하자 조타로는 머리를 세차게 흔
들며 소리쳤다.

"싫다!"

"싫다고?"

"내 말이다. 이 말로 사람을 쫓아가려 하다니 그렇게는 안 돼."

"여자와 아이여서 내 사정을 말해 주었거늘 꼬마 녀석이 버릇장머
리가 없구나. 혼이 좀 나야겠군."

조타로는 바이켄의 머리 너머로 오츠를 불렀다.

"오츠 님, 이 말은 내줄 수 없죠? 내주면 안 되죠?"

오츠는 조타로가 기특하다고 칭찬해 주고 싶었다. 말을 내주는 것은

고사하고 이 사람도 빨리 보내서는 안 된다고 생각했다.

"당신이 얼마나 바쁘신지 모르겠지만 저희들도 길을 재촉해야 하는 사정이 있습니다. 조금 더 가면 고개에 좋은 말과 가마가 얼마든지 있을 겁니다. 사람이 타고 있는 것을 빼앗아 자신이 타고 간다는 건, 지금 저 아이가 말했듯이 도리가 아닙니다. 그렇게는 할 수 없습니다."

"나도 안 내려. 죽어도 이 말은 줄 수 없어."

오츠와 조타로는 일치단결해서 단호하게 바이켄의 요구를 거절했다. 두 사람이 의외로 단호한 태도를 보이자 바이켄은 다소 놀란 듯했지만 본래 그런 반항쯤은 대수롭게 않게 여기는 사람이었다.

"절대로 말을 양보할 수 없단 말이냐?"

"당연하지!"

조타로는 어른 말투를 흉내 내며 말했다.

"이놈이!"

바이켄이 어른답지 않게 버럭 고함을 지른 것도 무리는 아니었다. 그는 말 등으로 뛰어오르며 말갈기에 매달려 있는 조타로의 한쪽 다리를 움켜쥐더니 내던지려고 했다. 조타로는 허리에 찬 목검을 이런 때 사용해야 함에도 까맣게 잊어버리고 있었다. 자신보다 힘이 센 적에게 발목이 잡힌 그는 몸이 거꾸로 뒤집어진 채 버둥거렸다.

"나쁜 놈, 퉤!"

조타로는 바이켄의 얼굴을 향해 연신 침을 뱉으며 소리쳤다. 살다 보면 언제 어디서 봉변이 닥칠지 모른다. 조금 전에 일출을 바라보며 삶의 환희를 느끼던 한 생명이 지금은 암흑 같은 전율에 휩싸여 있었다. 오츠는 이런 곳에서, 저런 사내에게 맞아 다치고 싶지 않았다. 하물며 죽는 것은 더욱 싫었다. 두려움으로 입안이 바싹바싹 말랐다.

그러나 바이켄에게 사과하며 말을 건넬 마음도 전혀 일지 않았다. 그의 흉포한 살의는 앞서 간 무사시를 향한 것이었다. 큰 위험이 무사시의 뒤를 쫓고 있음에 틀림없었다. 이 사내를 여기서 조금이라도 지체시키면 무사시는 그만큼 위험을 모면할 수 있다. 설령 그것이 같은 길 위에 있는 자신과 무사시와의 거리를 더 멀어지게 하더라도 결코 이 사내에게 말을 내주면 안 된다고 입술을 깨물며 생각했다.

"무슨 짓이에요!"

오츠는 자신의 용기와 무모함에 놀라면서 바이켄의 가슴을 힘껏 떠밀었다. 약하다고 생각했던 여자의 강한 힘에 얼굴에 묻은 침을 닦고 있던 바이켄도 잠시 움찔했다. 때때로 여자의 담력은 남자의 의표를 찌르기도 한다.

어느새 오츠의 손이 바이켄이 허리에 차고 있던 칼자루를 쥐고 있었다.

"이년!"

바이켄이 고함을 지르며 오츠를 제압하려고 그녀의 손목을 붙잡은 순간, 바이켄의 오른손 새끼손가락과 약지가 잘려 나가더니 피를 튀기며 땅으로 떨어졌다. 이미 칼집에서 빠져나오던 시퍼런 칼날을 그가 손으로 붙잡았던 것이었다.

"아, 악!"

바이켄이 손을 감싼 채 말에서 뛰어내리자 그가 등에 멘 칼의 자루를 잡고 있던 오츠의 손에 저절로 시퍼런 칼이 쥐어지게 되었다. 이것은 시시도 바이켄에게 있어 어젯밤의 실수를 훨씬 뛰어넘는 치명적인 것이었다. 애초에 여자와 아이라고 얕잡아 보고 덤빈 것이 큰 화근이었다.

자신의 실수를 깨닫고 자세를 가다듬으려는 순간, 이제 아무것도 무서울 게 없는 오츠가 그의 옆구리를 향해 손에 쥔 칼을 휘둘렀다. 그러나 삼 척이나 되는 칼은 사람의 몸통을 베는 두꺼운 강철로 된 것으로 남자도 쉽게 휘두를 수 있는 게 아니었다.

바이켄이 몸을 돌려 피하자 오츠가 휘두른 칼은 허공을 갈랐고, 칼의 원심력을 이기지 못한 오츠는 중심을 잃고 비틀거렸다. 쿵 하고 나무를 친 듯한 충격이 팔에 전해져 오자 그녀는 눈앞이 아득해졌다. 그녀는 그만 조타로가 꼭 달라붙어 있는 말의 엉덩이를 칼로 찌르고 말았다.

늙은 말은 잘 놀라는 습성이 있었다. 말은 칼에 그다지 깊게 찔린 것은 아니었지만 비명에 가까운 울음을 울어 댔고 엉덩이에 난 상처에서 피를 흩뿌리며 사납게 날뛰었다.

바이켄은 의미를 알 수 없는 고함을 지르며 자신의 칼을 빼앗기 위해 오츠의 손목을 잡으려고 했다. 그런데 미친 듯 날뛰던 말이 두 사람을 튕겨 내고는 뒷발을 곤두세우고 콧잔등을 씰룩거리더니 바람을 일으키며 쏜살같이 내달리기 시작했다.

"앗! 야, 이놈!"

바이켄은 먼지를 일으키며 달아나는 말을 잡으려다 앞으로 고꾸라졌다. 말을 붙잡기에는 이미 늦었다. 그는 핏발이 선 눈으로 오츠가 있는 쪽을 돌아다봤지만 어찌된 일인지 그녀의 모습도 보이지 않았다.

"아니?"

바이켄은 분노로 온몸에 파란 힘줄이 불거졌다. 살펴보니 자신의 칼이 길옆 붉은 소나무 둥치에 떨어져 있었다. 얼른 칼을 집어 들고 그곳을 살펴보니 나지막한 벼랑 아래에 어느 농가의 초가지붕이 보였다. 말에 튕겨져 나갔을 때 오츠가 그곳으로 굴러떨어진 것 같았다. 바이켄은 그제야 그녀가 무사시와 무슨 관계가 있는 것이 틀림없다고 생각했다. 무사시를 뒤쫓는 일도 급했지만 여자를 내버려 두고 갈 수도 없었다. 그는 언덕을 뛰어 내려갔다.

"어디로 갔지?"

바이켄은 중얼거리면서 농가 주위를 큰 걸음으로 돌아다니며 오츠를 찾았다.

"대체 어디로 사라진 거야?"

그는 미친 사람처럼 마루 밑을 들여다보고 헛간의 문을 열어젖히는 등 수선을 피우며 오츠를 찾았다. 허리가 구부러진 농가의 노인이 그의 모습을 물레바퀴 너머에서 두려운 눈길로 바라보고 있었다.

"아! 저기 있다."

마침내 오츠를 발견했다. 노송들이 늘어선 계곡 골짜기에는 아직 눈

미야모토 무사시 3_불火의 장

이 남아 있었다. 그녀는 그 계곡을 항해 경사진 노송나무 숲을 꿩처럼 달려 내려가고 있었다.

"게 섰거라!"

바이켄이 위에서 고함을 치자 오츠는 자신도 모르게 뒤를 돌아다보았다. 그는 빠른 속도로 오츠의 뒤를 따라잡고 있었다. 그는 주워 든 칼을 오른손에 들고 있었지만 그것으로 오츠를 베어 버릴 심사는 아니었다. 그녀를 미끼로 삼거나 무사시의 행선지를 알 수 있을 거라고 생각했던 것이다.

"요년."

왼손을 뻗자 손끝에 오츠의 검은 머리카락이 닿았다. 오츠는 몸을 움츠리며 나무 밑동에 들러붙었다. 그 순간, 발이 미끄러진 오츠는 벼랑 아래로 떨어지는 듯하더니 간신히 무언가를 붙잡고 매달렸다. 그녀의 몸은 진자처럼 세차게 좌우로 흔들리고 있었다. 얼굴과 가슴 쪽으로 흙과 잔돌이 쏟아져 내렸다. 바이켄의 커다란 눈과 시퍼런 칼날이 위에서 내려다보고 있었다.

"도망칠 수 있을 성싶더냐? 그 아래는 강이 흐르는 절벽이다."

힐끗 내려다보니 몇 길이나 되는 아래로 흐르는 새파란 강물이 잔설 사이로 보였다. 오츠는 두려움에 앞서 구원의 손길을 발견한 듯싶었다. 그녀는 몸을 허공에 내던질 때를 가늠하며 죽음을 생각했다. 그러자 그녀의 머릿속에는 죽음에 대한 공포보다 '무사시가 어디에 있을까?' 하는 생각이 먼저 떠올랐다. 자신의 모든 기억과 상상이 어우러지더니 폭풍우가 몰아치는 하늘가의 달처럼 무사시의 모습이 눈앞에 떠올랐다.

"두목, 두목!"

어디선가 자신을 부르는 소리가 계곡에 메아리치자 바이켄이 눈을 들어 뒤를 돌아다보았다. 절벽 위에 두세 명의 사내들이 보였다.

"두목!"

그들은 큰 소리로 바이켄을 부르고 있었다.

"뭘 하고 계십니까? 빨리 오십시오. 방금 욘켄 찻집 주인에게 물었더니 날이 밝기 전에 거기서 도시락을 사서 고카甲賀 계곡 쪽으로 뛰어간 무사가 있었다고 합니다."

"고카 계곡 쪽으로?"

"네. 고카 계곡으로 빠지든지 쓰지土 산을 넘어 미나구치로 나간다 해도 이시베石部의 주막까지 가는 길은 하나입니다. 빨리 야스카와로 가서 기다리고 있으면 분명 놈을 잡을 수 있을 겁니다."

바이켄은 먼 곳에서 그들이 하는 소리를 흘려들으며 자신의 눈 아래에 있는 오츠를 노려보고 있었다.

"너희들도 잠시 이리 내려오너라."

"내려오라고요?"

"빨리."

"우물쭈물하고 있는 사이에 무사시 놈이 야스카와를 통과하면……"

"글쎄, 내려와."

"네."

그들은 어젯밤 바이켄과 함께 헛수고를 한 자들이었다. 산길에는 익숙한 듯 멧돼지처럼 비탈을 곧장 뛰어 내려온 그들은 그제야 오츠의 모습을 보고는 서로 눈을 마주쳤다. 바이켄은 재빨리 상황을 설명하고 세 명에게 오츠를 맡기면서 나중에 야스카와로 끌고 오라고 명령했다. 부하들은 고개를 숙이고 있는 그녀의 창백한 옆얼굴을 음탕한 눈으로 힐끔거리면서 밧줄로 그녀의 몸을 묶었다.

"너희들도 늦지 않게 오너라."

말을 끝낸 바이켄은 원숭이처럼 산허리를 가로질러 고카 계곡을 내려갔다. 그리고 멀리 보이는 맞은편 벼랑을 돌아다보며 손을 입에 대고 소리쳤다.

"야스카와에서 합류하는 것이다. 나는 지름길로 갈 테니 너희들은 큰길 쪽을 유심히 살피면서 가거라."

맞은편에서도 부하가 외쳤다.

"알겠습니다."

메아리가 되돌아오자 바이켄은 눈이 듬성듬성 남아 있는 계곡의 바위를 훌쩍훌쩍 뛰어 넘더니 이윽고 시야에서 사라졌다.

아무리 늙어 빠진 말이라 해도 미친 듯 날뛰기 시작하자 좀처럼 멈춰 세울 수가 없었다. 더군다나 말을 타고 있는 것은 바로 조타로였다. 꽁무니에 불이 붙은 것처럼 엉덩이가 피로 붉게 물든 말은 뒤도 돌아보지 않고 내달려 팔백팔곡八百八谷이라고 하는 스즈카의 산마루를 순식간에 돌파했다. 그러고는 가니蟹 고개를 지나 쓰지 산의 역참과 마쓰오松尾 촌에서 누노비키布引 산기슭을 옆으로 바라보며 내달렸다. 말은 마치 일진광풍처럼 멈출 줄을 몰랐다. 하지만 조타로는 용하게 도 말 위에서 떨어지지 않았다.

"위험해요, 위험해!"

조타로는 눈을 질끈 감고 주문을 외듯 그렇게 외치며 말의 목덜미를 끌어안고 있었다. 말이 내달릴 때 그의 몸이 위아래로 요동치는 모습은 그 자신보다 오히려 그 모습을 바라보는 사람들이 간이 콩알만 해질 정 도로 더 위험하게 느껴졌다. 그는 말을 타는 방법은 물론이고 애당초 말에서 내리는 법은커녕 말을 멈추게 하는 방법 역시 알지 못했다.

"위험해요, 위험해!"

예전부터 '말을 한번 타 보고 싶다, 말을 타고 마음껏 달려 보고 싶 다' 하고 오츠를 졸라 대던 조타로는 마침내 오늘에서야 그 소원을 이 루었다. 그러나 그는 점점 울먹이는 소리를 내기 시작하더니 주문처 럼 내지르던 소리도 어느새 울음소리로 변하고 말았다.

길 위로 오가는 사람들이 하나둘 보이기 시작했다. 그러나 누구도 자신이 다치는 걸 원치 않는지 맹렬히 질주하는 말을 막으려고 하는 사람이 없었다.

"저건 뭐지?"

"아이쿠."

사람들은 그 광경을 뻔히 지켜보거나 길옆으로 몸을 피하며 달리는 말의 뒤에다 대고 욕지거리를 퍼붓기만 했다. 눈 깜짝할 사이에 미쿠모 三雲 천과 나쓰미夏身의 역참을 돌파했다. 근두운을 탄 손오공이라면 이 부근부터 이마에 손 그늘을 만들어 이가와 고카의 봉우리와 계곡 들의 아침 풍광을 내려다보고, 누노비키 산과 요코타橫田 강의 절경에 감탄하면서 저 멀리 한 조각 맑은 거울인지 상서로운 구름인지 착각할 만큼 아름다운 비와琵琶 호수를 조망했을 것이다. 하지만 조타로는 한눈팔 여유가 전혀 없었다.

"세워 줘! 세워 주세요!"

'위험해요, 위험해'가 어느 사이에 '세워 줘'로 바뀌어 있었다. 그러다가 고지忰子 언덕의 급경사 위에 다다르자 조타로의 외침은 다시 '살려 줘'로 바뀌었다. 급격한 비탈길을 달려 내려가는 말 위에서 고무공처럼 요동치는 조타로의 몸은 마침내는 땅바닥에 내동댕이쳐질 것이 불을 보듯 뻔했다.

그런데 언덕의 칠 부 능선 부근에 있는 벼랑 옆에 푸조나무인지 떡갈나무인지 모를 거목의 나뭇가지가 길을 막아서듯 뻗어 나와 있었다. 자신의 기도가 하늘에 닿아 구원의 손길을 내준 거라 생각한 조타로는 그 나뭇가지가 눈앞에 나타난 순간, 개구리처럼 말 등에서 튀어 올라 가지에 덥석 매달렸다. 말은 몸이 가벼워지자 한층 기세를 올리며 언덕 밑으로 곧장 내달렸고 조타로는 양손으로 나뭇가지를 부여잡은 채 공중에 대롱대롱 매달려 있었다. 공중이라고는 하지만 땅에서 불과 열 자도 되지 않는 높이라서 손을 놓으면 손쉽게 땅으로 내려올 수 있었다. 그러나 조타로는 떨어지면 당장 죽기라도 하듯 발을 버둥거리며 가지를 잡은 손에 힘이 빠질라치면 다시 손을 바꿔 가며 죽을힘을 다해 매달려 있었다.

마침내 딱 하고 나뭇가지가 부러지는 소리가 들리자 조타로는 '이젠 죽는구나' 하고 생각했다. 그런데 어느 순간 그의 몸이 땅 위로 폴짝 내려오더니 그대로 주저앉아 있었다. 그는 한순간 눈만 말똥말똥 뜨고 있었다.

"휴우."

말은 이미 보이지 않았다. 눈앞에 있더라도 두 번 다시 탈 마음이 없었다. 조타로는 잠시 멍하니 앉아 있더니 갑자기 벌떡 일어서서 두리번거렸다.

"오츠 님?"

언덕 위를 향해서 오츠를 불렀다.

"오츠 님!"

급히 뒤돌아서 길을 뛰어가던 조타로가 목검을 움켜쥐었다.

"오츠 님은 어떻게 됐을까? 오츠 님!"

때마침 고지 언덕 위에서 삿갓을 쓴 사람이 내려오고 있었다. 그는 겉옷은 입지 않고 오배자로 물들인 윗옷에 가죽 바지를 입고 짚신을 신었고 칼도 차고 있었다.

"꼬마야."

사내는 지나쳐 가는 조타로를 보고는 손을 들어 부르더니 발끝부터 찬찬히 훑어보며 물었다.

"무슨 일이 있느냐?"

조타로는 뒤돌아서서 그에게 다가가서 물었다.

"아저씨, 저쪽에서 오셨죠?"

"그래."

"스무 살쯤 되어 보이는 예쁜 여자 못 보셨어요?"

"봤다."

"네? 어디서요?"

"요 앞, 나쓰미 역참에서 젊은 여자를 묶어서 끌고 가는 사내들이 있었다. 나도 의심쩍게 여겼지만 물어볼 수도 없고 해서 그냥 지나왔는데, 아마 스즈카 계곡으로 부락을 옮긴 쓰지가제 고헤이의 수하일 게다."

"그거다."

"잠깐, 기다리거라."

사내는 뛰어가려는 조타로를 다시 불러 세웠다.

"여자는 네 일행이냐?"

"네, 오츠라고 해요."

"자칫하면 네 목숨도 위험하다. 곧 그자들이 여기를 지나갈 것이니 나에게 자세히 이야기해 보거라. 좋은 방법을 가르쳐 줄 수도 있을지 모르니."

우연한 위험

조타로는 곧 사내를 믿고 아침부터의 경위를 상세히 이야기했다. 오배자로 물들인 옷을 입은 사내는 삿갓 속에서 몇 번 고개를 끄덕였다.

"그렇군. 잘 알았다. 시시도 바이켄이라고 이름을 바꾼 쓰지가제 고헤이의 부하를 상대로 너희 두 명이 아무리 발버둥을 쳐도 소용이 없을 것이다. 내가 오츠와 너를 그자들에게서 구해 주마."

"정말요?"

"허나 그리 쉽게 내주지 않을 것이다. 그때에는 내게 생각이 있으니까 너는 아무 소리도 내지 말고 저기 수풀 속으로 들어가 있거라."

조타로가 수풀에 몸을 숨기자 그 남자는 언덕 아래로 휘적휘적 가버렸다. 조타로는 구해 준다고 하고는 도망치는 게 아닐까 불안해져서 수풀 속에서 고개를 내밀었다. 그때 언덕 위에서 사람 목소리가 들리자 조타로는 얼른 고개를 다시 숙였다. 잠시 후, 오츠의 목소리가 들려왔고 양손을 뒤로 묶인 채로 세 명의 사내들에게 끌려오는 그녀의 모습도 보였다.

"뭘 두리번거리고 있는 게냐? 빨리 걸어라!"

"빨리 가자!"

한 사내가 오츠의 어깨를 찌르며 윽박질렀다. 그녀는 언덕길을 비틀거리며 걷고 있었다.

"일행을 찾는 거예요. 조타로는 어떻게 됐을까? 조타로!"

"시끄럽다."

오츠의 하얀 발에서 피가 흐르고 있었다. 조타로가 여기에 있다고 소리를 지르며 뛰어나가려는 순간, 조금 전의 무사가 삿갓은 어디에 벗어 두었는지 마치 큰일이라도 난 듯한 표정으로 언덕 아래에서 뛰어왔다.

"큰일 났다!"

삿갓을 벗은 무사는 얼굴은 거무스름했고 나이는 스물예닐곱 정도로 보였다. 사내 세 명도 그의 말을 들었는지 언덕 중간에서 발을 멈추고 스쳐 지나가는 그를 돌아보며 물었다.

"이봐, 와타나베渡邊의 조카 아닌가? 큰일이라니 대체 무슨 일인가?"

와타나베의 조카라고 하는 것을 보니 그 사내는 이 부근의 이가 계곡이나 고카 촌에서 존경을 받고 있는 닌자인 와타나베 한조渡邊半藏의 조카인 듯했다.

"아직 모르고 있었소?"

와타나베의 조카가 세 명에게 물었다.

"모르다니?"

세 명이 다가오자 와타나베의 조카는 손가락으로 언덕 아래를 가리키며 말했다.

"지금 고지 언덕 아래에서 미야모토 무사시라는 사내가 화가 잔뜩 나서 칼을 빼 들고 길 복판에 버티고 서서 지나가는 사람 전부 조사하고 있소."

"뭐, 무사시가?"

"내가 지나가자 내 앞으로 성큼성큼 다가와서는 이름을 묻기에 '나

는 이가의 와타나베 한조의 조카로 쓰게 산노조通称三之조라고 합니다'
하고 대답했더니 바로 실례했다고 사과하면서 스즈카 계곡의 쓰지가
제 고헤이의 부하가 아니라면 지나가도 된다고 말하더군."

"흐음."

"내가 무슨 일이냐고 물었더니, 야스카와의 도적으로 시시도 바이
켄이라고 이름을 바꾼 쓰지가제 고헤이가 부하들과 함께 이 길에서
자신을 죽이려고 계책을 꾸미고 있다는 소문을 들었다고 하더군. 그
래서 차라리 그들의 함정에 빠지기보다 여기서 그들을 맞아 싸우다
죽을 각오를 했다고 무사시가 말하더군."

"산노조, 정말인가?"

"내가 왜 거짓말을 하겠는가? 거짓이라면 내가 미야모토 무사시라
는 자를 어떻게 알겠는가?"

세 사람은 동요한 기색이 역력했다. 그들은 어떻게 할지 궁리라도
하듯 겁에 질린 눈으로 서로를 쳐다보고 있었다.

"조심하는 게 좋을 게요."

산노조가 다시 길을 가려 하자 그들은 황망히 그를 불렀다.

"산노조."

"뭐요?"

"두목도 그놈이 아주 강하다고 했는데, 큰일이군."

"상당한 실력을 갖춘 자임은 분명하네. 언덕 아래에서 칼을 빼 들고
내 앞으로 다가올 때는 나조차 두려운 마음이 들었거든."

"어떻게 하지? 실은 두목의 명령으로 야스카와까지 이 여자를 끌고 가는 중이네만……."

"그게 나와 무슨 상관인가?"

"그러지 말고 좀 도와주게."

"싫네. 자네들을 도왔다는 사실이 알려지면 한조 백부에게 크게 야단을 맞을 것이네. 하지만 한 가지 방법을 알려 줄 수는 있네."

"방법을 알려 주게. 부탁하네."

"밧줄을 묶은 저 여자를 어디 가까운 수풀 속에라도…… 그래, 나무 밑동에 잠시 묶어 두고 몸이 자유로워지는 것이 먼저네."

"흠, 그리고?"

"이 고개로 가면 안 되네. 조금 돌아가게 되지만 계곡을 건너 서둘러 야스카와로 가서 이 사실을 알리고 가능한 멀찌감치 에워싼 후에 처치하는 것이네."

"그거 좋은 방법이군."

"상대가 죽을 각오로 덤벼들 테니 신중을 기하지 않으면 분명 죽는 사람도 생길 거네."

"그래, 그렇게 하자."

말을 마친 세 명이 갑자기 오츠를 수풀 속으로 끌고 가더니 나무 밑동에 붙들어 매고는 서둘러 자리를 뜨다가 다시 그녀에게로 돌아가서 입에 재갈을 물렸다.

"이젠 됐다."

"가자."

그들은 그길로 수풀 속으로 몸을 감추었다. 그리고 그들이 떠난 후, 마른 나무와 낙엽 속에서 가만히 웅크리고 있던 조타로가 살며시 고개를 내밀어 주위를 둘러보았다. 주위에는 아무도 없었다. 길 가는 사람도, 와타나베의 조카인 산노조의 모습도 보이지 않았다.

"오츠 님."

조타로는 수풀 속으로 뛰어 들어가 오츠의 밧줄을 푼 다음에 그녀의 손을 잡아끌면서 길가로 나왔다.

"빨리 도망쳐요."

"조타로, 대체 어디에 있다가?"

"지금 그런 말을 할 때가 아니에요. 그놈들이 다시 오기 전에 빨리 달아나요."

"잠깐만."

오츠가 헝클어진 머리와 옷깃, 허리끈 등을 단정히 고치고 있자 조타로가 혀를 차며 말했다.

"지금 치장이나 하고 있을 때가 아니에요. 머리는 나중에 다듬어요."

"방금 여기를 지나가던 사람이 언덕 아래에 무사시 님이 있다고 말했잖아요."

"그래서 치장을 하는 거예요?"

"아니, 아니야."

오츠는 정색을 하며 변명을 늘어놓았다.

"무사시 님을 만나면 이제 더 이상 무서울 게 없잖아? 위험도 한고 비 넘겼고 안심해도 될 것 같아. 그런데 언덕 아래에서 무사시 님을 만났다는 건 정말일까? 조금 전에 그 세 사람과 여기서 얘기하던 사람은 어디로 가 버린 걸까?"

조타로도 주위를 돌아보며 중얼거렸다.

"보이질 않네. 이상한 사람이군."

그러나 두 사람이 위기에서 벗어날 수 있었던 것은 그 와타나베의 조카라고 하는 쓰게 산노조의 덕분임은 분명했다. 게다가 오츠는 무사시까지 만날 수 있게 된다면 그 사람에게 어떻게 은혜를 갚아야 할지 고민하기도 했다.

"자, 가요."

"이제 몸단장은 끝났어요?"

"그런 말하면 못써요."

"좋아서 어쩔 줄 모르는 것 같은데요."

"자기도 좋으면서."

"물론 기뻐요. 그래도 나는 오츠 님처럼 기쁜 걸 숨기지는 않아요. 큰 소리로 말해 볼까요? 나는 기쁘다!"

조타로는 덩실덩실 춤을 추더니 뛰어가면서 외쳤다.

"그런데 혹시 스승님이 안 계시면 어떻게 하지. 오츠 님, 내가 먼저 가서 보고 올게요."

오츠는 조타로의 뒤를 쫓아 고지 언덕을 내려갔다. 그녀의 마음은

우연한 위험

앞에서 뛰어가는 조타로보다 먼저 언덕 아래를 내달리고 있었지만
발걸음을 서두르지 않았다.

"이런 몰골로……."

오츠는 피가 나는 발과 흙과 나뭇잎으로 더럽혀진 소매를 쳐다보았
다. 소매에 붙어 있는 낙엽을 떼서 손끝으로 만지작거리면서 걸어가
는데, 나뭇잎이 붙어 있던 하얀 솜에서 징그러운 벌레가 손바닥으로
기어 나왔다. 산에서 자랐지만 벌레를 싫어하는 그녀가 섬뜩해하며
손을 털었다.

"빨리 와요. 뭘 그리 꾸물거려요?"

언덕 아래에서 생기에 찬 조타로의 목소리가 들렸다. 그의 목소리가
생기에 찬 걸 보니 무사시를 발견한 듯싶었다.

"아, 드디어."

그녀는 오늘까지 온갖 어려움을 견뎌 온 스스로가 대견하고 자랑스
러웠다. 가슴이 두근두근 뛰기 시작했다. 그러나 그녀는 그것이 자신
만의 기쁨에 지나지 않는다는 사실 또한 잘 알고 있었다. 무사시를 만
난다 해도 그가 자신의 마음을 받아들일까? 그녀는 무사시를 만나는
기쁨과 더불어 슬픔으로 가슴이 저려 왔다.

그늘진 언덕은 차갑게 얼어붙어 있었지만 고지 언덕을 내려오자 겨
울인데도 양지바른 역참 찻집에는 파리가 윙윙 날아다닐 만큼 따스
했다. 산기슭의 논을 향해 난 찻집에서는 짚신이나 과자 등속을 팔고
있었는데, 조타로는 그 앞에서 오츠를 기다리고 있었다.

"무사시 님은?"

오츠는 조타로에게 물으면서 역참 찻집 앞에 모여 있는 사람들 쪽을 살펴보았다.

"없어요."

조타로는 맥이 빠진 듯 말했다.

"어떻게 된 거지?"

오츠는 믿을 수 없다는 듯 다시 물었다.

"그럴 리 없잖아요."

"글쎄, 아무 데도 보이지 않아요. 찻집 사람들에게 물어봐도 그런 무사는 못 봤대요."

조타로는 그리 낙담한 얼굴도 아니었다. 오츠는 혼자 지레짐작하고 좋아했기 때문에 원망할 수도 없었지만 그가 아무렇지 않은 듯 덤덤하게 있자 괜스레 얄미워졌다.

"다른 쪽은 찾아봤어요?"

"찾아봤어요."

"저기 성황당 뒤쪽은?"

"없어요."

"찻집 뒤에는?"

"없다고요!"

조타로가 귀찮은 듯 퉁명스럽게 말하자 오츠는 그만 얼굴을 옆으로 돌렸다.

"오츠 님, 울어요?"

"몰라요."

"오츠 님은 똑똑한 줄 알았는데 어떨 때는 코흘리개 같아요. 애당초 믿기 어려운 말이었잖아요. 그런데 혼자서 지레짐작하고 스승님이 안 계신다고 눈물을 흘리다니 바보 같아요."

조타로는 일말의 동정심도 느끼지 못하겠다는 듯 도리어 깔깔거리며 웃었다.

오츠는 그 자리에 주저앉고 싶었다. 갑자기 세상의 모든 빛이 사라지고 전에 없던 실망감이 가슴을 사로잡았다. 웃고 있는 조타로의 누런 이가 얄밉게 보이고 화가 나서, 왜 자신이 저런 아이를 데리고 다녔는지 차라리 내버리고 혼자 찾아다니는 편이 훨씬 좋을 거라고 생각했다. 똑같은 사람을 찾아다니는 신세이지만 조타로는 단지 제자로서 무사시를 따르고 있었고, 그녀는 삶의 동반자로서 그를 찾고 있는 것이었다. 그래서인지 이번 같은 경우에도 조타로는 아무 일도 아니라는 듯 금방 쾌활한 모습을 되찾았지만 그와 반대로 오츠는 며칠이나 기운을 잃고 말았다. 그것은 어린 조타로의 마음속에는 언제 어디서나 무사시를 꼭 만날 수 있다는 확신이 있는 반면에 오츠는 성격상 그렇게 낙천적으로 생각하지 못한다는 게 작용하고 있었다.

'평생, 이대로 그 사람과는 만나지도 이야기하지도 못할 운명이 아닐까?'

오츠는 늘 안 좋은 방향으로 생각이 흘러가는 것을 막을 수 없었다.

미야모토 무사시3_불火의 장

사랑은 서로를 갈구하지만 한편으로 사랑을 하는 사람은 고독을 사랑하기도 한다. 그렇지 않아도 그녀는 나면서부터 고아로서의 특성을 가지고 있었다. 보통 사람들보다 사물과 타인에 대한 감정과 느낌에 훨씬 민감했다.

짐짓 화난 모습으로 성큼성큼 걸어가는데 누군가 뒤에서 오츠를 불렀다.

"오츠 님."

조타로의 목소리는 아니었다. 성황당 비석 뒤편에서 가랑잎을 밟으며 다가오는 사람이 있었다. 오츠를 부른 사람은 쓰게 산노조였다. 아까 그대로 고개를 넘어간 줄 알았는데 사람이 잘 다니지 않는 수풀 속에서 불쑥 나타난 것이었다. 오츠와 조타로는 이상하게 생각했다. 거기다 그 사내가 친근하게 '오츠 님' 하고 부르는 것도 어딘지 좀 이상했다. 조타로가 이내 그에게로 달려가 말했다.

"아저씨, 거짓말했죠?"

"왜?"

"무사시 님이 언덕 아래에서 칼을 들고 기다리고 있다더니, 어디에 있어요? 거짓말이죠?"

"바보."

산노조는 조타로를 나무랐다.

"그 거짓말 덕분에 네 일행인 오츠 님이 세 사람한테서 도망칠 수 있었잖아. 그런데 내게 고맙다는 말은 못 할망정, 오히려 따지며 화를 내다니.”

“그럼 그건 아저씨가 그 세 명을 속이기 위해서 한 거군요?”

“아무렴.”

“어쩜 나한테도 아무 말도 해 주지 않다니.”

조타로는 오츠를 돌아보며 말했다.

“역시 거짓말이었대요.”

들고 보니 조타로에게 화를 낸 것은 그렇다 쳐도 아무 상관도 없는 쓰게 산노조를 원망할 이유는 전혀 없었다. 오츠는 도와준 호의에 대해 몇 번이나 허리를 굽혀 감사를 표했다. 산노조는 만족한 표정으로 말했다.

“야스카와의 도적들이 저래도 요즘은 꽤나 얌전해진 편입니다. 그들이 한 번 노리면 이 산길에서 무사히 빠져나가기가 어렵지요. 하지만 이 아이의 얘기를 들어 보니 당신들이 찾고 있는 미야모토 무사시라는 사람은 생각이 깊은 사람인 듯합니다. 아마도 그들의 함정에 빠지지는 않을 것입니다.”

“이 길 외에 고슈지江州路로 나가는 다른 길이 있는지요?”

“많지요.”

산노조는 한낮의 하늘 위로 솟아 있는 산봉우리를 가리켰다.

“이가 계곡으로 나가면 이가의 우에노上野에서 오는 길에, 또 아노安濃 계곡으로 가면 구와나와 욧가이치에서 오는 길에 산길이나 샛길이 세 개 정도 있지요. 내 생각으로는 그 미야모토 무사시라는 사람은 벌

미야모토 무사시 3_불火의 장

써 다른 길로 빠져서 위험을 면했을 겁니다."

"그렇기만 하다면 안심이지만."

"오히려 위험한 것은 두 사람입니다. 애써 산도적에게 구해 줬는데 이 길에서 어물거리다가는 야스카와에서 바로 붙잡힐 겁니다. 나를 따라오면 길은 조금 험하지만 아무도 모르는 샛길로 안내해 드리죠."

산노조는 그곳에서 고카 촌의 위쪽을 통해서 오쓰大津의 세토瀨戶로 나가는 마카도馬門 고개의 중간까지 동행하면서 길을 상세히 가르쳐 주었다.

"여기까지 왔으니 이제 안심해도 됩니다. 밤에는 일찍 여인숙에 묵도록 하세요. 그럼 조심해 가시오."

오츠가 몇 번이나 고맙다는 인사를 하고 돌아서려고 하자 산노조는 의미심장한 표정으로 그녀를 응시했다.

"오츠 님, 이젠 헤어지는 겁니다."

그러더니 그는 약간 원망스런 얼굴로 다시 말했다.

"여기까지 오는 동안에 이제나저제나 하고 기다렸는데 끝내 묻지 않는군요."

"무엇을 말입니까?"

"내 이름 말입니다."

"그건 이미 고지 언덕에서 들어서 알고 있습니다."

"기억하고 있소?"

"와타나베 한조 님의 조카, 쓰게 산노조 님."

"고맙소. 생색내는 것은 아니지만 항상 기억해 주겠소이까?"

"네, 은혜는……."

"그런 게 아니라 내가 아직 독신이라는 것을 말이요. 한조 백부님이 뭐라고 하지만 않으시면 집으로 데리고 가고 싶지만……. 작은 여인숙이 있을 것인데, 그 집 주인도 나를 잘 알고 있으니 내 이름을 대고 묵으면 될 것이오. 그럼, 안녕히."

상대방이 호의를 가지고 친절히 대해 줄 때 오히려 그런 친절이 조금도 즐겁지 않을 뿐 아니라 그런 마음을 왠지 귀찮게 느끼는 사람이 있다. 쓰게 산노조에 대한 오츠의 감정이 바로 그러했다.

'속을 알 수 없는 사람이야.'

첫인상이 그래서인지 헤어지는 마당에도 늑대에게서 벗어난 것처럼 안도감만 들뿐 서운하다는 생각은 조금도 들지 않았다. 좀처럼 낯가림을 하지 않는 조타로마저 산노조와 헤어져서 고개를 넘자 중얼거렸다.

"기분 나쁜 사람이야."

자신들을 위험에서 구해 준 사람에게 험담을 하면 안 되는 줄 알면서도 오츠 역시 고개를 끄덕였다.

"정말."

"대체 무슨 뜻이지? 자기가 아직 독신이라는 것을 기억해 달라는 게……."

"분명 오츠 님을 각시로 삼으러 곧 오겠다는 뜻이 아닐까요?"

미야모토 무사시 3_불*의 장

"어머, 징그러."

그 이후로 두 사람의 여행은 더없이 평안했다. 단지 한 가지 아쉬운 것은 오우近 강변과 세다瀨田 당교를 건너 다시 오사카逢坂의 관문을 넘었음에도 끝내 무사시의 소식을 알 수 없었다는 것이었다.

세밑 교토에는 벌써 가도마쓰門松[20]가 걸려 있었다.

봄을 기다리는 거리의 장식들을 보면서 오츠는 무사시를 만날 기회를 놓친 것을 슬퍼하기보다는 다음 기회에 희망을 걸기로 했다. 고조의 다리에서 일월 일일 아침, 만약 그날 아침이 아니면 이일, 삼일, 사일부터 칠일 아침까지. 그 사람은 반드시 그곳에 올 것이었다. 오츠는 조타로에게 그 말을 들었다. 단지 그것이 자신을 기다리는 것이 아니라는 사실이 슬펐다. 그러나 어찌 됐든 무사시와 만난다는 사실만으로도 자신의 희망이 거의 달성되는 거라고 그녀는 생각했다.

'그런데 만약 그곳에?'

하지만 그녀는 일말의 불안감에 휩싸였다. 그것은 혼이덴 마타하치의 그림자였다. 무사시가 새해 아침부터 칠일 사이에 아침마다 그곳으로 오겠다는 이유는 혼이덴 마타하치를 만나기 위해서였다. 조타로의 말에 의하면 그 약속은 아케미에게 전했을 뿐 마타하치 본인에게 전해졌는지 어쩐지는 몰랐다.

'제발, 무사시 님만 있었으면 좋으련만.'

---

20 새해에 신을 맞이하기 위해 소나무와 대나무로 장식을 해서 대문에 걸어 놓는 장식으로 우리나라의 복조리와 같다.

오츠는 그런 생각을 하며 게아게蹴上에서 산조구치三條口의 복잡한 세밑 거리에 접어들었다. 그녀는 불현듯 그곳에 마타하치가 있을 것 같은 생각이 들었다. 무사시도 있을 것만 같았다. 그리고 자신이 가장 무서워하는 마타하치의 어머니, 오스기가 당장이라도 뒤에서 나타날 것만 같았다. 아무 근심 걱정이 없는 조타로는 오랜만에 보는 거리의 화려함과 소란함에 마음이 들뜬 듯했다.

"벌써 여인숙에 들어가려고요?"

"아니, 아직."

"날이 이렇게나 밝은데 여인숙에 들어가는 건 서운하니까 조금 더 돌아다녀요. 저쪽에 장도 선 것 같은데."

"장보다 중요한 용무가 있지 않나요?"

"용무라니, 무슨 용무요?"

"조타로는 이세에서부터 등에 무엇이 있는지 잊어버렸나요?"

"아, 그렇구나."

"우선 가라스마루 미쓰히로 님 댁으로 가서 아라키다 님께 부탁받은 물건을 전해 드리기 전에는 마음이 안 놓여요."

"그럼, 오늘 밤은 그 집에서 자도 되겠네요?"

"어림도 없어요."

오츠는 가모 강을 바라보며 저도 모르게 웃었다.

"그 높으신 분의 집에서 온몸에 이가 득실거리는 조타로 님을 묵게 해 주실 것 같아요?"

겨울
나비

맡고 있던 병자가 감쪽같이 사라졌다면 그
책임을 맡고 있던 자는 경천동지할 사건이었다. 그러나 스미요시(住吉)의
해안에 있는 여인숙에서는 병의 원인을 짐작하고 있었던 터라 아무 말
도 없이 사라진 병자가 또 다시 바다에 뛰어들 염려는 없다고 생각했는
지, 교토의 요시오카 세이주로에게 편지 한 통만 보내고는 병자를 찾으
려는 생각조차 하지 않았다.

아케미는 새장에서 넓은 하늘로 나온 새처럼 자유를 얻었지만 바다
에 빠져 죽기 직전까지 간 몸이었던 탓에 어디든 훨훨 날아갈 수 없었
다. 더욱이 그녀는 혐오하던 남자에게 처녀를 빼앗기면서 생긴 지울
수 없는 상처와 그로 인한 정신적, 육체적 충격은 며칠 사이에 쉽게
치유될 수 있는 것이 아니었다.

'분하고 억울해……'

아케미는 배 안에서 요도 강의 강물이 모두 자신의 눈물이라고 해도 모자랄 만큼 한탄했다. 그 분함은 단순한 탄식이나 억울함이 아니었다. 가슴속에는 다른 남성을 사모하고 있는데 그 사람에 대한 영원한 바람이 세이주로의 폭력 때문에 파괴됐다고 생각하니 더욱 분했다.

요도 강 위에는 가도마쓰에 쓰는 장식재, 초봄에 난 채소 등을 실은 배가 분주히 오가고 있었다.

"무사시 님을 만난다고 해도……."

무사시를 생각하자 아케미의 눈에서 눈물이 주르륵 흘렀다. 무사시가 고조 다리 위에서 혼이덴 마타하치를 기다리겠다고 했던 정월 아침을 그녀가 얼마나 학수고대하며 기다렸는지 모른다.

'어쩐지 그 사람이 좋아.'

아케미는 그렇게 마음먹은 이후로 어떤 남자를 보아도 마음이 동한 적이 없었다. 특히 언제나 양어머니인 오코와 뒤엉켜 있던 마타하치와 비교할수록 무사시에 대한 사모의 정은 더욱 깊어졌고 그것을 가슴속에 고이 간직했다. 사모하는 마음을 실에 비한다면 사랑은 그런 마음을 가슴속에서 조금씩 감아가는 물레와 같은 것이었다. 몇 년이나 만나지 못했어도 혼자서 사모하는 마음의 실을 잣고, 오래전 추억과 근래의 소식을 모두 엮어서 물레로 감으면 그것은 점점 커져만 갔다.

어제까지만 해도 아케미는 처녀의 정조를 간직하고 있었다. 그것은 마치 이부키 산에서 살 때 보았던 가련한 들에서 맡을 수 있었던 백합 향기를 닮았다. 그러나 지금은 그 모든 것이 산산이 부서진 듯했다.

아무도 알 리 없었지만 자신을 보는 세상 사람들의 눈이 모두 변한 것만 같아 견딜 수가 없었다.

"어이, 처자."

아케미는 누군가 부르는 소리에 어스름이 내리는 고조 근처의 거리를 겨울 나비처럼 오슬오슬 떨며 걷고 있는 자신을 발견했다. 주변에 있는 메마른 버드나무와 탑이 눈이 들어왔다.

"허리띠인지 끈인지 모르지만, 그렇게 풀어 헤친 채로 땅에 끌고 다니다니……. 내가 매 줄까?"

천박한 말투에 두 개의 칼을 허리에 차고 있는 비쩍 마른 낭인이었다. 아케미는 처음 보는 남자였지만 그는 번화가나 뒷골목을 하릴없이 어슬렁거리며 돌아다니는 아카가베 야소마였다. 그는 다 해진 짚신을 질질 끌며 아케미의 등 뒤로 다가오더니 땅에 끌리는 그녀의 허리띠를 손으로 집었다.

"설마 처녀는 어느 가부키에 잘 나오는 광녀는 아니겠지? 이 몰골을 보면 사람들이 웃겠네. 얼굴이 예쁘장하니 머리도 좀 빗고 다니는 게 좋겠군."

아케미는 못 들은 체하고 계속 걸어갔다. 야소마는 그것을 단순히 젊은 여자의 수줍음이려니 여겼다.

"처자는 도회지 사람 같은데 가출이라도 했나? 아니면 주인집에서 뛰쳐나온 건가?"

"……."

"조심하는 게 좋아. 처자처럼 예쁜 얼굴을 한 여인이 누가 봐도 무슨 사연이라도 있는 듯한 멍한 얼굴로 다니다니. 지금 이곳은 여자만 보면 환성을 지르는 도적과 부랑자, 여자를 꾀어 팔아먹는 자들 천지라고."

"……."

아케미가 아무런 대꾸도 하지 않는데도 야소마는 저 혼자 지껄이며 계속 뒤따라왔다.

"나 원 참, 세상이 이 지경이니……."

그는 저 혼자 대답하고 또 지껄였다.

"요즘 교토의 여자가 굉장히 좋은 값으로 에도로 팔려 간다더군. 옛날 오슈奧州의 히라이즈미平泉에서 후지와라노 산다이藤原三代[21]가 수도를 세웠을 때에도 많은 교토 여자들이 오슈로 팔려 갔었는데 지금은 그 판로가 에도로 바뀌었지. 도쿠가와가의 이대 장군인 히데타다秀忠가 에도에 막부를 세우고 한창 공을 들이고 있으니 말이야. 그래서 교토 여자들이 속속 에도로 팔려가 스미초角町, 후시미초, 사카이마치, 스미요시초와 같은 색주가 거리가 이백여 리나 생겨났다고 하더군."

"……."

"처자는 금방 눈에 띄니 팔려 가지 않도록, 또 도적들에게 끌려가지 않도록 각별히 조심하지 않으면 큰일 나네."

"시끄러!"

---

21 1087년부터 1189년까지 히라이즈미를 중심으로 동북 지방 일대에서 세력을 떨친 호족인 후지와라노 히데사토藤原秀鄕의 자손을 일컫는다.

아케미는 고개를 돌려 개를 쫓듯이 소매를 흔들며 그를 노려보았다.

"저리 가."

그녀가 소리치자 야소마는 껄껄 웃으며 말했다.

"어라, 정말로 정신이 나간 듯하군."

"시끄러!"

"아닌가?"

"바보, 멍텅구리."

"뭐라?"

"너야 말로 미쳤구나."

"하하하, 가엾게도 미친 게 분명하군."

"상관하지 마. 자꾸 귀찮게 굴면 돌로 때릴 테다."

"어허, 저런."

야소마는 좀처럼 떨어지지 않았다.

"처자, 기다려."

"짐승 같은 놈."

사실 아케미는 무서웠다. 그녀는 소리를 치며 야소마의 손을 뿌리치더니 쏜살같이 내달렸다. 과거에 등롱대신燈籠大臣이라고 불리던 고마쓰의 관사 터인 억새밭을 허우적거리며 도망쳤다.

"어이, 처자."

야소마는 사냥개처럼 억새를 헤치며 뒤를 쫓아왔다. 귀녀의 찢어진 입을 닮은 저녁달이 도리베鳥部 산 너머로 떠올랐다. 하필 해도 저물고 주위에는 사람도 다니지 않았다. 마침 그곳에서 두 정 정도 떨어진 저편에서 한 무리의 사람들이 터벅터벅 산에서 내려오고 있었지만 아케미의 비명을 들어도 달려와서 도와주려 하지 않았다. 그들은 모두 하얀 예복에 하얀 끈이 달린 삿갓을 쓰고 손에는 염주를 들고 있었다. 그들은 장례를 치르고 돌아가느라 아직 눈물이 채 마르지 않은 사람들이었다.

아케미는 등이 떠밀려 억새 속으로 쓰러지고 말았다.

"앗, 미안, 미안."

이상한 사내도 다 있었다. 야소마는 자기가 밀어 쓰러뜨리고는 이렇게 사과하면서 아케미를 덮치더니 끌어안았다.

"아팠지?"

아케미는 그의 수염 난 뺨을 찰싹찰싹 두세 번 때렸다. 그래도 야소마는 아무렇지 않은 듯했다. 도리어 그는 뺨을 맞는 것이 기쁘다는 듯 눈을 가늘게 뜬 채 맞고 있었다. 더욱이 아케미를 안고 있는 손을 뗄 생각은 하지 않고 집요하게 뺨을 비벼 댔다. 아케미는 무수한 바늘이 찌르는 것처럼 고통스러워 얼굴을 찡그렸다. 숨을 쉴 수가 없었다. 아케미는 손톱을 세워 야소마의 콧구멍을 찌르고 할퀴었다. 야소마의 코가 붉게 물들었지만 그래도 손을 풀지 않았다.

도리베 산의 아미타당阿弥陀堂에서 제행무상諸行無常한 저녁 종이 울렸다. 하지만 치열하게 싸우고 있는 사람의 귀에는 불가의 색즉시공을 일깨우는 소리도 쇠귀에 경을 외는 것에 지나지 않았다. 두 사람을 품고 있는 마른 억새밭이 커다란 물결을 일으키며 흔들리고 있었다.

"얌전히 있어."

"......"

"두려워하지 않아도 돼."

"......"

"내 여자로 만들어 줄 테다. 너도 싫지 않을 거야."

"죽고 말 거야."

비통하게 울부짖는 아케미의 목소리에 야소마는 자신도 모르게 말했다.

"아니, 어째서?"

아케미는 손과 무릎과 가슴 쪽으로 끌어당겨 동백꽃 봉오리처럼 바싹 움츠렸다. 야소마는 닫힌 꽃봉오리를 어떻게 해서라도 말로 풀려고 했다. 그는 몇 번이나 이런 경험을 했는지 지금과 같이 기다리는 시간을 즐기고 있는 듯했다. 드세고 고약한 얼굴과는 어울리지 않게 오히려 사로잡은 먹잇감을 희롱할 여유도 부릴 만큼 느긋할 줄도 알았다.

"울 이유가 하나도 없잖아."

그는 아케미의 귀에 입술을 대고 속삭였다.

"설마 네 나이에 남자 경험이 없는 건 아니겠지?"

아케미는 요시오카 세이주로를 떠올렸다. 그때의 고통스러웠던 호흡이 생각났다. 그렇지만 그때와는 비교가 안 될 정도로 마음 한구석에 침착함을 유지하고 있었다. 그때는 절박함 때문에 방 안의 문살도 보이지 않을 정도였었다.

"잠깐 기다려 주세요."

달팽이처럼 움츠린 채 아케미가 말했다. 아무런 뜻도 없이 한 말이었다. 병을 앓았던 몸이 불덩이처럼 뜨거웠다. 하지만 야소마는 그것을 병으로 인한 열이라고 생각지 않았다.

"기다려 달라고? 좋아, 기다려 주지. 하지만 도망을 치면 거칠게 다룰 테다."

"쳇."

아케미는 어깨를 세차게 흔들며 야소마의 집요한 손을 물리쳤다. 그녀는 조금 떨어진 야소마의 얼굴을 노려보면서 일어섰다.

"뭘 하려고 그러세요?"

"다 알고 있잖아."

"여자라고 해서 바보로 취급하다가는 큰 코 다쳐요."

풀잎에 베인 입술에서 피가 배어나왔다. 아케미가 입술을 꼭 깨물자 눈에서 눈물이 뚝뚝 흘러내려 피와 함께 하얀 턱을 흥건히 물들였다.

"그렇게 말하니 정신이 완전히 나간 것은 아닌 듯하군."

"당연하지."

아케미는 불시에 야소마의 가슴을 밀쳐 내고는 허겁지겁 도망치며 달빛에 일렁이는 드넓은 억새밭 너머로 소리쳤다.

"사람 살려, 사람 살려요!"

일시적이긴 하지만 그때의 정신 상태로 보자면 아케미보다 야소마가 완전히 미쳐 있었다. 흥분한 그는 이제 아케미를 구슬릴 생각을 포기했는지 사람의 탈을 벗어던지고 야수가 되어 버렸다.

"살려 줘요!"

푸르스름한 달빛 아래 채 열 걸음을 도망치기도 전에 아케미는 야수에게 붙들리고 말았다. 흰 종아리가 무참히 꺾이더니 검은 머리카락이 얼굴에 휘감긴 채 땅에 짓이겨지고 말았다.

봄이 지척이었지만 가초花頂 산에서 불어오는 바람은 들판에 서리로 내릴 만큼 차가웠다. 비명을 지르는 새하얀 젖가슴이 겨울바람 아래 드러나자 야소마의 눈은 불을 뿜을 듯 이글거렸다. 그때 누군가가 야소마의 관자놀이를 딱딱한 물건으로 내리쳤다. 순간, 온몸을 순환하던 피가 얻어맞은 한곳으로 쏠린 듯 야소마는 비명을 질렀다.

"악!"

야소마가 주춤하며 뒤를 돌아보는 순간, 정면에서 공기를 가르는 소리가 들리더니 어디서 본 듯한 피리가 그의 정수리를 내려쳤다.

"짐승 같은 놈."

야소마는 통증을 느낄 새도 없이 어깨와 눈이 맥없이 쳐지더니 고개를 좌우로 저으며 뒤로 자빠지고 말았다.

"고약한 놈!"

사내가 피리를 손에 들고 야소마의 얼굴을 들여다보니 그는 입을 커다랗게 벌리고 기절해 있었다. 사내는 자신이 때린 곳이 두 번 다 머리였기 때문에 그가 정신이 들면 혹 백치라도 되지 않을까 하는 생각이 들었는지, 죽여 버리는 것보다도 더 무자비한 짓을 했다는 듯이 망연히 그를 바라보고 있었다.

아케미는 그 사내의 얼굴을 멍하니 바라보고 있었다. 그는 코밑에 옥수수염을 심어 놓은 것처럼 가느다란 수염이 나 있고, 피리를 들고 있어서 승려처럼 보이지만 옷이 추레한 걸로 보아서는 거지 같기도 했고, 허리에 칼을 차고 있는 걸로 보아서는 무사 같기도 했다. 유심히 보지 않으면 도저히 판단이 서지 않았지만 나이가 쉰 살가량인 건 확실했다.

"이제 괜찮단다."

아오키 단자에몬은 그렇게 말하며 커다란 앞니를 드러내며 웃었다.

"안심하거라."

그제야 고맙다는 인사를 한 아케미는 흐트러진 머리와 옷매무새를 바로 하더니 여전히 겁에 질린 눈으로 주위를 둘러보았다.

"어디에 사느냐?"

"집요? 집은 저기……."

갑자기 아케미가 울음을 터드리더니 두 손으로 얼굴을 감쌌다. 사내가 연유를 물어도 그녀는 솔직하게 이야기하지 않았다. 거짓말과 사실을 반반씩 이야기하고는 다시 훌쩍이며 울었다. 자신의 어머니는 친어머니가 아니라 양어머니이며 돈을 받고 자신을 팔려고 한 일과 스미요시에서 여기까지 도망쳐 온 이야기까지는 숨김없이 이야기했다.

"저는 이제 죽어도 집에 돌아가지 않을 거예요. 여태껏 많이 참아 왔습니다. 부끄럽지만 어렸을 때는 전투가 끝난 들판에서 죽어 있는 시체의 물건을 훔치기도 했어요."

아케미는 세이주로나 야소마보다 오코가 더 미워졌다. 오코에 대한 증오가 불타오르는지 아케미는 다시 얼굴을 두 손에 파묻고 흐느껴 울었다.

심원의 마

아미타^{阿彌陀} 봉 바로 아래에 있는 작은 계곡은 청수사의 종소리가 가깝게 들리면서도 우타노나카^{歌中} 산과 도리베노 산에 둘러싸여 조용했으며 바람을 막아 줘서 그리 춥지도 않았다. 그 고마쓰 계곡까지 오자 아오키 단자에몬은 데리고 온 아케미를 돌아보고는 수염이 성기게 난 윗입술을 드러내며 빙긋 웃었다.

"여기가 내 거처인데 한가롭지 않느냐?"

"여기라고요?"

아케미는 실례인 줄 알면서도 엉겁결에 되물었다.

몹시 황폐한 한 칸짜리 아미타당이었다. 이 부근에는 빈 당탑^{堂塔}과 가람^{伽藍}이 꽤 많았다. 이곳에서 구로다니^{黑谷}나 요시미즈^{吉水} 부근까지는 염불문^{念佛門}의 발상지로 가마쿠라 시대의 불교인 정토진종^{淨土眞宗}의 창시자인 신란^{親鸞}의 유적이 많았다. 또 염불행자인 호넨보^{法然房}가 사누키讚岐로 유배를 떠나기 전날 밤, 이곳 고마쓰 계곡의 불당에서 그를 따르는 제자들, 귀의한 귀족, 선남선녀들과 이별의 눈물을 흘린 곳이기도 했다. 그것이 조겐承元[22] 시절의 봄이었는데 지금은 떨어질 꽃도 없는 겨울의 끝자락이었다.

"들어오너라."

단자에몬이 먼저 불당 마루에 올라서서 격자문을 밀어서 열고 손짓을 하자 아케미는 주저했다. 그의 호의에 따를지 다른 곳으로 가서 혼자 잘 장소를 찾아볼지 망설이는 듯한 모습이었다.

"이 안은 생각보다 따뜻하다. 비록 짚이긴 하지만 깔 것도 있고. 혹시 나를 아까 그자와 같이 나쁜 사람이라고 의심하는 게냐?"

아케미는 고개를 저었다. 그녀는 아오키 단자에몬이 좋은 사람인 듯해서 안심하고 있었다. 게다가 그는 이미 쉰 살이 넘었다. 그러나 그녀가 주저하는 것은 그의 거처인 불당이 지저분하고 그의 의복이나 몸에서 풍겨 오는 불결한 냄새 때문이었다.

그렇다고 달리 묵을 만한 곳도 없고 또 아카가베 야소마에게 발각되면 어떻게 될지 몰랐다. 무엇보다 아케미는 몸에서 열이 나고 나른해서 빨리 눕고만 싶었다.

"괜찮겠는지요?"

계단에서 불당으로 올라서며 물었다.

"물론이지. 이곳이라면 며칠이 지나든 아무도 올 사람이 없단다."

---

22 일본의 연호로 1207년에서 1210년 사이를 가리킨다.

안은 깜깜했다. 박쥐가 나오지 않을까 싶을 정도로 어두웠다.

"잠깐만."

단자에몬이 구석에서 부싯돌을 켜더니 어디서 주워 왔는지 등잔에 불을 붙였다. 불당 안을 둘러보니 솥, 도자기, 목침, 멍석 따위가 그럭저럭 갖춰져 있었다. 그는 물을 끓여서 메밀수제비를 만들어 주겠다며 풍로에 숯을 넣고 불쏘시개를 지펴 불씨를 만들고는 후후 불기 시작했다.

'친절한 사람이구나.'

아케미는 조금 안정이 되자 불결하게 느껴졌던 마음도 사라지면서 마음이 편안해지는 듯했다.

"그렇게 열이 있고 몸이 나른한 것은 아마 감기 때문일 것이야. 수제비가 다 될 동안 거기에서 한잠 자도록 하거라."

구석에 멍석과 쌀가마니로 만든 잠자리가 있었다. 아케미는 지니고 있던 종이를 그곳에 있는 목침 위로 깔고 누웠다. 잠자리에는 덮는 이불 대신 어디서 주워 온 듯한 감물을 들인 찢어진 종이옷이 있었다.

"그럼 잠시."

"자, 아무 걱정 말고 푹 쉬거라."

"죄송합니다."

아케미는 손을 모아 예를 차린 후에 종이옷 이불을 끌어서 덮으려고 하는데 이불 밑에서 눈을 반짝이며 무언가가 튀어나와 그녀의 머리를 뛰어 넘었다. 아케미는 꺅 비명을 지르며 엎드렸다.

오히려 아케미보다도 아오키 단자에몬이 더 놀란 듯했다. 그는 솥에다 붙고 있던 메밀가루 자루를 무릎에 하얗게 쏟고 말았다.

"왜 그러느냐?"

아케미는 엎드린 채 말했다.

"뭔지 모르겠지만 쥐보다 훨씬 큰 짐승이 구석에서 튀어나와서……."

"다람쥐일 것이다."

단자에몬이 주위를 둘러보며 말했다.

"다람쥐가 종종 먹을 것 냄새를 맡고 오곤 하지. 그런데 아무것도 보이지 않는데."

아케미는 살짝 얼굴을 들었다.

"저기, 저쪽에."

"어디?"

단자에몬이 허리를 돌려 뒤를 보자 과연 동물 한 마리가 텅 빈 불단 난간 안에 올라가 있었다. 그것은 단자에몬과 눈이 마주치자 깜짝 놀란 듯 엉덩이를 움츠렸다. 다람쥐가 아니라 새끼 원숭이였다.

단자에몬이 미심쩍은 표정을 짓자 새끼 원숭이는 무서워하는 기색도 없이 불단의 빨간 난간을 슬금슬금 두세 번 오가더니 다시 본래 자리에 앉았다. 그러고는 털이 난 복숭아처럼 생긴 얼굴을 천연덕스럽게 들더니 눈을 껌뻑이며 무슨 말인가를 하고 싶은 표정을 지었다.

"저 녀석은 대체 어디로 들어왔을까? 하하하, 어쩐지 밥알이 흩어져 있다 했더니……."

  새끼 원숭이는 사람의 말을 알아들은 것처럼 그가 다가오기 전에 불
단 뒤편으로 도망쳐 숨어 버렸다.

  "하하하, 재롱둥이로구나. 먹을 것이라도 주면 나쁜 짓은 하지 않을
테니 내버려 두어도 된다."

  단자에몬은 무릎에 묻은 메밀가루를 털고 다시 솥 옆에 앉았다.

  "아케미, 무서워할 것 없으니 그만 눈을 붙이거라."

  "괜찮을까요?"

  "야생 원숭이가 아니라 누군가 기르던 원숭이가 도망친 것 같으니
걱정할 필요 없다. 이불은 춥지는 않느냐?"

  "아니오."

  "감기는 푹 자고 일어나면 낫는 것이니 그만 자거라."

  그는 솥에 메밀가루와 물을 붓고 젓가락으로 휘휘 휘저었다. 이가
빠진 풍로에서 숯불이 빨갛게 피어올랐다. 단자에몬은 솥을 걸어 놓
고 그 사이에 파를 잘게 썰기 시작했다. 도마는 불당 안에 있던 낡은
궤, 부엌칼은 녹이 슨 단검이었다. 씻지도 않은 손으로 잘게 썬 파를
나무 접시 위에 그대로 올려놓았는데 나중에는 그 나무 접시를 상으
로 이용하는 듯했다.

  보글보글 물이 끓는 소리가 조금씩 불당 안을 따뜻하게 만들어 줬
다. 단자에몬은 마른 장작 같은 무릎을 끌어안고 허기진 눈빛으로 끓
는 물을 바라보고 있었다. 인간의 지극한 낙이 솥 안에 들어 있다는

듯 흐뭇한 눈길이었다.

여느 때의 밤처럼 청수사 쪽에서 종소리가 들려 왔다. 이미 엄동설한은 지나고 초봄이 지척이지만 십이월이 가까워지자 사람들의 마음 속 번민도 많아진 듯했다. 밤새도록 불당 처마의 풍경 소리와 신불에게 기도를 드리기 위해 절간에 머무르고 있는 사람의 애틋한 염불이 끊일 줄 몰랐다.

'나는 이렇듯 내 죄과를 속죄하며 지내고 있지만 조타로는 어떻게 지내고 있을까? 자식에게는 아무 죄도 없으니 아비의 죄는 제게만 물으시고 조타로에겐 대자대비를 베풀어 주십시오. 나무관세음보살.'

단자에몬은 메밀가루가 눌어붙지 않도록 젓가락으로 저어 가면서 아비 된 자의 나약한 심정으로 기원을 올리고 있었다.

"싫어요."

자고 있던 아케미가 누가 목이라도 조르는 듯 갑자기 고함을 질렀다.

"나, 나쁜 놈……."

돌아보니 아케미는 눈을 감은 채 목침에 얼굴을 대고 훌쩍훌쩍 울고 있었다.

아케미는 자신의 잠꼬대에 놀라 눈을 떴다.

"아저씨, 제가 잠결에 방금 무슨 말을 말했나요?"

"깜짝 놀랐다."

단자에몬은 베갯머리 쪽으로 다가와 그녀의 이마를 닦아 주며 말했다.

"열 때문일 게다. 땀을 많이 흘리는구나."

"제가 무슨 말인가 했죠?"

"이런저런."

"이런저런요?"

아케미는 열띤 얼굴을 붉히며 부끄러운 듯 이불로 얼굴을 덮었다.

"아케미, 마음속으로 저주하는 남자가 있는 게로구나."

"그런 말을 했나요?"

"어찌 된 게냐? 남자에게 버림받은 것이냐?"

"아니에요."

"속았느냐?"

"아니에요."

"알았다."

단자에몬이 뭔가 짚이는 게 있는 듯 저 혼자 고개를 끄덕이자 아케미는 갑자기 몸을 일으켰다.

"아저씨, 저는 어떻게 하면 좋아요?"

아케미는 스미요시에서의 일은 절대로 다른 사람에게 말하지 않겠다고 결심했지만 가슴속에서 끓어오르는 분노와 슬픔을 도저히 혼자 삭이기는 힘들었다. 그녀는 갑자기 단자에몬의 무릎에 매달리더니 아직도 잠결에서 빠져나오지 못한 듯 오열하면서 그 일을 털어놓고 말았다.

"흐음……."

단자에몬은 콧구멍으로 뜨거운 숨을 몰아쉬었다. 참으로 오랜만에 여자의 냄새가 그의 코와 눈으로 젖어 들었다. 단자에몬은 이제 자신에게는 인간의 악惡이 완전히 빠져나가고 육신은 엄동설한의 고목처럼 무감각해졌다고 생각했었다. 그런데 갑자기 온몸에 뜨거운 피가 돌고 육감이 부풀어 올라 폐와 심장은 물론이고 늑골 아래에서도 관능이 살아 꿈틀대는 것을 새삼 느끼고 있었다.

"흠, 요시오카 세이주로가 그런 괘씸한 짓을 했단 말이냐?"

단자에몬은 그렇게 되물으며 속으로 세이주로를 미워하는 걸로는 부족한 인간이라는 듯 증오했다. 그러나 단자에몬의 노쇠한 피를 그처럼 흥분시키고 있는 것은 의분義憤만은 아니었다. 마치 자신의 딸이 범해진 것처럼 이상야릇한 질투심이 그의 마음을 노하게 만들었다. 아케미는 그런 단자에몬의 겉모습이 믿음직하게 보였고 이 사람에게는 안심하고 무슨 말이라도 할 수 있다고 생각했다.

"아저씨, 저는 죽고 싶어요. 죽어 버리고 싶어요."

아케미가 울면서 무릎에 얼굴을 파묻고 괴로워하자 단자에몬은 의뭉한 생각이 들어 당혹해하며 말했다.

"울지 말거라. 네 마음이 허락한 것이 아니니 네 마음까지 더럽혀진 것은 결코 아니다. 여자의 생명은 육체보다 마음에 있는 거란다. 즉 정조란 마음에 있는 것이다. 비록 몸은 주지 않았지만 마음속으로 다른 남자를 생각한다면 바로 그 순간, 정조는 잃지 않았다고 하더라도 이미 내준 것이나 마찬가지란다."

아케미에게 그런 관념적인 위로는 소용이 없었다. 그녀는 단자에몬의 옷이 흥건하게 젖을 만큼 뜨거운 눈물을 흘리며 말했다.

"죽고 싶어, 죽고 싶어요."

"이제 그만 울거라. 울지 말거라."

단자에몬은 아케미의 등을 쓰다듬었다. 그러나 하얀 목덜미를 드러내며 울고 있는 그녀를 동정하는 것처럼 보이진 않았다. 이미 다른 사내가 이 고운 살결의 향기를 빼앗았구나 하는 생각이 자신도 모르게 들었다.

그런데 새끼 원숭이가 어느 틈에 솥에 오더니 음식을 집어 들고 달아났다. 그것을 본 단자에몬은 무릎을 아케미의 얼굴에서 빼더니 주먹질을 하며 고함쳤다.

"이놈!"

단자에몬은 여자의 눈물보다 음식이 더 중요한 듯싶었다.

날이 밝았다.

"마을로 탁발을 갔다 올 테니 여길 잘 부탁한다. 돌아오는 길에 네 약과 따뜻한 음식, 그리고 기름이나 쌀도 구해 와야 해서 말이다."

아침이 되자 걸레 같은 가사를 걸친 단자에몬이 피리와 삿갓을 집어 들고 아미타당에서 나갔다. 그는 대나무로 만든 삿갓과 코끝이 해진 짚신을 질질 끌고서 비만 내리지 않으면 마을로 걸식을 하러 나가곤 했는데 코밑의 수염까지 초췌해서 흡사 허수아비 같았다.

특히 이날 아침 단자에몬은 기운이 더 없어 보였는데 어젯밤 한잠도 자지 못했기 때문이다. 그처럼 괴로워하고 울며 슬퍼하던 아케미는 따뜻한 메밀당수를 먹고 한바탕 땀을 흘린 후, 깊이 잠이 들었지만 단자에몬은 날이 밝을 때까지 잠시도 눈을 붙이지 못했다. 그는 화창한 햇살 아래로 나왔지만 잠을 자지 못한 이유가 오늘 아침까지 여전히 머릿속에 남아 떠나지 않았다.

'꼭, 오츠만 한 나이구나. 성격이 전혀 다르지만 오츠보다 사랑스럽다. 그녀에게는 기품이 있지만 아케미에게는 차가운 아름다움이 있다. 아케미는 울거나 웃을 때도, 웃거나 화를 낼 때도 고혹적이다.'

어젯밤부터 그녀의 매혹이 강력한 광선처럼 단자에몬의 쇠퇴한 세포를 젊게 만들고 있었다. 그러나 아무리 부정해도 나이는 어쩔 수 없었다. 몸을 뒤척이는 아케미의 잠든 모습을 바라보다가 이내 스스로를 경계했다.

'한심하구나. 도대체 나라는 인간은 어떻게 되어 먹은 게냐! 이케다가의 자손으로 가문을 망하게 하고, 히메지의 영지에서 이처럼 유랑삼계流浪三界의 떠돌이 신세가 되어 버린 것도 모두 여자 때문이 아닌가. 바로 오츠라는 여자에게 지금과 같은 번뇌를 가진 것이 원인이 아니더냐.'

그는 스스로를 훈계하고 질책했다.

'아직도 정신을 차리지 못하였느냐? 아아, 피리를 들고 가사는 입었으나 아직도 나는 보화普化의 오도悟道에 다다르려면 멀었구나. 언제쯤 일신의 깨달음을 얻을 수 있단 말인가?'

그는 참회에 찬 눈을 감고 억지로 잠을 청하려고 하다 밤을 새우고 말았다. 그 탓에 아침에 그의 모습에는 피곤함이 잔뜩 묻어 있었다.

'일체의 사심을 버리자. 하지만 사랑스러운 아이다. 또 가여운 상처를 품고 있다. 위로해 주자. 세상에는 욕정으로 가득 찬 사내들만 있지 않다는 사실을 알게 하자. 돌아올 때, 약과 무엇을 얻어다 줄까? 오늘 하루의 동냥이 아케미의 기쁨이라고 여기면 보람이 있는 일이 아닌가? 그 이상의 욕망은 삼가도록 하자.'

간신히 마음을 그렇게 먹고 얼마간 안색이 좋아졌을 때였다. 그가 걷던 벼랑 위에서 한 마리 매가 커다란 날갯짓을 하며 태양을 스쳐 지나갔다.

"……?"

단자에몬이 얼굴을 들자 나뭇잎이 떨어지는 상수리나무 숲의 나뭇가지 위로 회색빛 새털이 솜털처럼 흩날리며 떨어지고 있었다. 매는 사로잡은 작은 새를 움켜쥐고 하늘을 향해 곧장 날아올랐다. 매의 날갯죽지가 올려다보였다.

"앗, 잡았다."

어디선가 사람 소리가 들리더니 매 주인의 휘파람 소리가 울렸다. 잠시 후, 연염사延念寺 뒤편 언덕에서 이쪽으로 내려오는 사냥꾼 차림의 두 사내가 보였다. 한 명은 왼쪽 주먹에는 매를 앉히고 칼을 찬 허리의 반대편에는 사냥감을 넣는 주머니를 차고 있었다. 그 뒤에는 날래 보이는 갈색 사냥개가 따라오고 있었다. 시조 도장의 요시오카 세

미야모토 무사시 3_불火의 장

이주로였다.

또 한 명은 세이주로보다 훨씬 젊고 몸집이 강건해 보이고 화려한 옷을 입고 있었는데 등에는 삼 척 정도의 커다란 칼을 비스듬히 둘러메고 있었다. 머리를 앞으로 내린 것이 더 설명할 것도 없이 간류 사사키 고지로였다.

"바로 이 근처다."

고지로는 멈춰 서서 주위를 둘러보면서 말했다.

"어제저녁 때, 내 원숭이가 사냥개와 싸우다 꼬리가 물리자 화가 났는지 이 근처에 숨어서 영 모습을 보이지 않으니, 근처 어느 나무 위에 있을 듯합니다."

"원숭이도 발이 있는데 아마 없을 것이오."

세이주로는 흥미 없는 표정으로 근처에 있는 바위에 걸터앉으며 말했다.

"매를 놓아 사냥하는 데에 원숭이 같은 걸 데려오는 법이 어디 있소?"

고지로도 나무 밑에 앉으며 말했다.

"데려오지 않으려 했는데 원숭이가 따라오는 걸 어쩝니까? 아무튼 귀여운 놈이라 곁에 없으면 왠지 허전한 걸요."

"여자나 한가한 사람이 고양이나 개와 같은 동물을 좋아한다고 생각했는데, 그대 같은 무사 수행자가 새끼 원숭이를 좋아하는 것을 보니 무조건 그렇다고 볼 수도 없군."

세이주로는 게마毛馬 제방에서 실제로 본 고지로의 검에 대해서는 십분 존경하고 있었지만, 취미나 처세에 있어서는 다분히 어린 티가 난다고 생각했다. 그 후로 사나흘 동안 집에서 함께 지내다 보니 나이는 속이지 못한다는 사실을 잘 알게 되었다.

그래서 세이주로는 고지로에게 인간적인 존경은 표하지 않는 대신에 오히려 교류를 하기에는 좋은 듯해서 며칠 동안 대단히 친절하게 대했다.

"하하하하."

고지로가 웃으며 말했다.

"그것은 제가 아직 어리기 때문이지요. 당장이라도 여자를 알게 된다면 원숭이 따위는 돌아보지도 않을 겁니다."

그러고는 고지로는 태평스럽게 잡담을 하기 시작했는데 반대로 세이주로는 어딘지 얼굴색이 어두워졌다. 자신의 주먹에 올려놓은 매의 눈처럼 어딘지 초조한 기색이 역력했다.

"저 사내는 뭐지? 아까부터 꼼짝 않고 우리 쪽을 바라보고 서 있군."

갑자기 세이주로가 중얼대자 고지로도 뒤를 돌아보았다. 세이주로가 수상한 눈길로 쏘아보자 그때까지 맞은편에서 멍하니 서 있던 단자에몬은 등을 돌리고 터벅터벅 맞은편으로 걸음을 옮겼다.

"고지로 님."

세이주로는 고지로를 부르더니 무슨 생각이 들었는지 별안간 일어섰다.

"돌아갑시다. 아무리 생각해도 매사냥이나 하고 있을 때가 아니오. 오늘이 벌써 세밑 이십구 일, 도장으로 돌아갑시다."

그러나 고지로는 그가 또 초조해지기 시작했구나, 냉소하며 말했다.

"모처럼 매를 데리고 나와서 아직 산비둘기 한 마리에 개똥지빠귀 두세 마리밖에 못 잡았습니다. 좀 더 산 위로 올라가 보지요."

"그만합시다. 마음이 내키지 않을 때에는 매도 날지 않는 법이오. 그보다 도장으로 돌아가 수련을 해야겠소."

독백처럼 내뱉는 말 속에 평소의 그와는 다른 열의가 담겨 있었다. 고지로가 싫다면 자기 혼자서라도 먼저 돌아갈 모습이었다.

"돌아가신다면 함께 돌아가야죠."

고지로도 함께 걸음을 옮겼지만 그다지 유쾌한 안색은 아니었다.

"세이주로 님, 무리하게 권해서 미안합니다."

"무엇을?"

"제가 어제부터 매사냥을 가자고 권해서 이렇게 데리고 나온 것 말입니다."

"아니요. 그 호의는 잘 알고 있소. 허나 연말이고 귀공이 말한 것처럼 미야모토 무사시라는 자와의 중대한 시합도 목전으로 다가온 상황인지라."

"그래서 제가 세이주로 님이 매사냥이라도 하며 느긋하게 마음을 다스릴 것을 권한 것인데 세이주로 님의 기질 상 그것이 불가능한 듯합니다."

"여러 소문을 들으니 무사시라는 자는 그렇게 무시할 수 없는 적인 것 같소."

"그렇다면 더욱 당황하거나 조급해하지 말고 마음을 다스려야 합니다."

"조급해하는 것은 아니지만, 적을 업신여기는 것은 병법에서도 경계하는 일이오. 나는 시합 때까지 충분히 수련을 하는 것은 당연하다고 생각하오. 그런데도 만일 패배하게 된다면 그것은 최선을 다한 후의 패배이며 실력 차이니 어쩔 수 없는 일일 것이오."

고지로는 세이주로의 솔직함에는 호의를 느꼈지만 한편으론 기개와 도량이 부족한 듯이 보였다. 그래서 그는 속으로 요시오카 겐포의 명성과 그 큰 도장을 오래 유지해 나갈 수 있는 그릇이 되지 못하는 것을 유감스럽게 생각했다.

'동생인 덴시치로가 훨씬 선이 굵다.'

하지만 덴시치로는 형 세이주로보다 강한 듯하지만, 어찌 손을 써볼 수 없을 만큼 방종해서 가명에는 관심도 책임감도 없는 자였다. 고지로는 동생도 소개를 받았지만 처음부터 기질이 맞지 않았고 오히려 서로 묘한 반감만 품게 되었다.

'이 사람은 정직하지만 소심하다. 도와주자.'

이렇게 생각한 고지로는 일부러 매를 데리고 나와서 무사시와의 시합을 머릿속에서 잊게 하려고 애썼지만 당사자인 세이주로의 입장에서는 그렇게 느긋하게 매사냥이나 하고 있을 수 없으니 돌아가서 수련

미야모토 무사시 3_불火의 장

을 하겠다는 것이었다. 그 진지함은 좋지만 도대체 무사시와 만날 때까지 며칠이나 수련을 할 수 있을지, 고지로는 묻고 싶은 심정이었다.

'그러나 천성이다…….'

고지로는 이런 일은 도울 수 없다는 사실을 통감했다. 그래서 묵묵히 걸음을 옮기고 있는데 방금까지 따라오던 갈색 사냥개가 어느 틈에 보이지 않았다.

"왕, 왕."

멀리서 맹렬하게 짖는 소리가 들렸다.

"사냥감을 발견한 모양이다."

고지로는 그렇게 말하며 눈빛을 빛냈지만 세이주로는 별로 개의치 않는 듯했다.

"그냥 갑시다. 저대로 내버려 두면 나중에 쫓아올 것이오."

"그렇지만……. 잠깐 보고 올 테니 잠깐만 거기서 기다려 주십시오."

고지로는 아깝다는 듯 이렇게 말하고는 개 짖는 소리가 들리는 곳으로 뛰어갔다.

사냥개는 사면이 일곱 칸 정도 되는 퇴락한 아미타당의 마루로 뛰어오르고 있었다. 그리고 완전히 부서진 덧문을 향해 짖어 대며 달려들다가 나뒹굴다가는 옆에 있는 붉은 칠을 한 기둥과 벽을 발톱으로 인정사정없이 긁어 댔다.

'무슨 냄새를 맡고 이렇게 짖어 대고 있는 것일까?'

고지로는 사냥개가 달려드는 창문과는 다른 입구로 가서 얼굴을 불당의 격자문에 갖다 댔다. 안은 옻칠을 한 항아리 속같이 아무것도 보이지 않았다. 손으로 문을 여는 소리가 나자 개는 꼬리를 흔들며 고지로의 발목 근처로 달려왔다.

"쉿."

개는 성질이 돋았는지 발로 차도 물러서지 않았다. 그가 불당 안으로 들어가자 개가 재빨리 발밑을 헤치고 먼저 달려갔다. 동시에 고지로는 생각도 못 했던 여자의 비명 소리가 귓가에 들려왔다. 이만저만 놀란 것이 아닌 듯했다. 죽을힘을 다해 고함치는 소리가 짖어 대는 개의 소리와 동시에 들렸다. 처절한 싸움이 일어났는지 불당의 대들보가 무너질 정도로 사람과 동물의 소리가 울려 퍼졌다.

"아니?"

고지로가 달려간 순간, 개가 쫓는 목표가 무엇인지 알 수 있었다. 또 필사적으로 소리를 지르며 싸우고 있는 여자의 모습도 눈에 들어왔다.

아케미는 종이옷 이불을 뒤집어쓰고 지금까지 자고 있었다. 그런데 사냥개의 눈에 발각된 새끼 원숭이가 창문으로 뛰어 들어오더니 그녀의 뒤로 숨어 버렸던 것이다. 원숭이를 쫓아온 개가 아케미를 향해 달려들려고 했다.

"꺅!"

아케미가 비명을 지르며 벌렁 자빠진 순간, 고지로의 발끝에서 짐승의 커다란 비명이 들렸다. 간발의 차이였다.

"아야, 아파."

아케미는 울부짖듯 몸부림쳤다. 개는 입을 커다랗게 벌리고 그녀의 팔 위쪽을 물고 있었다.

"이놈이."

고지로가 다시 개의 배를 걷어찼다. 하지만 개는 고지로의 처음 발길질에 이미 죽어 버려서 다시 발로 걷어차도 아케미의 팔을 물고 있는 커다란 입을 뗄 수가 없었다.

"놔, 놔라."

발버둥치는 그녀의 몸 아래에서 원숭이가 팔짝 뛰쳐나갔다. 고지로는 개의 위턱과 아래턱을 양손에 잡고 힘을 주었다.

"이놈."

쩍 하고 아교가 벗겨지는 소리가 났다. 개의 얼굴이 두 쪽이 된 듯 덜렁거렸다. 고지로는 그것을 문밖으로 휙 던져 버렸다.

"이제 괜찮소."

고지로는 아케미 옆에 앉아서 그렇게 말했지만 그녀의 팔은 괜찮지 않았다. 흰 팔에서 주홍빛 목단 같은 피가 뿜어져 나왔다. 그 선명하게 대비를 이루는 색상에 고지로는 자신까지 아픔과 떨림을 느꼈다.

"상처를 씻을 술은 없소? 아니, 있을 리가 없지. 이런 곳에 있을 리가 없어. 그럼, 어쩌지?"

그녀의 팔을 꼭 누르고 있자 뜨거운 액체가 고지로의 손목으로 줄줄 흘러내렸다.

"혹시 이빨의 독이라도 들어갔으면 곧 미쳐 버릴 텐데. 그렇지 않아도 발광하곤 하던 개였는데."

고지로가 어떻게 해야 할지 주저하며 그렇게 중얼대자 아케미는 고
통스러운 듯 미간을 찡그리며 하얀 목덜미를 허공으로 젖히며 외쳤다.

"미친다고요? 차라리 미치는 게 나아요. 미치고 싶어요."

"바, 바보."

고지로는 갑자기 고개를 숙이더니 개에게 물린 팔을 입으로 빨았
다. 입안에 피가 가득 차면 뱉어 내고 다시 그녀의 하얀 살결을 힘껏
빨았다.

저물녘이 되자 탁발을 마친 아오키 단자에몬이 터벅터벅 돌아와서
어슴푸레한 아미타당의 문을 열고 외쳤다.

"아케미, 적적했겠구나. 지금 돌아왔단다."

탁발을 해서 얻은 약과 음식, 기름 항아리 등을 구석에 놓았다.

"잠깐 기다리거라. 지금 불을 켤 테니."

그러나 불을 켜자 그의 마음은 이내 어두워졌다.

"아니? 어디 갔지? 아케미, 아케미!"

그녀의 모습이 보이지 않았다. 아케미에게 매몰차게 거절당한 그의
애정이 주체할 수 없는 분노로 변해서 눈앞이, 아니 세상이 캄캄해지
는 듯했다. 단자에몬은 화가 가라앉자 형용할 수 없는 외로움에 휩싸
였다. 앞으로 젊어질 리도 없고 명예와 야심도 갖지 않겠다고 결심했
던 자신의 늙은 몸 하나를 깨닫고는 그의 얼굴은 울고 싶은 듯 일그러

졌다.

"위험에서 구해 주고 또 그렇게 돌봐 주었는데 아무 말도 하지 않고 떠나다니…… 아, 이것이 세상이로구나……. 요즘 젊은 여자들은 다 그런 것일까? 아니면 혹시 나를 의심해서?"

단자에몬은 망연히 중얼거리다 그녀가 누워 있던 자리를 의심스런 눈초리로 바라보았다. 그런데 그곳에 허리띠를 찢은 듯한 천 조각이 버려져 있었는데 거기에 피가 조금 묻어 있었다. 단자에몬은 더욱 의심스런 마음이 동해서 이상야릇한 질투심에 사로잡혔다. 그는 화가 치밀어 짚으로 만든 잠자리를 발로 걷어찼다. 사 가지고 온 약도 밖으로 던져 버렸다. 하루 종일 탁발을 하느라 배가 고팠지만 저녁밥을 지을 기력도 잃은 듯이 피리를 들고 아미타당의 마루가로 나갔다.

"아, 아."

그는 거기서 반 시각 정도를 하염없이 피리를 불며 번뇌를 허공으로 날려 보냈다. 인간의 정욕은 묘지에 들어갈 때까지 형체를 바꾸면서 몸속 어딘가에 잠재하고 있다는 것을 단자에몬이 부는 피리가 고백하고 있었다.

'어차피 다른 사내에게 농락당하는 것이 그 아이의 숙명이라면 굳이 나만이 고지식한 도덕적 통념에 얽매여 밤새 괴로워할 필요는 없었던 것을.'

후회를 닮은 것이든 스스로 경멸하는 마음이든 잡다한 감정들이 한곳에 머무르지 못하고 혈관 속을 휘젓고 돌아나가는 것, 그것이 바로 번뇌였다.

 단자에몬이 부는 피리는 오로지 그 감정의 혼탁함에서 벗어나 맑아지려고 하는 필사적인 반성인 듯했지만 그것은 업이 깊은 그의 천성이어서 그가 애쓰는 만큼 피리 소리는 맑아지지 않았다.

"허무승 님, 오늘 밤은 무엇이 그리 즐거워 혼자서 피리를 불고 있는 겝니까? 마을에서 탁발을 많이 얻어 술이라도 사 왔으면 내게도 조금 주시지요?"

 거지가 불당의 마루 밑에서 고개를 내밀고 이렇게 말했다. 그 앉은 뱅이 거지는 마루 밑에 살면서 위에서 지내고 있는 단자에몬의 생활을 왕후와 같이 부러워하며 올려다보고 있었다.

"오! 너는 알고 있겠구나. 내가 어젯밤 여기에 데리고 온 여자는 어디로 갔느냐?"

"그런 보석을 도망치게 하는 법이 어디 있소? 오늘 아침에 당신이 나가자 커다란 칼을 등에 맨 젊은 앞머리 무사가 새끼 원숭이와 함께 여자까지 어깨에 둘러메고 데리고 가더군요."

"뭐, 머리를 내린 무사가?"

"못난 사내 같진 않던데, 당신이나 나보다는."

 마루 밑의 앉은뱅이 거지는 뭐가 그리 우스운지 혼자 웃고 있었다.

공개장

         세이주로는 시조 도장으로 돌아오자 곧 제자의 손에 매를 옮겨 주고 신발을 벗었다.

"매를 방에 있는 나무 위에 옮겨 놓아라."

  불쾌한 표정이 역력하고 면도칼처럼 몸에 날이 서 있었다. 제자들은 삿갓과 발을 씻는 물을 가져오는 등 조심하면서 물었다.

"함께 간 고지로 님은?"

"나중에 오겠지."

"사냥을 하다 엇갈리셨군요?"

"사람을 기다리게 하고 돌아오지 않아서 먼저 돌아왔다."

  세이주로는 의복을 갈아입고 거실에 앉았다. 그곳의 안뜰을 사이에 두고 넓은 도장이 있었다. 도장은 세밑 이십오 일을 끝으로 해서 봄에 다시 열 때까지 닫혀 있었다. 천 명에 가까운 제자들이 일 년 내내 출입하던 도장에서 목검 소리가 들리지 않으니 갑자기 빈 집이 되어 버린 느낌이 들었다.

"아직 돌아오지 않았나?"

세이주로는 거실에서 몇 번이나 제자들에게 물었다.

"아직 돌아오지 않았습니다."

고지로가 돌아오면 오늘은 그를 무사시라고 간주하고 연습을 할 작정이었지만 고지로는 한밤중이 되어도 끝내 돌아오지 않았다. 다음 날도 마찬가지였다.

세밑 마지막 날이 닥쳐왔다. 올해도 오늘 하루뿐인 섣달그믐 점심 무렵이었다.

"어떻게 할 거요?"

요시오카가의 바깥방에서는 외상값을 받으러 온 자들이 장을 이루어 밀어닥쳤다. 키가 작은 상인이 참다못해 소리를 쳤다.

"출납을 맡은 사람이 없다, 주인이 없다고만 하면 그것으로 끝날 줄 아시오?"

"수십 번 헛걸음만 시킬 작정이오?"

"올 반년 동안의 외상뿐이라면 선대의 체면을 생각해서 그냥 돌아갈 수도 있지만 금년과 작년의 계산이 모두 얼마인지 아시오?"

장부를 두드리며 들이미는 사내도 있었다. 목공, 미장이, 싸전, 술집, 옷가게, 그리고 세이주로가 여기저기서 유흥을 즐기며 들락거리던 요정집 외상은 그래도 금액이 적은 편이었다. 동생 덴시치로가 형에게 알리지 않고 멋대로 빌려 쓴 비싼 이자 돈도 있었다.

"당신들은 해결할 수 없으니 세이주로 님을 만나야겠소."

주저앉아서 꼼짝도 하지 않는 사람만 해도 네다섯 명이었다. 평소에 도장의 회계나 가계家計의 융통은 기엔 도지가 맡아서 꾸려 왔는데 그런 그가 며칠 전, 여행지에서 모아 온 돈을 가지고 오코와 도망을 치고 말았다. 제자들은 어떻게 하면 좋을지 알 수가 없었다.

"없다고 그래."

세이주로는 그저 한 마디 내뱉고 안에 들어가 숨어 있었고, 동생 덴시치로 역시 그믐날 집에 붙어 있을 리가 없었다. 그때 예닐곱 명의 패거리가 거들먹거리며 우르르 들어왔다. 자칭 요시오카 문하의 십걸이라고 하는 우에다 료헤이와 그 제자들이었다.

료헤이가 외상값을 받으러 온 자들 앞에 우뚝 서서 한번 노려보더니 거만하게 물었다.

"대체 무슨 일이냐?"

제자들이 설명할 것까지도 없다는 표정으로 간략하게 고하였다.

"뭐야, 빚을 받으러 온 자들이란 말이냐? 빚을 갚으면 되지 않느냐. 도장의 형편이 좋아질 때까지 기다리거라. 기다리지 못하겠다는 놈은 내가 따로 할 말이 있으니 도장으로 오거라."

료헤이가 겁을 주며 말하자 돈을 받으러 온 상인들은 속에서 울화가 치밀었다.

'형편이 좋아질 때까지 기다리라니, 더구나 기다릴 수 없는 자는 따

로 할 말이 있으니 도장으로 오라니…….'

그들은 적어도 무로마치 장군 가문의 병법소에 출사한 선대의 신용이 있었기 때문에 머리를 숙이고 기분을 맞춰 가며 물건이든 무엇이든 빌려 주었다. 그리고 내일 오라고 하면 '예, 알겠습니다', 모레 오라고 해도 '예', 무슨 말을 하든지 '예예' 하며 굽실거렸지만 기어오르는 것도 정도가 있었다. 그런 말에 겁을 집어먹고 물러가는 날에는 장사치로서 살아갈 수가 없었다. 상인 없이 무사만으로 세상이 돌아갈 것 같은가, 하는 반감이 치솟았다.

료헤이는 머리를 맞대고 웅성거리는 상인들을 향해 소리쳤다.

"자, 돌아가거라. 죽치고 있어도 소용없다."

상인들은 잠자코 있었지만 미동도 하지 않았다. 그러자 료헤이는 문하생에게 말했다.

"어서 쫓아 버려라."

그때까지 꾹 참고 있던 상인들도 더 이상 참고 있을 수만은 없었다.

"나리, 이건 너무하지 않습니까?"

"무엇이 너무해?"

"어찌 그런 터무니없는 말을…….'"

"누가 터무니없다고 했나?"

"아무리 그래도 쫓아 버리라니요?"

"그러면 왜 순순히 돌아가지 않는가? 오늘은 섣달그믐이다."

"그러니 저희들도 해를 넘길지 어떻게 할 것인지 말씀을 들어 보겠다고 하고 있는 것 아닙니까?"

"우리도 바쁘다."

"그런 법이 어디 있습니까?"

"그래서 물러가지 못하겠다는 것이냐?"

"외상값을 받기만 한다면 아무 불만도 없습니다."

"잠깐 이리 와 보아라."

"어, 어디로?"

"괘씸한 놈."

"말이 지나칩니다."

"뭐라?"

"나리보고 한 말이 아닙니다. 괘씸하고 해서……."

"닥쳐라!"

료헤이는 상인의 멱살을 잡고 대문 밖으로 내던졌다. 그곳에 있던 상인들이 당황해서 뒷걸음질 치다가 몇 명이 서로 발이 걸려 자빠지고 말았다.

"또 불만이 있는 놈은 어디 나와 보아라. 몇 푼 안 되는 외상을 가지고 우르르 몰려와서 소란을 부리다니, 내 용서치 않겠다. 스승님이 지불한다고 해도 내가 말릴 것이다. 자, 한 놈씩 머리를 내밀거라."

상인들은 그의 주먹을 보고 앞 다퉈 문밖으로 도망쳐 나와서는 입을 모아 욕을 해댔다.

"머지않아 이 대문에 매가賣家라는 종이가 붙으면 손뼉을 치며 비웃어 줄 테다."

"그날이 멀지 않았네."

상인들의 그런 원망을 들으면서 료헤이는 문 안쪽에서 배를 움켜잡고 웃고 있었다. 그리고 다른 사람들과 함께 안쪽에 있는 세이주로의 거실로 들어갔다. 세이주로는 침통한 얼굴로 혼자 화로를 끼고 앉아 있었다.

"어찌 그리 조용하십니까? 어디 편찮으십니까?"

료헤이가 물었다.

"아니네. 아무렇지도 않네."

세이주로는 문하생 중 수족 같은 제자 예닐곱이 함께 들어오자 얼굴빛을 다소 누그러뜨리며 말했다.

"드디어 날이 코앞까지 다가왔다."

"그렇습니다. 저희도 그 일 때문에 이렇게 뵈러 왔습니다만, 무사시에게 알려 줄 시합 장소와 날짜는 결정하셨는지요?"

"글세……."

세이주로는 생각에 잠겼다. 일찍이 무사시가 보낸 편지에는 시합 장소나 날짜는 이쪽에 일체를 일임하니 그것을 정월 초하루까지 고조 다리에 있는 팻말에 붙여 달라고 했다.

"우선, 장소인데……."

세이주로는 사람들에게 중얼거리듯 물었다.

"교토 북쪽에 있는 라쿠호쿠洛北의 연대사蓮臺寺 들판은 어떨까?"

"좋습니다. 허면 날짜와 시간은?"

"칠일에서 보름 사이가 좋은지 아니면 지나서가 좋은지······."

"빠른 편이 좋을 듯합니다. 무사시가 비겁한 계책을 꾸미기 전에."

"그럼 팔일은?"

"팔일 말입니까? 팔일이 좋을 듯합니다. 선대의 제일祭日이기도 하니까."

"아, 아버님의 제일이군. 그럼 안 되지. 구일 아침 묘시卯時로 하세."

"그럼 그대로 방을 써서 오늘 밤 안에 고조 다리 옆에 세울까요?"

"흐음······."

"각오를 단단히 하셔야 합니다."

"당연한 것 아닌가."

세이주로는 그렇게 말할 수밖에 없었다. 그러나 무사시에게 진다는 생각은 꿈에도 하지 않았다. 아버지 겐포의 손에서 어린 시절부터 배운 기량은 여기에 있는 수제자 어느 누구와 언제 시합을 해도 진 적이 없었다. 하물며 이제 걸음마를 떼기 시작한 시골 병법자인 무사시 같은 자에게 질 턱이 없다고 스스로 자부하고 있었다. 그럼에도 불구하고 왠지 모르게 얼마 전부터 문득문득 두려움이 들거나 마음이 안정되지 않는 것은, 자신이 병법 수련을 게을리 해서가 아니라 신변의 잡다한 일에 휘둘리고 고민하기 때문이라고 생각했다.

아케미의 일이 그 원인 중 하나라기보다 가장 큰 비중을 차지했다. 아케미의 자살 시도가 있은 후, 그는 기분이 상해 있었고 무사시가 보낸 도전장에 당황하여 교토로 돌아와 보니 기엔 도지는 이미 도망을 쳐 버렸다. 또 연말이 되자 그동안 쌓인 빚을 받으러 온 빚쟁이에게 시달리는 통에 그는 마음을 가다듬을 여유조차 없었다.

게다가 은근히 마음속으로 믿고 있던 사사키 고지로도 이곳에 와서는 얼굴을 볼 수조차 없었고 동생 덴시치로조차 가까이 오지 않았다. 그는 처음부터 이번 시합에 도움을 필요로 할 만큼 무사시를 강하게 생각하지는 않았지만 그럼에도 이번 연말에는 왠지 마음 한구석에 허전함이 드는 것은 어쩔 수가 없었다.

"한번 보십시오. 이만하면 괜찮지 않습니까?"

료헤이와 제자들이 별실에서 새로 깎은 나무판에 방으로 써 붙일 말을 써서 그의 앞에 내놓았다. 아직 먹물도 마르지 않았다.

답시答示

원하는 바대로 시합을 고함.

장소, 라쿠호쿠 연대사 들판.

일시, 정월 구일 묘시.

시합에 있어서의 서약.

만일 상대가 시합을 어길 시, 세상에 웃음거리가 될 것이며

본인이 어길 시에는 즉시 신벌을 받을 것이다.

게이초 구년 제야
헤이안 요시오카 겐포 이대 세이주로
사쿠슈 낭인 미야모토 님

"음, 됐다."

세이주로는 그제야 결심을 굳혔는지 고개를 크게 끄덕였다. 료헤이
는 방을 겨드랑이에 낀 채 두세 명을 데리고 섣달그믐의 초저녁을 큰
걸음으로 걸어서 고조 다리로 갔다.

다섯 조각의
떡

        요시다吉田 산 아래 부근에는 적은 녹미를 받으면서도 귀족을 섬기며 평생 따분하게 살아가는 무사들의 집이 많았다. 아담하게 지은 집과 소박하고 작은 문 등이 옹기종기 늘어서 있어서 밖에서 보기에도 이내 알 수 있을 정도로 극히 보수적인 색채를 띠고 있었다.

'여기도 아니고, 여기도……..'

'다른 곳으로 옮겨 간 건 아닐까?'

무사시는 집집마다 걸린 문패의 이름을 하나하나 살펴보다가 더 이상 찾을 마음을 잃어버렸는지 그 자리에 멈춰 서고 말았다.

아버지 무니사이가 돌아가셨을 때 본 이후로 만나지 못한 숙모였던 만큼 그의 기억은 소년 시절의 먼 기억에 지나지 않았다. 그렇지만 누님인 오긴 외에 혈연이라고는 숙모밖에 없었기 때문에 어제 교토에 발을 들여놓자 불현듯 생각이 나서 찾아온 것이었다.

숙모의 남편이 고노에近衛가에서 적은 녹을 받으며 일하는 무사였던 기억이 남아 있었다. 요시다 산에 오면 금방 알 수 있으리라 생각하고 왔는데 막상 와서 보니 비슷한 모습을 한 집들이 너무 많았다. 집은 작은 편이었으나 모두 나무숲 안쪽에 달팽이처럼 문을 닫아걸고 있었고 문패가 없는 집도 많아서 알아보기도 어려웠다. 그렇다고 물어보기는 더 어려웠다.

'분명 이사를 간 게 틀림없어. 그만두자.'

무사시는 단념하고 마을 쪽으로 발길을 돌렸다. 마을의 하늘 위로 내리는 저녁 어스름은 세밑에 선 시장의 불빛들을 받아 불그스름하게 보였다. 섣달그믐날 해질 무렵이었다. 마을 어디에서나 시끌벅적한 소리가 들려왔다. 사람들이 많이 다니는 거리로 나오자 사람들의 눈과 걸음걸이도 달랐다.

"아?'

무사시는 그의 옆을 스쳐 지나간 한 부인을 돌아보았다. 이미 칠팔 년이나 보지 못한 숙모였다. 외가 쪽인 반슈 사요고播州佐用鄕에서 도회지로 시집을 갔다는 그 숙모임에 분명했다.

틀림없다고 생각했지만 혹시나 하는 생각에 잠시 부인의 뒤를 따라가면서 주의 깊게 살폈다. 마흔 살 가량의 몸집이 작은 부인은 세밑 장에서 산 물건을 가슴에 안고 아까 무사시가 한참을 찾아 헤매던 한적한 샛길로 접어들었다.

다섯 조각의 떡

"숙모님!"

무사시가 부르자 부인은 의아한 표정으로 한동안 무사시의 얼굴과 모습을 자세히 살펴보았다. 평소 어려운 가정 형편과 무사안일한 생활에 익숙했던지 나이에 비해 다소 늙어 보이는 그녀의 눈가가 놀라움을 머금고 있었다.

"아니, 너는 무니사이의 아들 무사시 아니냐?"

소년 무렵 이후 처음 보는 숙모가 다케조라 부르지 않고 무사시라고 부른 것이 뜻밖이었지만, 그보다 왠지 모르게 섭섭한 마음이 들었다.

"네, 신멘가의 다케조입니다."

무사시가 그렇게 말하자 그녀는 그렇게 말하는 무사시의 모습을 바라보기만 할 뿐, 많이 컸다든지 몰라볼 정도로 달라졌다든지 하는 말도 하지 않았다. 오히려 차가운 음성으로 나무라듯 말했다.

"그런데, 너는 무슨 일로 여기에 온 거냐?"

무사시는 어릴 적 헤어진 생모에 대한 기억이 전혀 없었다. 하지만 숙모와 이렇게 이야기를 하고 있자니 어머니도 살아 있을 때는 키가 저만 했을까, 저런 목소리였을까, 하며 죽은 어머니의 모습을 마음속에서 그려 보았다.

"딱히 일이 있어서 온 것은 아닙니다. 교토에 오니 문득 생각이 나서 그냥……."

"나를 보러 온 게냐?"

"네, 갑작스럽지만……."

그러자 숙모는 손을 저으면 말했다.

"여기서 만났으니 됐다. 그만 돌아가거라."

'이것이 몇 년 만에 만난 한 핏줄인 사람에게 할 말인가!'

무사시는 남들보다 더한 냉정함을 느꼈다. 어머니 다음으로 숙모에게 어리광을 부리던 철부지가 불현듯 그것을 후회하는 것처럼 무사시는 자신도 모르게 말했다.

"숙모님, 그게 무슨 말이십니까? 돌아가라고 하시면 그리하겠지만, 길에서 만나자마자 돌아가라니 도무지 이해할 수 없군요. 제가 무슨 잘못이라도 했다면 꾸짖어 주십시오."

무사시가 그렇게 원망조로 말하자 숙모는 곤란한 듯 말했다.

"그럼, 잠깐 숙부라도 만나 보고 가거라. 하지만 숙부는 본래 그런 사람이니 오랜만에 찾아온 너에게 혹시 언짢은 말을 해도 낙담하지 말고, 노파심이라 생각하고 마음 상해 하지 말거라."

그 말에 무사시는 다소나마 위안을 받고 숙모를 따라 집으로 들어갔다.

장지문 너머로 숙부인 마쓰오 가나메松尾要人의 목소리가 들렸다. 천식이 있는 듯한 숙부의 기침 소리와 그다지 기뻐하지 않는 듯 뭐라 중얼거리는 목소리를 듣자, 무사시는 이 집의 차가운 벽을 새삼 느끼며 옆방에서 머뭇거리고 있었다.

"뭐? 무니사이의 아들 무사시가 왔다고? 아니, 대체 뭐 하러? 뭐, 옆방에 있다고? 왜 내게 아무 말도 하지 않고 집 안으로 들인 겐가?”

무사시는 참다못해 숙모를 불러 그만 돌아가겠다고 말하려 했다.

“거기에 있느냐?”

그때 가나메가 문을 열더니 문지방 너머로 미간을 찌푸렸다. 다다미 위에 흙 묻은 짚신을 신고 올라온 지저분한 촌놈이라도 보는 듯한 눈빛이었다.

“넌 무슨 일로 왔느냐?”

“지나는 길에 안부가 궁금하여 왔습니다.”

“거짓말하지 말거라.”

“네?”

“거짓말을 해도 나는 다 알고 있다. 넌 고향을 한바탕 뒤집어 놓고 마을 사람들의 원망을 받아 가명을 더럽히고 쫓겨난 몸이 아니냐?”

“……”

“무슨 면목이 있어 뻔뻔하게 친척들을 찾아왔느냐?”

“죄송합니다. 머지않아 조상님과 마을 사람들께 사죄를 하려고 생각하고 있습니다.”

“이제껏 고향에도 돌아가지 못하는 것은 자업자득이다. 네 아버지도 지하에서 울고 있을 게다.”

“오래 있었습니다. 숙모님, 그만 물러가겠습니다.”

“이놈, 기다리거라.”

이제껏 꾸짖던 가나메가 말했다.

"이 근방에서 어물거리다가는 큰일을 당할 거다. 그 혼이덴가의 오스기라고 하는 고집 센 노파가 반년 전에 찾아오고, 또 얼마 전에도 우리 부부를 찾아와서 네가 있는 곳을 대라는 둥 네가 다녀가지 않았느냐는 둥 행패를 부리고 있다."

"그 노파가 여기에도 왔었습니까?"

"난 그 노파로부터 모든 얘길 들었다. 친척만 아니라면 결박하여 노파 손에 건네주겠지만, 그렇게 할 수도 없는 법. 우리에게까지 폐를 끼치지 않으려면 잠시 쉬었다가 오늘 밤이라도 떠나는 게 좋을 게다."

뜻밖이었다. 숙부와 숙모는 오스기의 말을 곧이곧대로 듣고 자신을 대하고 있었다. 본래 입이 무거웠던 무사시는 뭐라 표현할 수 없는 암담함에 그저 고개만 숙이고 있었다. 그것이 딱하게 보였는지 숙모가 저쪽 방으로 가서 좀 쉬라고 했다. 그것이 최대의 호의인 듯했다. 말 없이 자리에서 일어나 그 방으로 들어가자 며칠 동안 쌓인 피로가 한꺼번에 밀려왔다. 또 내일 날이 밝으면 고조 대교에 가야 했기 때문에 무사시는 곧 옆으로 누워 칼을 가슴에 품었다. 이 세상에 자기 혼자뿐이라는 고독을 부둥켜안고 있는 듯한 모습이었다.

살갑게 맞아주지는 않았지만 혈연관계인 숙부와 숙모이기에 일부러 그런 말을 매몰차고 무뚝뚝하게 해 준 게 아닌가 하는 생각이 들기도 했다. 잠시나마 울컥해서 대문에 침이라도 뱉고 가 버릴까 생각까지 했지만, 무사시는 그렇게 받아들이기로 하고 자리에 누워 있었다.

헤아려 봐도 몇 안 되는 친척이었다. 그는 가능한 피가 섞인 그 사람들을 좋게 생각하고 평생 동안 무슨 일이라도 생기면 서로 도와주며 살고 싶었다. 그러나 무사시의 생각은 현실을 모르는 감상에 불과했다. 아직 젊기 때문이라기보다 유치할 정도로 사람을 보는 눈과 세상을 보는 눈이 얕은 청년의 소견에 지나지 않았다. 그와 같은 생각은 그가 크게 이름을 떨치든가 부를 얻은 후라면 전혀 이상할 것이 없겠지만, 한겨울에 때에 찌든 옷 한 벌 걸치고 더구나 섣달그믐날 저녁에 찾은 친척집에선 생각할 바가 아니었다. 그의 생각이 잘못됐다는 것은 이내 알 수 있었다.

"좀 쉬었다 가거라."

숙모의 그 말 한 마디를 믿고 무사시는 고픈 배를 부여잡고 기다렸지만 초저녁부터 부엌에서 음식 냄새가 풍기고 그릇이 달그락거리는 소리가 들렸지만 그의 방에는 아무도 들어오지 않았다. 화로 속에는 반딧불만 한 불씨밖에 없었다. 그러나 춥고 배고픔은 다음 문제였다. 그는 팔베개를 한 채 반 시각 정도 잠이 들었다.

"아, 제야의 종소리다."

무의식중에 벌떡 몸을 일으켰을 때는 며칠간의 피로도 말끔히 씻겨 있었고 정신도 매우 맑았다. 교토에 있는 사원들에서 치는 종소리가 은은하게 울려 퍼졌다. 제행번뇌諸行煩惱를 일깨우는 백팔 번의 종은 사람으로 하여금 일 년 동안의 일체의 제행에 반성하는 마음을 불러일으켰다.

'나는 옳았다.'

'나는 해야 할 일을 했다.'

'나는 후회하지 않는다.'

'그런 사람이 몇이나 될까?'

무사시는 생각했다. 종이 한 번 올릴 때마다 후회만이 밀려왔다. 절절하게 후회하는 일만이 떠올랐다.

'올해뿐만이 아니다. 작년, 재작년, 또 재재작년, 어느 해고 부끄럽지 않은 날들을 보낸 해가 있었던가. 후회하지 않을 날이 하루라도 있었던가.'

인간은 무엇인가 떠나보낼 때는 이내 후회하는 존재인 듯했다. 일생의 아내를 맞는 일에 있어서도 대다수 남자들은 후회해도 소용없는 후회를 하며 살아간다. 그래도 여자가 후회하는 것을 용서할 수 있는 이유는 그들은 남에게 한탄을 늘어놓지 않는다는 데 있다. 하지만 남자는 종종 주절주절 한탄을 늘어놓는다. 용감한 얼굴로 신이 난 말투로 자신의 아내를 다 해진 짚신짝처럼 매도한다. 울면서 말하는 것보다 참으로 보기에도 흉했다.

아직 아내는 없지만 무사시에게도 그와 비슷한 후회와 번뇌가 있었다. 그는 벌써 숙모를 찾아온 것을 후회하고 있었다.

'나는 아직 누군가에게 의지하고 싶은 마음을 지우지 못했다. 항상 혼자다, 혼자 힘으로 해야 한다고 경계하면서도 어느 순간 사람에게 의지하려고 한다. 바보, 어리석은 놈. 나는 아직 미숙하다.'

그렇게 참회하는데 그런 자신의 모습이 또 추하게 여겨져서 무사시는 더욱 자신이 부끄러워졌다.

"그래, 써 놓자."

무슨 생각을 했는지 그는 항상 몸에서 떼어 놓지 않는 수행 보따리를 끄르기 시작했다. 그때, 대문을 쾅쾅 두드리는 행장 차림의 노파가 있었다. 무사시는 반지半紙를 네 겹으로 접어서 철을 한 수첩을 보따리 속에서 꺼내더니 급히 벼룻집을 끌어당겼다. 거기에는 그가 떠돌아다니는 동안에 느꼈던 감상이나 선어禪語, 지리, 자계하는 말, 또 군데군데 서툴게 그린 사생화들도 있었다. 무사시는 붓을 들고 여백을 응시했다. 백팔 번의 종은 아직 멀리서 은은히 울려 퍼지고 있었다.

나는 무슨 일이든 후회하지 않겠다.

무사시는 그렇게 적었다. 자신의 약점을 찾아낼 때마다 그는 자계自戒의 말을 하나씩 적었다. 그러나 쓰는 것만으로는 어떤 의미도 없었다. 아침저녁으로 독경을 외듯 가슴에 새겨야 했다. 응당 문구도 시처럼 읊기 쉬워야만 했다. 그 때문인지 고심을 거듭했다. 그는 '나는 무슨 일이든……'이라는 문구를 '나는 일에 있어'로 고쳐 적었다.

나는 일에 있어 후회하지 않겠다.

입으로 중얼거려 보았으나 무사시는 아직 자신의 마음에 꼭 들지 않는지 마지막 글자를 지우고 다시 고쳐 적은 후에 붓을 내려놓았다.

　나는 일에 있어 후회하지 않으리.

　처음에는 '후회하지 않겠다'라고 했지만 그것으로는 어딘지 미흡하
다고 생각했다. '않으리'여야만 했다.
　"됐다!"
　만족한 무사시가 마음속으로 맹세했다. 무슨 일이건 자신이 한 일에
대해 후회하지 않는 높은 경지에까지 도달하려면 이 몸을, 이 마음을
부단히 단련하지 않으면 이를 수 없다고 생각했다.
　'반드시 그 경지까지 다다르고 말겠다.'
　그는 그 이상을 가슴 깊이 못을 박듯 굳게 맹세했다. 그때, 갑자기 숙
모가 등 뒤의 장지문을 열고 들여다보며 무사시를 불렀다.
　"무사시……."
　싸늘한 표정으로 잔뜩 숨을 죽인 목소리였다.
　"가는 날이 장날이라고, 너를 잡은 게 마음에 걸리더니만 아니나 다
를까, 지금 혼이덴가의 오스기가 문을 두드리며 현관에 있는 네 짚신
을 발견하고는 네가 온 것이 분명하다며 내보내라고 고함을 치고 있
다. 여기서도 들리는구나. 저 봐라. 무사시, 어떻게 하겠느냐?"
　"오스기 노파가?"
　귀를 기울이니 과연 고집 센 노인의 쉰 목소리가 들렸다. 숙모는 제

야의 종도 다 올리고 이제 약수라도 길어 오려던 새해 첫날부터 혹시 피라도 보게 되면 어떻게 하나 싶은 께름칙한 얼굴을 노골적으로 드러내며 무사시를 쳐다보았다.

"도망쳐라, 무사시. 도망치는 것이 가장 낫다. 지금 숙부가 네가 들린 적이 없다고 노파를 붙들고 시간을 벌고 있으니, 그사이에 뒷문으로……."

그녀는 무사시의 보따리와 삿갓을 집어 들고 숙부의 가죽 버선과 짚신 한 켤레를 뒷문에 내놓았다. 무사시는 그녀가 재촉하는 대로 버선과 짚신을 신고 면목이 없다는 듯 말했다.

"숙모님, 정말 죄송스럽지만 밥을 좀 먹을 수 있겠는지요? 실은 초저녁부터 굶어서요."

"무슨 말을 하는 게냐? 지금 그럴 때가 아니다. 자, 이거라도 들고 빨리 가거라."

그녀는 하얀 종이에 네모로 자른 떡 다섯 개를 싸서 가지고 왔다. 무사시는 그것을 받아 들며 인사를 했다.

"안녕히 계십시오."

새해 첫날, 온몸의 털을 다 쥐어뜯긴 새처럼 무사시는 차갑게 얼어붙은 빙판길을 밟으며 새카만 어둠 속으로 시름시름 걸어 나왔다.

머리카락도 손톱도 모두 얼어붙는 듯했다. 내쉬는 입김만이 하얗게 보이고 그 숨결이 입가에 난 솜털에 닿자 이내 서리로 변할 정도로 차가웠다.

"춥다."

무사시는 무의식중에 소리를 내며 말했다. 팔한지옥八寒地獄이라고 해도 이만큼은 아니었는데, 왜 오늘 아침에는 유독 춥게 느껴지는 것일까.

'몸보다도 마음이 춥기 때문일 게다.'

무사시는 자신의 질문에 자신이 대답했다. 그리고 또 생각했다.

'본래 나는 미숙한 인간이었다. 걸핏하면 사람을 그리워하는 갓난아기처럼 젖비린내 나는 감상에 마음이 흔들리고 혼자 있으면 외로워하고 불이 켜져 있는 따스한 집을 부러워했다. 얼마나 못난 마음이냐. 왜 자신에게 주어진 이 고독과 유랑에 감사하지 못하고 이상과 용기도 갖지 못한단 말인가?'

아플 만큼 얼어붙었던 무사시의 발은 어느새 발끝까지 뜨거워져 있었고, 어둠 속에서 내쉬는 하얀 숨결도 뜨거운 수증기와 같은 박력으로 추위를 이겨 냈다.

'이상이 없는 유랑자, 고마운 줄 모르는 고독, 그것은 걸식을 하고 돌아다니는 생애에 불과하다. 사이교四行 법사와 걸식과의 차이는 그것이 마음에 있는가 없는가 하는 차이에 다름 아니다.'

언뜻 발 아래로 하얀 빛이 스쳐갔다. 내려다보니 살얼음을 딛고 있었다. 어느 사이엔가 그는 강가에 내려와 가모 강의 동쪽 기슭을 걷고 있었다. 강물과 하늘은 아직 어두웠고 날이 샐 기색은 보이지 않았다.

강가라는 것을 깨닫자 갑자기 발길이 떨어지지 않았다. 요시다 산 아래에서 이곳까지 누가 옆에서 코를 꼬집어도 모를 만큼 짙은 어둠 속을 별 고통도 없이 걸어왔었다.

"그래, 불이라도 피우고……."

무사시는 제방 밑으로 가서 근처에 있는 마른 나뭇가지나 나뭇조각과 같은 불을 피울 수 있는 것을 모았다. 부싯돌로 작은 불씨를 일으킬 때까지는 많은 정성과 끈기가 필요했다. 간신히 마른 풀에 불이 붙었다. 그 위에 불을 붙일 땔감을 정성 들여 쌓았다. 어느 순간을 기점으로 갑자기 커진 불길은 바람에 일렁이더니 불을 만든 사람의 얼굴을 덮칠 기세로 타올랐다.

무사시는 품에서 떡을 꺼내 불에 구웠다. 점점 부풀어 오르는 떡을 보고 있자니 다시 소년 무렵의 설날이 떠올라 집 없는 아이의 감상이 물거품처럼 마음속에서 명멸했다.

"……."

짠맛이나 단맛도 없는 그저 평범한 떡이었다. 그러나 그 떡 속에서 세상살이에 대한 맛을 느낄 수 있었다.

"나의 설날이다."

모닥불에 얼굴을 녹이면서 떡을 먹고 있는 그의 얼굴에 불현듯 무엇이 재미있는지 보조개 두 개가 떠올랐다.

"좋은 설날이구나. 나 같은 사람도 다섯 조각의 떡이 생긴 것을 보면 하늘은 모두에게 설을 내려 주는가 보다. 술은 출렁이며 흘러가는 가모 강의 물, 가도마쓰는 히가시東 산의 서른여섯 개의 봉우리, 어디 몸을 정결히 하고 새해 해돋이를 기다려 볼까."

무사시는 물가로 가서 허리끈을 끌렀다. 옷을 모두 벗어 던지고 물속에 풍덩 몸을 던졌다. 그리고 물새가 날개를 퍼덕이듯 물보라를 일으키며 온몸을 씻기 시작했다. 이윽고 밖으로 나와 몸을 닦고 있는 사이에 등 뒤에서 구름을 헤치고 나온 새벽빛이 희미하게 비치기 시작했다.

그때, 강가에서 타다 남은 모닥불을 보며 제방 위에 서 있는 사람의 그림자가 있었다. 그 그림자와 실제의 나이는 전혀 다르지만 윤회에 따라 떠돌아다니는, 혼이덴가의 오스기였다.

취침

'저놈이 저기 있구나.'

오스기는 속으로 이렇게 부르짖었다.

"네 이놈!"

조바심이 나는 마음과는 달리 몸이 부들부들 떨려와 그녀는 그만 제 방의 소나무 아래에 털썩 주저앉고 말았다.

"마침내 여기서 이렇게 만나다니, 기쁘구나. 이것은 얼마 전, 스미요시 포구에서 뜻하지 않게 죽은 곤 숙부의 혼이 도운 것이다."

오스기는 아직도 곤로쿠의 뼈 한 조각과 머리카락을 허리에 찬 보자기 속에 넣어 항상 지니고 다녔다.

'곤 숙부, 비록 자네는 죽었어도 나는 혼자라고 생각하지 않네. 다케조, 아니 무사시와 오츠를 잡기 전에는 절대 고향 땅을 밟지 않기로 맹세하고 길을 떠난 우리가 아닌가. 자네는 죽었어도 자네의 혼백은

내 곁을 떠나지 않을 게요. 나도 항상 자네와 함께 있다고 생각하고 반드시 무사시를 처치할 테니, 거기서 잘 지켜보시게.'

곤로쿠가 죽은 지 불과 이레밖에 되지 않았지만, 오스기는 하루 종일 그렇게 말을 하며 자신도 백골이 될 때까지 잊지 않겠다며 다짐하고 있었다. 그녀는 요 며칠 동안 마치 귀신과 같은 형상으로 무사시의 뒤를 쫓아왔다. 그때 얼핏 그녀의 귀에 요시오카 세이주로와 무사시의 시합이 조만간 있을 거라는 소문이 들려왔다.

그리고 섣달그믐이었던 어제 저녁, 고조 대교에 모여 있는 사람들 틈에서 요시오카 문하의 사람이 세워 놓고 간 팻말을 보게 되었다. 오스기는 그것을 얼마나 흥분한 눈으로 읽었는지 몰랐다.

'가당찮은 무사시가 안하무인도 유분수지. 요시오카에게 질 게 뻔한데, 그래서는 고향에 큰 소리치고 떠나 온 내 체면이 서지 않는다. 무슨 수를 쓰든 요시오카에게 지기 전에 내 손으로 그놈의 머리를 잘라 고향 사람들에게 보여 주어야 한다.'

오스기는 조바심에 안달이 났다.

'교토의 구석구석을 다 뒤져서라도 찾아내야 한다!'

오스기는 몸에 곤로쿠의 백골을 지닌 채 마음속으로는 조상의 가호를 빌며 마쓰오 가나메의 집을 찾아가서 독설을 퍼붓고 추궁했지만 아무런 소득도 없이 실망만 한 채, 이곳 니조 강가의 제방으로 발길을 돌렸던 것이다. 그런데 강가 아래에 불빛이 보여 거지가 불이라도 피우는가 하고 무심히 제방에 서서 바라보았는데, 타다 남은 모닥불에서 열 간(間)쯤 떨어진 물가에 발가벗은 남자가 추위도 잊은 채 목욕을 하고 땅으로 올라오더니 억세 보이는 몸을 닦고 있었다.

'무사시!'

무사시의 모습을 본 오스기는 엉덩방아를 찐 채 한동안 일어서지 못했다. 무사시는 지금 발가벗고 있었다. 당장 달려들어 베어 버릴 다시 없는 기회였다. 그러나 오스기의 쪼글쪼글해진 심장은 그럴 수가 없었다. 나이와 더불어 복잡해진 감정이 행동보다 먼저 고조되었다. 오스기는 벌써 무사시의 목이라도 자른 것처럼 보였다.

"기쁘도다. 신의 가호일까 부처님의 조화일까? 여기서 무사시 놈을 만난 건 예삿일이 아닐 것이다. 평소의 신심이 통해서 신불께서 내 손으로 원수를 갚도록 보살펴 주신 게다."

그녀는 합장을 하고 몇 번이나 하늘을 향해 절을 올렸다. 강가의 돌 하나하나가 새벽빛을 받아 도드라져 보였다.

목욕을 끝낸 무사시는 옷을 입고 졸라맨 허리끈에 칼을 찬 후, 무릎을 꿇고 숙연히 천지에 머리를 숙였다.

"지금이다."

오스기가 그렇게 생각한 순간, 무사시는 강가의 물웅덩이를 뛰어넘어 급히 저편으로 걷기 시작했다. 멀리서 소리를 지르면 도망을 칠 것을 염려한 오스기는 제방 위에서 황망히 같은 방향으로 걸음을 옮겼다.

정월 초하루, 마을 지붕과 다리 위로 밝고 부드러운 빛줄기가 희미하게 비치고 있었지만 아직 하늘에는 별이 남아 있었고 히가시 산 기늪은 먹물처럼 어두웠다. 무사시는 산조 가교 아래를 지나 제방 위로 올라서더니 큰 걸음으로 성큼성큼 걸어갔다. 오스기는 몇 번이나 무사시를 부르려고 했다. 하지만 노인답게 상대의 빈틈이나 거리 등 여러 가지 조건을 치밀하게 가늠하다가 오히려 무사시에게 끌려가듯 쫓아가고 있었다.

무사시는 이미 알고 있었다. 그러기에 일부러 뒤를 돌아보지 않았다. 돌아서서 눈이 마주치면 그때 오스기가 어떤 행동을 취할지 알고 있었다. 비록 노인이라고 해도 죽을 작정을 하고 칼을 들고 달려들면 자신이 상처를 입지 않기 위해서는 어쩔 수 없이 그에 맞서야만 했다.

'무서운 상대다.'

무사시는 마음속으로 그렇게 생각했다. 고향에 있을 무렵의 다케조라면 바로 때려눕혀서 쫓아 버리거나 피를 토할 만큼 축 늘어지게 만들었을 것이다. 그러나 지금의 그는 그럴 마음이 없었다. 오스기가 칠생을 거듭해도 자신을 원수처럼 여기고 달려드는 것은 어디까지나 오해에 의한 감정이기 때문에 그것만 풀면 될 것이었다. 그리고 그 원인을 제공한 것은 바로 자신이었다. 하지만 자신의 입으로 아무리 말한다 한들 오스기가 그랬느냐며 오랜 원한을 풀 리가 없었다.

하지만 아무리 오스기라고 해도 아들인 마타하치가 직접 자신의 입으로 세키가하라로 참전했던 두 사람의 전후 사정과 모든 경위를 상세히 얘기한다면, 자신을 혼이덴가의 원수라고 하지 못할 것이며 또 며느리를 가로채 달아난 놈이라고 원망할 수도 없을 것이다.

'좋은 기회다. 마타하치와 만나게 하자. 오늘 아침에 고조에 가면 마타하치가 먼저 와서 기다리고 있을지도 모른다.'

무사시는 자신의 전갈이 마타하치에게 전해졌을 거라고 믿고 있었다. 고조 대교에 가서 오스기와 마타하치가 만나면 그동안 자신에 대한 오해가 비로소 말끔하게 해소될 것이라고 생각하고 있었다.

고조 대교의 기슭이 눈앞에 보이기 시작했다. 고마쓰의 장미원薔薇園과 에이쇼고쿠누도平相國人道의 관사 등이 기와지붕을 나란히 하고 늘어섰던 타이라平 가문이 번창했을 무렵부터, 이 부근은 민가와 왕래하는 사람이 많은 중심지로 전국 시대 이후에도 옛 모습이 남아 있었지만, 아직 어느 집도 문을 열지는 않았다.

아직 잠에 빠져 있는 집의 대문들마다 섣달그믐 초저녁에 깨끗하게 쓸어 놓은 빗질 자국이 그대로 남아서 아스라이 밝아 오는 새해의 첫 햇빛을 서서히 맞이하고 있었다. 오스기는 뒤에서 무사시가 남기고 간 큼지막한 발자국을 보았다. 그 발자국조차 미웠다. 이제 다리까지는 일 정에서 반 정 정도였다.

"무사시!"

오스기가 소리쳤다. 목청이 찢어질 듯한 목소리였다. 오스기는 주먹을 움켜쥐고 머리를 앞으로 기울이면서 달려오고 있었다.

"이 짐승만도 못한 놈아, 귀가 없느냐!"

무사시에게 그 말이 들리지 않을 리 없었다. 늙어 빠진 노파라고는 하지만 죽음을 각오한 그녀의 발소리는 무서웠다. 무사시는 등을 보

미야모토 무사시 3_불火의 장

인 채 걷고 있었다.

'이제 어떻게 하지?'

어떻게 할 것인지 순간 생각이 나지 않았다. 그사이에 오스기가 무사시를 앞질렀다.

"이놈, 게 섯거라!"

앞으로 돌아간 오스기는 천식이라도 걸린 듯 어깨와 쇠잔한 가슴을 헐떡이며 잠시 입에 침을 바르며 숨을 가누고 있었다. 어쩔 수 없다는 표정으로 무사시가 드디어 말을 걸었다.

"오, 혼이덴가의 할머님이 어떻게 이런 곳에?"

"뻔뻔한 놈. 그건 내가 할 말이다. 청수사 산넨 고개에서는 감쪽같이 놓쳐 버렸지만 오늘이야말로 네 목을 가져가야겠다."

오스기는 주름이 잡힌 가느다란 목을 길게 빼고 싸움닭처럼 키가 큰 무사시를 향해 외쳤다. 무사시는 늠름한 호걸이 분노에 차서 소리치는 것보다 잇몸이 다 드러난 앞니를 희번덕거리며 고함치는 목소리가 훨씬 무섭다는 생각이 들었다.

그 무서운 마음속에는 소년 시절의 선입관이 있었다. 마타하치가 여덟아홉 살 무렵, 한창 심하게 장난을 치던 당시에도 마을의 뽕나무밭이나 혼이덴가의 부엌에서 오스기가 고함이라도 한번 치면 깜짝 놀라 꽁무니가 빠지게 도망을 치고는 했었다. 그 천둥소리 같던 목소리가 무사시의 머릿속 한편에 아직도 남아 있었던 것이다. 원래 어려서부터 좋아하지 않았던 성질이 괴팍한 노파였다. 또 세키가하라에서 마을로 돌아온 후에 자신에게 했던 행동에 대한 증오는 하나도 빠짐없이 뼛속 깊이 새겨져 있었다. 하지만 그녀에게는 이길 수 없다는 어렸을 때의 기억이 남아 있어서인지 시간이 흐르자 그때의 분함은 그다지 남아 있지 않았다.

그에 반해 오스기는 어렸을 때부터 보아 온 장난꾸러기 꼬마인 다케조의 인상이 도저히 머릿속에서 지워지지 않았다. 쇠버짐을 앓은 머리에 코흘리개 기형아처럼 손발만 삐딱하게 길었던 갓난아이 때부터 보아 온 무사시였다. 자신은 늙고 그가 성장한 사실은 인정해도 옛날부터 아귀처럼 여기던 생각은 추호도 바뀌지 않았다. 그 아귀 때문에 자신의 집안이 이렇게 되었다고 생각하니 오스기는 마을 사람들에 대한 대의명분뿐 아니라 감정적으로도 이대로 죽어 땅속에 묻힐 수는 없었다. 무사시를 무덤으로 끌고 들어가야 한다는 일념은 살아 있는 지금 이 순간에 가장 큰 숙원이었다.

"이제 새삼스레 여러 말 할 것도 없다. 순순히 목을 내놓던지 이 노파의 칼을 받든지, 각오해라. 무사시!"

오스기는 그렇게 말하고 손에 침을 묻히려는지 왼손을 입술에 잠깐 대더니 단검 자루에 손을 대면서 다가왔다. 사마귀가 앞발을 들고 수레에 맞선다는 뜻의 당랑지부螳螂之斧라는 말이 있다. 오스기처럼 삐쩍 마른 사마귀가 낫을 닮은 가느다란 정강이로 펄쩍펄쩍 뛰며 사람을 향해 달려드는 모습을 비웃는 말이다. 오스기의 눈초리는 그 사마귀 형상을 닮았다. 아니, 피부색과 모습까지가 완전히 빼다 박았다.

그 자리에 우뚝 서서 노파가 다가오는 발소리를 어린아이처럼 바라보고 있는 무사시의 어깨와 가슴은 사마귀를 비웃는 강철 수레라고 할 수 있었다. 우스꽝스럽게 보일 수도 있는데 무사시는 웃지 않았다. 문득 측은한 생각이 들었다. 오히려 적을 위로해 주고 싶은 동정심이 들었다.

"할머니, 할머니. 잠깐 기다리시오."

무사시가 가볍게 오스기의 팔을 잡았다.

"뭐, 뭐라고?"

오스기는 쥐고 있던 칼자루와 입 밖으로 나온 앞니를 와들와들 떨면서 말했다.

"비, 비겁한 놈이, 나는 네놈보다 마흔 해나 더 살았다. 새파랗게 젊은 놈이 아무리 속이려고 해도 내 어찌 속아 넘어가겠느냐? 쓸데없는 말은 듣기 싫다. 어서 덤벼라!"

오스기의 피부는 이미 흙빛으로 변했고 말 속에는 죽음을 각오한 처절함이 담겨 있었다. 무사시는 고개를 끄덕이며 말했다.

"알았소, 알았소. 할머니 마음은 잘 알겠소. 과연 신멘 무네쓰라 가문의 기둥이랄 수 있는 혼이덴가의 여인이시오."

"이놈, 입조심하거라. 손자뻘 되는 네놈한테 칭찬을 듣고 기뻐할 내가 아니다."

"그렇게 곡해하는 것이 할머니의 허물이오. 이 무사시의 말도 조금 들어 보시오."

"유언이냐?"

"아니오. 변명이오."

"미숙한 놈."

울화가 치민 오스기는 작은 몸집을 까치발로 세우며 외쳤다.

"필요 없다. 안 듣겠다. 이제 와서 변명 따위는 듣고 싶지 않다."

"그럼 잠시만 그 칼을 내게 맡기시오. 그렇게 하면 곧 고조 대교 기
슭에 마타하치가 올 테니 모든 일은 저절로 밝혀질 것이오."

"마타하치가?"

"그러니까 작년 봄 무렵에 마타하치에게 전갈을 넣어 두었습니다."

"무어라고?"

"오늘 아침에 여기서 만나자고."

"거짓말 마라."

오스기는 일갈하고 고개를 저었다. 마타하치와 그런 약속을 했다면
당연히 일전에 오사카에서 그를 만났을 때 자신에게 말했을 것이었
다. 마타하치가 무사시의 전갈을 받지 못한 것이었지만, 오스기는 그
한 마디로 무사시가 지금 거짓말을 하고 있다고 단정해 버렸다.

"보기 흉하구나, 무사시. 너도 무니사이의 아들이니 죽을 때는 떳떳
하게 죽어야 한다고 네 아비가 가르치지 않았더냐? 말씨름은 필요 없
다. 노파의 일념, 신불의 가호를 받고 있는 이 칼을 어디 한번 받아 보
아라!"

팔꿈치를 구부려서 무사시의 손을 떼어 낸 오스기가 불시에 칼을 빼

들더니 양손에 들고서 무사시의 가슴께를 향해 곧바로 찔러 들어왔다.

"할머니, 진정하세요."

무사시는 옆으로 비켜서며 손바닥으로 가볍게 오스기의 등을 쳤다.

"대자대비大慈大悲."

오스기는 뒤를 돌아보면서 두세 번 나무관세음보살을 외치며 칼을 맹렬하게 휘둘렀다. 무사시가 그녀의 손목을 붙잡고 자신에게 끌어당기며 말렸다.

"할머니, 나중에 후회할 거요. 자, 고조 다리가 바로 저기니 어쨌든 나를 따라오시오."

뒤에서 팔이 붙들린 오스기는 어깨 너머로 무사시를 흘겨보았다. 그리고 침이라도 뱉으려는지 입을 오물거렸다.

"퉤!"

"앗!"

무사시는 오스기의 몸을 밀치고 한 손을 왼쪽 눈에 대고 뒤로 물러섰다. 눈동자가 무엇에 덴 것처럼 뜨겁고 눈에 불똥이라도 들어간 것처럼 아팠다. 그는 눈꺼풀을 누르고 있던 손을 떼고 보았다. 손에는 피가 묻어 있지 않았지만 왼쪽 눈은 뜰 수조차 없었다.

"나무관세음보살."

오스기는 상대의 그런 모습을 보고는 빈틈을 놓치지 않고 두세 번 칼을 찔러 들어왔다. 무사시는 약간 당황한 듯 몸을 피하면서 옆으로 물러섰다. 그때 오스기의 칼이 그의 소맷자락을 뚫고 팔꿈치 위쪽을 살짝 스쳤다. 찢겨진 옷 안쪽에서 피가 붉게 배어 나오는 것이 보였다.

"벴다!"

오스기는 미친 듯이 기뻐하며 거목의 몸통을 베어 쓰러뜨릴 기세로 칼을 더 힘껏 휘둘러 댔다. 그녀는 상대가 전혀 대응을 하지 않고 있는 것은 생각하지도 않았다. 오직 청수사의 관세음보살만을 외치면서 무사시의 앞뒤를 뛰어다니고 있었다.

"나무, 나무관세음……."

무사시는 그저 몸만 이리저리 피하고 있었다. 그러나 한쪽 눈이 모래라도 들어간 듯 심하게 아팠고 왼쪽 팔꿈치는 스친 상처이긴 하지만 소매가 피로 붉게 물들어 있었다.

'방심했구나!'

그것을 깨달았을 때는 이미 그 대가를 치른 후였다. 이처럼 선수를 빼앗기고 상처까지 입은 적이 지금까지 없었을 것이다. 하지만 이것은 결투가 아니었다. 무사시에게는 이 노파와 싸울 뜻이 전혀 없었기 때문이다. 처음부터 승패를 생각하지 않았음이 분명했다. 그는 몸이 굼뜬 노파가 휘두르는 칼 따위는 안중에 없었던 것은 당연한 일이었다. 그러나 그것이 바로 방심이라는 것이었다. 병법의 대국적 관점에서 보면 이것은 분명히 무사시의 패배이며 오스기는 무사시의 미숙함을 신앙심과 칼끝으로 응징했다고 해도 틀린 말이 아닐 것이다. 무사시도 그런 자신의 부주의함을 깨달았다.

'실수를 범했구나!'

미야모토 무사시 3_불火의 장

동시에 그는 전력을 다해 기세를 올리고 있는 오스기의 어깨를 손바닥으로 탁 쳤다.

"앗!"

칼은 멀리 날아갔고 오스기는 양손으로 땅바닥을 짚고 말았다. 무사시는 칼을 왼손에 쥐어 들고 일어서는 그녀의 몸을 옆으로 끌어안았다.

"아, 분하구나!"

오스기는 거북이처럼 무사시의 겨드랑이 사이에서 허우적거리면서 소리를 질렀다.

"아, 신령님도 부처님도 무심하시지. 원수를 눈앞에 두고서…… 무사시, 더 이상 날 모욕하지 말고 목을 치거라. 자, 이 노파의 목을 베란 말이다."

무사시는 입을 꼭 다문 채 큰 걸음으로 걸어갔다. 노파는 목을 짜내는 듯한 쉰 목소리로 무사시의 등을 향해 소리를 질렀다.

"이렇게 된 것도 무운武運이고 천명일 게다. 신의 뜻이라면 무슨 미련이 있겠느냐. 곧 숙부도 객사했고 나도 원수에게 당했다는 말을 들으면 마타하치가 반드시 원수를 갚을 것이니 내 죽음은 결코 개죽음이 아니다. 오히려 마타하치를 위해선 좋은 약이다. 무사시, 어서 이 늙은 이의 목숨을 거둬라. 어딜 가는 게냐? 나를 욕보일 셈이냐? 빨리 목을 쳐라."

무사시는 귀도 기울이지 않았다. 오스기를 옆구리에 끼고 고조 다리까지 와서는 그녀를 어디에 놓아둘지 생각하는지 주위를 두리번거렸다.

'그래.'

강가로 내려가서 그곳의 교각에 매어 놓은 나룻배 안에다 오스기를 살짝 내려놓았다.

"할머니, 잠시 이곳에 있는 게 좋겠소. 곧 저쪽에서 마타하치가 올 테니까."

"무, 무슨 짓이냐?"

오스기는 무사시의 손을 물리치고 주변의 지푸라기들을 집어 던지며 외쳤다.

"마타하치가 여기 올 리가 없다. 아, 그러고 보니 너는 이 노파를 단순히 죽이는 것만으로는 성이 안 차서 다리를 오가는 사람들이 보게 만들어 내게 창피를 준 후에 죽일 생각이구나."

"뭐, 아무렇게나 생각하시오. 곧 알게 될 테니."

"죽여라!"

"하하하하."

"무엇이 우스우냐? 이 노파의 가는 목 하나 벨 수 없단 말이냐!"

"벨 수가 없소."

"뭐라고?"

오스기는 무사시의 손을 물었다. 무사시는 어쩔 수 없이 오스기의 몸을 배의 기둥에 묶으려고 했다. 그는 노파가 자신의 팔을 마음대로 물도록 내버려 둔 채 느릿느릿 그녀의 몸을 묶었다. 그러고는 칼을 다시 칼집에 넣더니 노파의 허리에 둘러 주고 자리를 떠나려고 했다.

"무사시, 너는 무사의 도를 모르느냐? 모른다면 가르쳐 주겠다. 다시 이리로 오너라."

"나중에."

무사시는 한번 쳐다보고는 제방 쪽으로 발길을 옮기려다가 뒤에서 오스기가 계속 소리치자 다시 돌아와서는 거적을 몇 장 덮어씌웠다.

바로 그때, 히가시 산의 언저리로 커다란 태양의 새빨간 불꽃 고리 끝이 보이기 시작했다. 올해 첫 번째 태양이었다.

"……."

무사시는 고조 대교 앞에 서서 황홀감에 취해 떠오르는 태양을 바라 보고 있었다. 붉디붉은 태양빛이 온몸 전체를 집어삼킬 것만 같았다. 일 년 동안 소아병적인 좁은 생각에 사로잡혀 있던 어리석음이 웅대 한 빛 앞에 서니 자취도 없이 사라진 듯 상쾌했다. 가슴은 살아 있다 는 기쁨으로 한없이 차올랐다.

"더구나, 나는 젊다!"

떡 다섯 조각의 힘은 발뒤꿈치까지 충만해 있었다. 그는 다리 쪽을 돌아보며 중얼거렸다.

"마타하치는 아직 오지 않은 모양이구나."

그 순간 그는 무언가를 발견한 듯했다.

"앗?"

그곳에 자기보다 먼저 와서 기다리고 있는 것은 마타하치나 다른 사 람도 아니었다. 우에다 료헤이와 요시오카 제자들이 어제 이곳에 세우고 간 팻말이었다.

'장소는 연대사 들판, 날짜는 구일 묘시,'

무사시는 가까이 가서 팻말에 얼굴을 들이대고 응시했다. 글을 읽고만 있어도 그의 몸은 고슴도치처럼 투지와 피가 끓어올랐다.

"아, 아야!"

왼쪽 눈에 다시 극심한 통증을 느낀 무사시는 자신도 모르게 눈꺼풀에 손을 갖다 댔다가 문득 숙인 턱 밑에 바늘 한 개를 발견하고는 깜짝 놀랐다. 자세히 보니 옷깃과 소매에 네다섯 개의 바늘이 서릿발처럼 꽂혀서 빛을 발하고 있는 것이 눈에 들어왔다.

"아, 이것이구나."

무사시는 바늘 한 개를 뽑아 자세히 살펴보았다. 바늘의 길이는 바느질을 하는 바늘과 비슷하고 굵기도 똑같았지만 바늘에는 실을 꿰는 바늘귀가 없었다. 그리고 바늘의 형태도 둥글지 않고 삼각형이었다.

"저 늙은이가……."

무사시는 강가를 바라보며 소름이 돋는 듯 중얼거렸다.

"이것이 말로만 듣던 취침吹針이라는 것인가? 저 늙은이에게 이런 재주가 있으리라고는 꿈에도 생각지 못했는데. 아, 큰일 날 뻔했구나."

그는 호기심과 강한 지식욕에 사로잡혀 바늘을 모두 빼낸 다음 다시 빠지지 않도록 자신의 옷깃에 꽂아 두었다. 후일 연구 자료로 할 심산이었다. 그가 들은 바에 의하면 일반 병법자 사이에서도 취침이라는 기술이 있다는 주장과 없다는 주장으로 갈라져 있었다. 취침이 있다고 주장하는 자에 의하면 취침은 상당히 오랜 전통을 가지고 있는 일종의 호신술로 한나라에서 귀화한 베를 짜는 여자나 바느질하는 여자들이 장난삼아 하던 기법이 발전하여 무술에까지 이용되었다고 한다. 또 취침은 독립적인 무기라고는 할 수 없지만 아시카가 시대까지 공격을 하기 전의 수법으로 사용된 것은 분명했다.

그에 비해 아니라는 자들은 이렇게 반박했다.

'바보 같은 소리 하지 마라. 무예가가 그런 어린아이 장난감 같은 것을 가지고 유무를 논한다는 것만으로도 수치스럽다.'

또 병법의 정도론에 근거해서 이렇게도 말했다.

'한나라에서 온 직녀나 바느질하는 여자가 유희로 삼았는지는 모르지만, 유희는 어디까지 유희일 뿐 무술은 아니다. 무엇보다 사람의 입 속에는 침이 있어서 뜨겁고, 차갑고, 시고, 매운 것과 같은 자극은 적절히 조절할 수 있지만 바늘 끝을 아프지 않게 물고 있을 수는 없다.'

이에 대해 다른 쪽은 또 이렇게 주장했다.

'그것은 가능하다. 물론 수련이 필요하지만 몇 개를 침으로 감싸서 입에 물고 있다가 그것을 미묘한 호흡과 혀끝으로 적의 눈동자를 향해 불 수 있다.'

이에 대해 반대하는 자는 이렇게 반박했다.

'가령 가능하다고 해도 인간의 오체 중에서 오로지 눈이 공격의 대상이 아닌가. 눈에 바늘을 불어도 흰자 부분에는 아무 효과가 없다.

검은자에 꽂혀야 비로소 적을 장님으로 만들 수 있는데, 그렇다 해도 치명적인 것은 아니다. 그런 아녀자들이나 하는 재주가 어떻게 발달할 수 있단 말인가?'

이에 대한 답변은 또 이렇다.

'그래서 보통 무기처럼 발달하고 있다고는 아무도 말하지 않는다. 그러나 그러한 암수가 지금도 남아 있는 것은 사실이다.'

무사시는 예전에 어딘가에서 이런 논쟁을 하고 있는 것을 얼핏 들은 적이 있었다. 물론 그도 그런 잔재주를 무도로 인정하지 않는 사람 중 한 명이었고, 실제로 그것을 사용하는 사람이 있다고도 생각하지 않았다. 하지만 세상의 황당하고 시답지 않은 잡담 중에도 듣는 사람에 따라서는 언젠가는 도움이 될 때가 있다는 것을 지금 통감했다.

눈이 여전히 아팠지만 다행히 눈동자를 찔린 것은 아닌 듯했다. 눈자위 부근의 흰자가 시큼시큼 열이 나며 눈물이 번졌다. 무사시는 몸을 더듬었다. 눈물을 닦을 천 조각을 찢으려고 했지만 허리끈을 찢을 수도 없고 소매를 찢을 수도 없어서 그의 손이 주저주저하고 있었다. 그때, 뒤에서 누군가 비단을 찢는 소리가 들렸다. 뒤돌아보니 자신을 보고 있었는지 한 여자가 붉은 치맛자락을 한 자쯤 입으로 찢어 그것을 가지고 무사시를 향해 종종걸음으로 뛰어왔다.

4권에서 계속

미야모토 무사시 3_불×의 장